破壊者《ハカイモノ》

松浦勝人
エイベックス株式会社
代表取締役会長CEO

幻冬舎

破 ハ

壊 カイ

者 モノ

はじめに

毎月1回、「ゲーテ」の読者に向かって話をして103回、8年7ヵ月。一度も休むことなく話をしてきた。自分でもよく続いたものだと思う。

特にテーマを決めるわけでもなく、その時その時、僕が思ったこと、感じたことを話してきた。読者に向かって話をしているフリをして、自分に向かって自問自答していたのかもしれない。自分は今何を考えているのかという確認作業のようなものだった。だから続いたとも言える。

その「ひとりごと」を、今回読み返してみると、間違ったことを言っている箇所もある。今の考えとは違ったことを言っている箇所もある。でも、その時はそう思っていた。その記録を残す意味でもあえて訂正はしなかった。

でも、本質的なことは変わっていない。今と同じことをずいぶん前から言い続けている自分を再発見した。その瞬間の思いつきを話してきただけなのに、今読んでみると線でつながっている。自分はもっと一貫性のない人間だと思っていたから意外だった。

音楽は、CDではなく、サブスクリプションサービスになり、ストリーミングになっていくということを、ガラケーしかない時代にもう語っていて、自分でも少し驚いている。その時は、自分の予測通りに世の中が動くなんていう確証は1ミリもなくて、ただ、その時に「こうだ」と思っていることを話している。

音楽に対する姿勢、仕事に対する姿勢も、なんだか今とまったく変わらない。この連載をやる間に、8年7ヵ月分自分も年をとり、世の中の動きはガラケーからスマートフォンになり、業界を取り巻く環境も激変した。でも、自分の音楽に対する想い、エイベックスに対する想いは、ずっと変わらないのだなということが確認できた。

もうひとつ、確認できたのが、自分はなんて熱中しやすく、冷めやすいのかということ。その時には熱中してハマって、熱く語っているのに、1ヵ月後にはすっかり冷めているというものがたくさん登場してくる。朝の散歩だとか、英会話のレッスンだとか、ネットの新しいサービスだとか。

　自分の知らないもので、面白そうなものには、どうしても好奇心が動いてしまう。そして、一定期間とことんハマる。寝ても覚めてもそのことを考える。遊びのレベルをはるかに超え修行のようにのめり込む。そして自分の中でそのものの本質をつかんだと感じた時、興味は次のものに移っていく。

　だから、「趣味はなんですか？」と尋ねられるのがいちばん困る。先月だったら「釣り」と答えたと思うけど、今月は少なくとも釣りではない。でも、来月また釣りにハマるかもしれない。明日自分がどうなってるかわからない。

　僕は、子供の頃からずっと「今のままでいいわけがない」という危機感の中で生きている。現状というものに満足したことがない。上場した時も、さすがに上場したその日はどうだったかまでは覚えていないけど、すぐに「今のままでいいわけがない」という不安が、以前の何十倍にも膨らんでいた。

　本社ビルを建て替えた時も、いろいろな人が「すごいビルですね」と褒めてくださった。でも、僕の心の内には「あっちのビルのほうがデカいじゃん」という思いしかない。それは向上心などという美しいものではないと思う。自分より大きな存在を発見すると、そこに挑み、叩きつぶさずにはいられない。ずっとそれでやってきた。大きな存在に挑み叩きつぶす。これを続けていないとこっちが不安に押しつぶされそうになる。この苦しみから逃れたい、すべてを捨てて自由な存在になりたいと思うこともないわけではないが、もし自由になったらなったで、自分は何をして生きていけばいいのかと不安になるのだと思う。

　いつも不安の中にいるから、無謀な挑戦もできた。エイベックスは、その時その時で大きな勝負に挑み、成功し、なんとか荒波を越えて成長してきた。不安の中にいるから、常に最悪のシナリオを考える。エイベックスが明日倒産して、僕は家族ともども路頭に迷うというシナリオも常に頭の中にある。信じてもらえないかもしれないがいつホームレスになっても仕方ないと思って仕事をしている。

だから、大きな勝負ができる。賭けに出られる。最悪の場合でも、被害はここまで、死ぬわけではないと腹をくくり、戦いに行くことができる。最悪のシナリオがわかっているので、怖くない。どんな結果になっても、「最悪はまぬがれた」と大胆になれる。後から振り返れば、「よくあんな思い切ったことができたな」と思うこともあるけど、その時は、「やるしかない、やり切るしかない」という危機感と覚悟があった。それだけ。

そもそも僕は、何か目標を持って、音楽ビジネスを始めたわけではない。上場企業をつくろうと思って起業をしたわけでもなんでもない。ただただ、長い、終わりのない階段を一段ずつ上っている。上りながら広々とした踊り場が見えてくると、そこまでは絶対上っていきたいと力を振り絞る。踊り場に立って、右に行くべきか、左に行くべきかがわからなくなり不安になる。でも決断し、また階段を上る。それをずっと繰り返してきた。

わかりやすく言えば、音楽にハマっていたし、ビジネスにハマっていたのだろう。不思議とこの2つだけは、飽きずに長続きをしている。僕の階段は、まだ屋上がまったく見えていない。屋上があるのかどうか、上り切ったら何が待っているのかすらよくわからない。それでも、僕は不安の中にいながら、階段を上がっていく。それが僕だと思うから。

破《ハ》壊《カイ》者《モノ》 目次

2009.10 すべての始まりは街のレコード店

僕のビジネスは街のレンタルレコード店から始まり、今はアジアのエンタテインメントへと広がっている。いくつか転機があったけど、大きなものはやっぱり、小室哲哉さんと出会ったことだと思う。それまでの僕は、イタリアでユーロビートのＣＤを制作して、日本に輸入するビジネスをしていた。ユーロビートは何千曲も聴きまくったので誰にも負けないという自信があった。日本の曲をユーロビートにするなら、小室さんのTM NETWORKの曲しかないと思っていた。何が何でも、ＴＭのユーロビートカバーを作りたかった。最初、小室さんはエイベックスのことなんか知らなかったと思う。でも、今の副社長の千葉龍平が、ジュリアナ東京で小室さんと知りあって、半年くらい時間をかけて、ＴＭのユーロビートカバーを作る話を煮詰めていった。小室さんはダンスミュージックの世界に仕事の幅を広げたいということだったから、ヨーロッパで流行っているサウンド情報や、最新の音楽事情を伝えたりした。エイベックスの目指すサウンドを小室さんにわかってもらおうと思ったんだ。最終段階にきて、僕が小室さんと初めて会うことになった。小室さんは「エイベックスみたいに新しくてかっこいいレコード会社が、ＴＭなんかの曲をやると、かっこ悪くなっちゃうんじゃないの」と言うんだよね。小室さんが新しい展開を求めているということは感じていたし、僕たちのことをまだ信じきれていないとも感じた。小室さんの中に飛び込むなら今しかないと思った。だから僕は答えた。「絶対、かっこよくしますから」。その結晶が『TETSUYA KOMURO PRESENTS TMN SONG MEETS DISCOSTYLE』。オリコンチャートの4位まであがった。小室さんもびっくりしたと思う。わけのわからない小さなレコード会社の、わけのわからない連中が、数字を出しちゃったんだから。そこからエイベックスに邦楽制作という道が開けて、ＴＲＦや浜崎あゆみへとつながっていく。小室さんとの出会いがなければ、僕が大きなレコード会社を経営するなんて、ありえない話だった。

✦

ダンスミュージックを扱っていたエイベックスのことを、小室さんは「かっこいいレコード会社」だと思ってくれた。それだけじゃなくて、『JULIANA'S TOKYO』というCDをvol.1だけでも10万枚以上売り上げていたことも大きかったと思う。当時は、テレビCMでCDを宣伝するレコード会社なんかなかったからね。なんでなんだろうね、あれは。プライドなのかな。音楽文化はお金をかけて宣伝するもんじゃないみたいなことかもしれないけど、僕は「自分の商品を自分で宣伝して何が悪いの?」という普通の感覚でテレビCMを打ってみた。これはびっくりした。突然売れる。ものすごい反応なんだよね。テレビCMが放映された翌日は1万枚単位でオーダーが入ってくる。

あの頃は、CDの宣伝というと、プロモーションと称して音楽雑誌に掲載してもらうというのが普通だった。でも、ディスコのコンピレーションなんか、どこの音楽雑誌も注目してくれない。雑誌社を回って時間をつぶすよりも、広告代理店からCMの枠を取ったほうがよっぽど早いと思った。当時は深夜枠で40本のスポットCMが400万円で買えたから。

こういうことが「既存のビジネススタイルを壊してきた」とか言われるけど、僕は既存のやり方ということ自体、よく知らなかった。「みんなはどうしているのか知らないけど、俺はこうやるよ」。それがお客さんにはわかってもらえたんだと思う。

✦

僕は、業界から見れば邪道、お客さんから見れば王道ということをずっとやってきた。

レコード会社としてのエイベックスは、イタリアでユーロビートのレコードを制作して、日本に輸入することから始まったんだけど、当時業界では「ユーロビートなんか売れないよ、ましてやコンピレーションなんか絶対売れないよ」と言われていた。でも、日本人は絶対に好きになるはずだと確信してた。僕は何千曲もユーロビートを聴いていて、日本の歌謡曲と同じ構造だって知ってたから。邦楽チックな洋楽だから、受けるはずなんだって。

そしたら、アルファレコードから『That's EURO BEAT』というコンピレーションが出て、30万枚売れた。じゃあ『That's EURO BEAT』を抜けばいいだけでしょ、日本のレコード会社には絶対真似できないCDを作ればいいんでしょ。それが僕にはできると思った。なぜなら、日本で発売されるコンピレーションは、レコード会社の権利という壁があって、いい曲が別々のレコード会社のCDに収録されてしまう。でも僕なら、そういう壁を壊して、いい曲だけを集めたコンピレーションを作れる。イタリアで制作輸入して販売する分にはなんにも問題ないし、日本のレコード会社には真似できない内容の濃いコンピレーションになる。そうしてできたのが『SUPER EUROBEAT』シリーズ。輸入盤なのに、なぜか邦楽盤みたいに帯がついている（笑）。これを独占輸入して、レンタルレコード店に販売した。2万枚ぐらい販売すればペイする。８００円の製作費で作ったものを２３００円で売るんだから、ペイするどころか、大儲けだよね。

　なぜ、僕がイタリアでレコードを作れたかというと、レンタルレコード店時代の経験が大きい。ユーロビートのレコードにはプロデューサーとコンポーザーの名前がクレジットされている。これを何千枚も見ていくと、どのプロデューサーとコンポーザーが組んで仕事をしているとか、いい曲を作っている人たちのカタチが見えてくる。で、実際にイタリアに行って、そういう人たちがいそうなスタジオに行ってみると、ほんとうにそこで仕事をしている。彼らに「『MAHARAJAH NIGHT』っていうタイトルで曲を作ってくれない？」と持ちかけていった。日本人向けのユーロビートを作ってもらったんだよね。イタリア人が自分で『MAHARAJAH NIGHT』なんて曲、書くわけないからね（笑）。

✦

　こうやって振り返ると、僕の仕事はすべて、大学生の時、レンタルレコード店を運営したことの延長線上にあるんだという気がする。何よりもお客さんの感覚がどういうものかを身体で覚えた。棚に置いてあるレコードをお客さんが抜いて、ちらっと見ただけで戻してしまう。３００円で借りられるものですら躊躇する感覚がお客さんにはあるんだ、と。ライバル店に勝ちたいという想いだけで、自分で勝手にレコードランキングを作って店内に掲示したり、入会金無料キャンペーンをやってみたり、「3枚借りると3枚無料」キャンペーンをやってみたり、夜中にあちこちの電柱に捨て看板を貼りに行ったり。

考えつくありとあらゆることをやってみた。
　小さな店舗経営という商売が、コンテンツビジネスになった。夜中に貼りに行った捨て看板が、テレビCMになった。横浜の上大岡という小さな町の音楽偏差値を上げようとして始めたビジネスが、アジアという舞台になった。階段を一歩一歩上がってきたけど、今でもあの時の感覚でビジネスをしているんだよね。

2009.11 ―邦楽レコードの頂点へ―

　僕にとってのモチベーションは、言い方は悪いけど、「敵をたたきつぶすこと」。ライバルを徹底的にたたきつぶすことが、いつも僕を奮い立たせてくれる。レンタルレコード店時代は向かいの店がライバルだったし、ダンスミュージックのCDを売っていた頃は東芝EMI（現・EMIミュージック・ジャパン）やアルファレコードがライバルだった。'95年から'96年頃、小室哲哉さんと副社長の千葉龍平と僕とで手がけたTRFがミリオンセラーを連発し、小室さんの手がけるアーティストが小室ファミリーと言われるようになり大成功を収めれば収めるほど、僕の心の中では小室さんがライバルになっていった。

✦

　エイベックスという企業にとっても、あまりにも高すぎる小室さんの売り上げ占有率を下げることが急務になってきた。このままだとエイベックスはすべて小室さんの言いなりになるしかないし、実際そんな状況も生まれつつあった。何より上場を控えていたので、小室さん抜きでもやっていける道を見つけなければならなかった。ただ、僕は小室哲哉ではない。小室さんは曲を作り、詞を乗せて、アレンジをして、これはと思うアーティストに歌わせ、プロモーションを仕掛ける。つまり、ひとりで全部やる。僕は作曲も作詞もアレンジもできないけど、幸い、周りにはできる人間がいっぱいいて、僕はそれが売れそうな音楽かどうかをレンタルレコード店での経験から判断できた。だったら、そういう人たちを使って、アーティストに合わせて曲を作っていくほうが、僕には合っているだろうと。そうすることで、小室さんに追いつくだけじゃなく、小室さんのやり方よりももっといい方法が確立できるとも思った。

✦

その頃、小室さんとはまったく関係がないところで、ライジングプロダクションの平社長と知り合いになった。東芝EMIに所属していた安室奈美恵を紹介され、なんかいい曲がないかという話になった。ちょうど僕はユーロビートの『TRY ME～私を信じて～』という曲を1年前から持っていて、楽曲としてはすごくよかったんだけど、なかなか日本語版を出すチャンスがなくて、これ以上寝かしておくと曲としてビジネス上の賞味期限が過ぎる、という状態になっていた。これを安室に歌わせてみようかと。安室は東芝EMIの契約アーティストだったので、競合になるエイベックスとは仕事ができない。だから、子会社の音楽出版会社で楽曲提供のビジネスをすることになった。あくまでも楽曲提供のみ、プロダクションから依頼された外注としての仕事だったから、発売日もあまり知らないし、何枚売れたかは、自社でリリースする商品ほどは気にしなかった。ところがこの『TRY ME』がヒットした。続けて出した2曲もビッグヒット。そこで小室さんが「安室をプロデュースしたい」と言ってきた。僕としては平社長と小室さんをつなぐのもいいんじゃないかと。そして、エイベックスに移籍してTKプロデュースで出したのが『Body Feels EXIT』。ここからアムラー現象が始まっていく。この頃までは、小室さんとも良好な関係を保っていたけど、以降、僕たちの関係は冷え切っていき、もう、自分たちでやるしかないというところまできていた。あの頃の小室さんには、人間的にもついていけなくなっていたし。

✦

本格的にアーティストを育てるには1年から1年半はかかりきりにならざるを得ないけど、プロデューサーを育てれば、今度はその人間がアーティストを育ててくれる。小室さんから自立するには、アーティストではなくプロデューサーを育てる必要があった。レンタルレコード店時代からずっと僕についてきてくれた五十嵐充というやつがいて、彼に曲を作らせては、僕がダメ出しをするということをずっと繰り返していた。彼をなんとかプロデューサーに育てようとしていた。彼と持田香織を組ませてデビューさせたのがEvery Little Thing。だから、ELTのプロデューサーは僕じゃなくて五十嵐になっているはず。僕は表に出る必要はない。裏方でいい。五十嵐をスポットライトが当たる場所に出してやりたかった。アーティストとして一度成功してから、その後プロデューサーの仕事に専念したほうが大きな仕事ができると思った。

✦

ELTをデビューさせる時に、きっと小室さんは覚えていないと思うけど、使いたいエンジニアに僕が声をかけると、小室さんが「あのエンジニアは俺が使っているからダメ」と人づてに横やりを入れたりしてきた。それで、小室さんに対してますますライバル意識が出てきた。「俺だってできるよ」という気持ちが膨らんでいき、ELTでは今までレンタルレコード店時代からいろいろ学んだことをすべてやってみた。プロモーションビデオも最初から海外で制作したし、短いスパンで新曲をリリースし、タイアップを取り、その3ヵ月後にアルバムをリリース。そして、歌番組、賞レース。ラジオや有線で何回曲がかかったかということまで自分でチェックして、問題があれば宣伝部門の会議に突然乗りこんでいって、怒鳴りながら檄を飛ばしたりした。小室さんが練り上げてきたヒットの方程式に自分のあらゆる経験をプラスした。

2枚目のアルバム『Time to Destination』は450万枚を売るという大ヒットになった。globeも同じくらい売れていたから、当時は思わなかったが、今考えるとエイベックスには小室と松浦という2本の軸ができていたことになる。

✦

そして、次に手がけたのが浜崎あゆみ。これが初めてのproduced by max matsuuraになる。初めて会った時は、ビジュアルがいいから、アイドルになってしまわないかと心配になった。まるっきりのアイドルにしてしまうとCDはある程度しか売れない。CDを売るんだったら、「アーティストの顔をしたアイドル」でなければいけないと当時の自分は思っていた。周りに「浜崎あゆみは絶対売れない」と言う業界の人がいたことも、僕のモチベーションになった。僕が浜崎ばかりに肩入れしているのは、けしからんみたいな雰囲気も社内にはあった。でも、僕は「お前らのボーナスは、今後、必ずこの子が稼いでくれるよ」って言っていた。実際、そうなった。

　浜崎は、デビューの頃、話し方などで周りから「バカじゃないの?」と嫌われやすいところがあって、自分のことを「あゆ」と呼んでいるのを「私」に直したほうがいいんじゃないかという話になったけど、僕は「すべて素でいけ」と言った。女の子には絶対嫌われるけれど。いくら嫌われても、あるべきものが、内面にきちんとあれば、それが理解された時、嫌われ度合いが大きいほど、振り子は次には逆に振れる。そう、「嫌い」から「好き」に大きく振れる。だから、自分の人生を全部暴露しちゃえ、いい詞が書けることは間違いないんだから、それで押していけという戦略をとった。

　で、あるラジオ番組をきっかけに浜崎のイメージは「大嫌い」から「大好き」に1日で変わる。それは今ではエイベックスの伝説というかラジオ界でも伝説になっている――。

2009.12　邦楽レコードの頂点の先

　エイベックスには伝説となっているラジオ番組がある。'98年12月28日の「浜崎あゆみのオールナイトニッポン」。デビュー当時の浜崎は自分のことを「あゆはぁ~」などと言うバカっぽいイメージがついていて世間から嫌われていた。でも、内面にちゃんとしたものをもっている子だから、嫌われれば嫌われるほど、ひとつのきっかけで「好き」に大きく振れる。そのために仕掛けたのが「浜崎あゆみはバカじゃない」という2時間生放送のラジオ特番。浜崎が本当にバカなのかということを検証する番組で、ラジオなのにテレビでCMを打った。「浜崎が嫌い」という人間が電話をしてきて直接話をするんだけど、その人を共感させて泣かしちゃう。僕も「こいつ、どっちが本当の浜崎あゆみなんだ」と思うくらいに相手の心を掴んでた。翌日の反響が半端じゃなくて、浜崎のサイトの掲示板がパンクするほどだった。これが12月28日で、1月1日に最初のアルバムを発売した。正月の間は販売数がわからないのでやきもきしていたけど、結局、150万枚も売れた。

1月15日にはもう次のシングルを用意していた。ヒットするしないにかかわらず、浜崎のシングルは2ヵ月おきに出すと決めていた。短い間隔でシングルを出し続けることで、常に露出している印象を与えることができる。すでにシングルCD全体の売れ行きが低迷する兆候が出始めていたから、長い時間をかけてじっくり売るのではなく、短期間に浜崎のファンを作っていこうという戦略だった。

その後の浜崎には、今まで業界がやらなかった戦略を全部実行した。今聞くと当たり前のようだけど、CDの盤の色が全部違うとか、DVDを付けるとか。「リミックス版」というのは浜崎によって世の中に浸透したんじゃないかな。そういう仕掛けは世の中を刺激することが目的で、今も新しい方法は考え続けている。

✦

Every Little Thing、浜崎あゆみ、Do As Infinity、倖田來未、EXILE。ミリオンセラーを出したうちのアーティストたちの一部だけど、今振り返ってみると、短期間にこれだけのアーティストをよく育てられたなと自分でも思う。今までこの業界がやらなかったやり方をやって、他がエイベックスの真似をする前に、バーッと売り出したってことかな。小室哲哉さんはこの業界での生き方を僕に教えてくれた恩師だけど、小室さんから直接「こうやるんだ」と教えてもらったことはない。僕にとっては、すべての人が反面教師。仕事のやり方を見ていて「俺ならこうする。なんでこうやらないんだろう」と思ったことをやってみる。それが僕のやり方だし、今もそれは同じ。

✦

アーティストの売り出し方の基本は同じでも、それぞれの個性を考えて、プラスアルファの戦略を練る。例えば、倖田來未は、当時、ジェニファー・ロペスなんかが際どい格好でR&Bを歌うのを見て、「外国人がやっているんだから、彼女も負けずにやれば受けるハズ」という目論見だった。

でも、やはり難しいのは、コアなファン層を作ったあとに、ファン層をその外側に広げていくこと。

最終的には、音楽に興味のない人にまでアーティストを認知させることまで考える。例えば、EXILEを普通の男性グループにしたら存在感は出せない。だから、「こいつらは怖い、汚い」というイメージをつけた。コアなファン層ができた段階で、ドキュメンタリー番組をやった。彼らは本当は怖くない、汚くないということを知らせるために。『めちゃイケ』や『金スマ』で、一気に素の姿のEXILEが知られるようになった。それからCM出演やタイアップが急激に増える。スポンサーにもEXILEのよさが理解されたんだ。だって本当のあいつらは面白いし、いいやつらだもん。でも、最初から素のEXILEを出していたら、こうはいかなかっただろうね。

✦

意外に思われるかもしれないけど、僕が好きなのは音楽ビジネスじゃない。ムーブメントを起こすことだ。その武器のひとつがアーティスト。浜崎が尻尾をつけると、街中のコギャルがみんな尻尾をつける。見ていてとても面白いし、ここにビジネスチャンスがあると思っている。アーティストを立てたブランドビジネスができると思う。浜崎が使っている歯ブラシを紹介するだけでも、ファンは買ってくれる。例えば、ペンションのようなホテルを買い取って、そこに浜崎が使っているものすべてを揃える。別のホテルは倖田のものとか。別にエイベックスがホテル事業に乗り出すわけじゃないけど、今は、こういうアーティストから派生するビジネスに転換する時期にあるんだと思う。

✦

僕は'03年くらいから「CDの売り上げがゼロになることを考えろ」って社内で言い続けていた。それまではCDの利益が圧倒的に真ん中にあったから、CDを中心にビジネスを考えてきたけど、どんどん小さくなる利益に重心を置いていてもしかたがない。エイベックスの売り上げの元は何だといったら、CDじゃなくて、アーティストなんだから、そっちに軸足を移す発想に転換しろと言い続けてきた。それでもCD売り上げがそれなりにあるものだから、なかなか理解されなくて、イライラしたこともあったけど、ようやく最近みんながCDではなくて、アーティストに向くようになった。エイベックスは総合エンタテインメント企業に向かっている。

2010.1 コンサートをショーにする

ライヴには子供の頃から惹かれていた。最初に行ったのは、小学校6年生の時のピンク・レディー。母親に付き添ってもらったけど（笑）。中学生の頃からは自分でいろいろなコンサートに行きだした。なかでも「コンサートは音楽の発表会ではなくて、ひとつのショーなんだ」と教えてくれたのがユーミン。逗子マリーナや苗場も毎年行った。

実は、社長に就任するまでは、週に4日はライヴに行きまくっていた。コンサートだけじゃなくて、芝居や歌舞伎、クラシックにも行った。海外も同じ。ニューヨーク、オーランド、ロンドンを定期的に回ったし、ラスベガスにもよく行った。気に入ったライヴがあれば何度も通う。1回目には気づかなかった発見が出てくるからだ。今でもライヴは、自社のですら、仕事目線ではなく、ひとりの客として楽しいかどうかで判断している。

✦

自分でライヴをプロデュースするようになったのは浜崎あゆみから。最初に、デビュー前のあゆをラスベガスへ勉強に行かせた。シルク・ドゥ・ソレイユの『O（オー）』が始まったばかりの頃で、本物のショーを見てほしかった。彼女も自分の中で「これだ」という感触を掴んだようだった。

あゆの最初のライヴは「1幕」と「2幕」に分かれていて内容が違う。まず「1幕」から全国ツアーをスタート。ダンサーが入り、ショーの要素を取り入れ、目で楽しませるというものだった。それに加え、アンコールまでひと言も喋らない。この「1幕」の全公演が終了してから、同じ公演場所を回る「2幕」の全国ツアーをスタート。バックバンドを入れて音楽で耳を楽しませるというものだったが、ここでもアンコールまで喋らない。「1幕」の最初の頃はファンから大ブーイング。「ひと言も喋らないなんて、ファンに冷たい」と言われたんだよね。あゆはだいぶ悩んだようだけど、僕は「それでいい」と言い続けた。「音楽の発表会じゃない。あゆのライヴはショーなんだから言葉はいらないんだ」と。現在はアンコールになると喋り始めるという形ができたけど、本編では喋らないという演出はずっと貫き通している。こういう演出をしたのは浜崎あゆみが日本で初めてじゃないかと思う。

✦

今、MP3プレイヤーが普及して、多くの人が圧縮された音源を聴いている。音楽を作る側は最高の音質を追求してCDを作っているけど、聴く側は圧縮音源で満足してしまっている。「音楽が消耗品になってしまった」とすら思う。だったら、ライヴではMP3では聴けない音楽を聴かせてやろうと考えた。

小室哲哉さんが'05年くらいの時期に、フルデジタルのライヴをやって、これは圧倒的だった。低音から高音までのレンジが広くて、人間の耳には聴こえないけど身体では感じる音域まで表現していた。ホールが壊れてしまう、と本気で心配したぐらい。

松浦流のライヴは音圧が勝負。そのために考えつくアイデアは実行してきた。例えば、CDはスタジオで100近いもしくはそれ以上のチャンネルでレコーディングをして、これをLとRの2チャンネルにまとめるんだけど、ライヴではこれに加え、10チャンネルをミックスした音を同時に出したこともある。客席の反応に応じて、CDではできないアレンジをリアルタイムで作っていける。他には、スピーカーを客席の後ろにも2台置いて、合計4台にしたこともある。クラブの雰囲気を出すために、音が上からボンボン降ってくる感じを出したかった。こんなこと、僕しかやっていないと思う。

✦

アイドルや音楽志向のバンドのコンサートは、舞台にアーティストがいて、演奏したり歌ったりする。でも、ショー形式のコンサートは違う。セットを組んで、僕の場合は、フルデジタルの音響機器を揃えて、たくさんのダンサーを使う。製作費がものすごくかかる。「こんなにお客さんがいっぱいだったら、ものすごく儲けているんだろう」と考えるのは大間違い。他社はエイベックスのショー的なライヴを真似してこないけど、それは儲からないからかもしれない。会場がアリーナの場合は、「突き出し」という花道を作るけど、その分座席数が減って売り上げが減るのも惜しくなるほど、ショーで利益を出すのは厳しい。

チケットの売り上げだけでは限界。じゃあどうするか。デジタルコピーができない物販などを組み合わせるしかない。自社のライヴの時の話だけど、レジ前にお客さんを長々と並ばせて「こんなに並んでいます。売れてます！」という報告を現場で受けた。それを聞いてものすごく怒った。僕は常に消費者目線に立って販売しないといけないと思っている。レジの台数を増やして回転効率を上げて、販売機会をロスしないようにしないといけない。だって、ライヴが始まったら、並んでいたお客さんは会場に入ってしまうしね。それでも、行列ができてしまっている（笑）。

CDは遠からずなくなるかもしれないけど、音楽は絶対になくならない。だから、音楽を聴く場所として、ライヴがますます重要になってくる。CDが売れないんだから、CDの販売促進といわれるような、発表会ライヴはもう終わり。これからは目でも楽しみ、身体でも感じるショーに可能性がある。だからこそ、これからのアーティストという仕事は本当に大変で、体力的にもきつい肉体労働だと思っている。

そして、ショーの軸になるのは、音楽だけではないとも思っている。今後、エイベックスは、音楽以外のショーを追求していくし、もうすでに、いくつかの試みを始めている——。

✦

2010.2 ライヴの可能性を飛躍させる

音楽は言葉の壁を越えるとよく言われるけど、詞はやっぱり音楽の大切な一部。僕はリズムやメロディから音楽に入っていくほうだけど、それでもユーミンの歌詞には惹かれるものがあった。誰にでも共通するような、青春時代にありがちな、懐かしいような、切ないような。詞ってそこだよね。

今の20歳前後の女の子が、メールがどうしたとか遠距離恋愛がどうしたとかという生活実感に基づいた詞をR&Bのリズムとメロディに乗せる。それが今の流行かもしれない。ひと昔前は世界各国の音楽チャートを見ると、どの国でもすごく似ていたけど、日本のチャートだけまったく違った。日本はそれぐらい音楽の流行が世界と比べても違うし、詞という言葉がとても重要なんだ。

　日本の音楽をアジアや欧米で売ろうとした時に、日本語の特殊性をものすごく感じた。例えば「I Love You」を音に乗せて伝えるには3つの音ですむけど、「愛してる」では音が4つも5つも必要になる。だから、日本語をそのまま翻訳するわけにはいかない。言語によって、メッセージの密度がまるで違うんだから。また、日本のアーティストが外国語に置き換えた歌詞を歌うのも難しい。例えば、中国語は発音も難しくて、もとのメロディには乗りづらい言語らしい。たまに、日本のアーティストが日本語のまま歌って海外でウケる、ということもある。でもそれは局地的なことで、あるアーティストは、米国のアキバ系みたいな人たちの間ではウケていて、人気も高かったりするとか。だけど、その域を出ることってなかなか難しいんだよね。

✦

じゃあ、音楽以外ではどうなのか。例えば、日本のものじゃないけど、ブルーマン。これはエイベックスが招聘《しょうへい》したけど、ブルーマンのように言葉がないものは、日本でも理解されやすい。他のブロードウェイのミュージカルや演劇は、やっぱり言葉が重要で、英語がわからないと深く理解するのは難しい。日本で公演する時は翻訳が両サイドの画面に出るけど、それを見ていたら、本来見るべきステージが見られなくなってしまうよね。でも、特にラスベガスでは言葉がわからなくても理解できるものが主流で、世界中からやってきたお客さんが楽しめるようにものすごく工夫されている。NYで生まれたブルーマンだけど、言葉がいらないという点ではラスベガス的なパフォーマンスなんだよね。

　ブルーマンは六本木に専用劇場を作って2年間のロングランをした。こういう手法をとったのは、日本では劇団四季以外に知らない。以前、ラスベガスでセリーヌ・ディオンがシルク・ドゥ・ソレイユの専用劇場で公演するのを見てから、いつかうちのアーティストが専用劇場で1年でも2年でもぶっ通しで公演できればいいなと思っていた。専用劇場なら、そこでしかできない演出ができる。歌舞伎座にも

「セリ」の設備がある。ああいう仕掛けを使った芝居は普通の体育館や公会堂では絶対にできない。以前から、ライヴはできないけど、舞台が昇降したり回転したりする設備がある劇場を作って公演してみたいと考えていた。

専用劇場での公演ということでは、歌舞伎座はとても参考になる。演目が踊りや芝居、荒事から世話物とバラエティに富んでいるだけじゃない。歌舞伎座って、あれは歌舞伎デパートでしょ。グッズ販売があって、レストランがあって。休憩時間もお客さんが楽しむためにある。朝から晩まで歌舞伎の世界に浸れるんだよね。

それで、以前から芝居もあるコンサートをやってみたくて、AAAのコンサートの途中でいきなり芝居が入るというのをやってみた。そもそもAAAは歌も唄えて、ダンスも踊れて、芝居もできるアーティストに育てようと考えていた。

これはAAAに限らないけど、アーティストのCDアルバムをひとつのストーリーに沿って作って、そのまま専用劇場で舞台化することも考えていた。しかし現実にはなかなか難しい。シングルCDをリリースするとなるとドラマやCMのタイアップ曲を作る場合もある。そういう曲があると、アルバムの中のストーリーがうまくつながらなくなってしまう。あきらめているわけじゃないので、いつか、なんとか実現したいと思っている。

✦

結局僕は、いつか近いうち、ロングランできる公演を日本で作って、海外からもお客さんが見に来るまでに育ててあげてみたいんだよね。例えば東京ディズニーランドは大阪や札幌や福岡にはない。「すごいコンテンツだから地方からも見に来てもらえるだろう」というわけで、実際、遠くからでも何回も来る人がいる。僕はそのようなコンテンツを作りたいと思っている。

だから、今手がけている音楽や映画、ライヴは将来テーマパークのような形に集約していきたい。そこには専用劇場がいくつもあって、いろいろな公演が行われている。例えばホテルの1室に浜崎あゆみの部屋を再現した場所があって、そこにはアーティストの愛用している日用品が置いてあり、ゲストはその場で買うことができる。世界とまでは言わないけど、アジアに対して「浜崎あゆみを見たかったら、ここに来い」と言えるぐらいの場所を作っていきたい。

最近はBeeTV（現在のｄＴＶ）とか映画製作とかに頭を使っていたけど、一段落したから、これからもう一度挑戦していきたいと思っている。

2010.3 レコード会社からプロダクションへ

結局、僕はレコード会社をやっているつもりが、結果的にプロダクションビジネスをやってきたのだと思う。僕たちは「ヒットアーティストを創りたい」「ブームを創りたい」という一心で仕事を行ってきた。

プロダクションビジネスというのは人材の発掘と育成。レコード会社のビジネスというのは音楽を制作してパッケージ化し、店頭に流通させる。両者にはこういう主な役割分担がある。だから、レコード会社の立場で仕事をしていると、他のプロダクションに所属するアーティストのブランディングまでにはなかなか口を出せない。そういう理由からか、アーティストの本音を聞き出すことは難しい。僕はアーティストとの距離を縮め、がっつり組んだ仕事をしたかった。その結果、いつの間にかプロダクションが行うアーティスト・ブランディングの業務比重が徐々に大きくなっていった。

僕の目指すアーティストとは何か。例えば「ＣＤは売れるけどライヴに人が来ないアーティスト」じゃダメ。浜崎あゆみのファンは、浜崎あゆみ本人が好きだから、ＣＤも買うし、ライヴにも行き、さらにグッズも買ってくれる。そういう影響力のあるアーティストを創るには、まずは本人と直接話をして、将来に向かって今すべきことを確かめ、本人も気づいていない才能をみんなで引っ張り出すことが必要になってくる。本当の意味でのヒットアーティストとはそうやってできると思っている。

✦

人を育てて売っていくというプロダクションビジネスは、アーティストが売れなかったからといって、

「じゃあさようなら」というわけにはいかない。ものすごく大きなリスクを抱えている。一方で、レコード会社はどんどんリスクを抱えない方向に流れていった。だから、レコード会社はアーティストに対して契約金という名目の資金を出して、プロダクションをサポートしていた面もあるけど、原盤権やアーティストが持つ権利はプロダクションに帰属していた。つまり、レコード会社はCDを流通させるビジネスが中心で、権利は音楽出版社やプロダクションが保有するという仕組み。でも、このような仕組みは、レコードやCDの売り上げがいい時にこそ成り立つ構図で、CDが売れなくなるとまったくナンセンスなことになってしまう。

僕はインターネットが登場してきた頃から、配信の時代が来る、CDは売れなくなると確信していた。いずれ、原盤権などを保有したプロダクションが音楽ビジネスの中心に来る構図に変わるだろうと思っていた。だから、一般的なレコード会社は原盤権を持たないけど、エイベックスは創業当時から原盤権をきちんと保有している。

✦

今、僕たちはオープンプラットフォームという構想を進めている。例えば、「自分たちで音楽を制作したい」というプロダクションがあれば、エイベックスがパッケージの流通を手伝ったり、グッズの制作販売や、ファンクラブを一緒になって作っていく。一定の使用料を支払ってもらえれば、エイベックスが持っているシステムを使って構わないというものだ。エイベックスのスクールを出た卒業生が、別のプロダクションに所属しても構わない。その代わり、オープンプラットフォームを利用してもらう。

簡単だとは思わないけど、このシステムはプロダクションの海外進出にも使える。実際、別プロダクションに所属しているアーティストで、東アジアのCD流通だけはエイベックスが担当している例もある。

また、レコード会社、プロダクション、アーティストの関係ももっと自由になって構わないと思う。例えば、EXILEは初代メンバーが出資をしてプロダクションを立ち上げた。僕はEXILEを始める時、HIROに「どうせやるなら一度は自分たちでチャレンジしたらどうか。僕もそうやってきたんだから」

という話をした。そのほうが必死になってやるからね。彼らはメンバーが株主みたいなものだから、会社の金を無駄に使うこともしないし、必要なことについては全員で相談しながらやっていく。上下関係の厳しい体育会系だから、仲間割れなんか起きることもない。彼らを見ていると、勢いが出てきた頃のエイベックスの雰囲気によく似ている。

✦

エイベックスは音楽系プロダクションだけど、今は俳優や女優も抱えている。これは３６０度ビジネスを考えてのことだ。音楽だけじゃない、映画や舞台も含めた３６０度のビジネスを考えた時に、エイベックスには俳優がいなかった。その欠けていた部分を以前は他のプロダクションに頼っていたけど、やっぱり最終的には自力でやりたい。世間が「エイベックスはレコード会社として成長している」と思っている時に、僕の仕事はどんどん、プロダクションを中心としたビジネスにシフトしていった。

エイベックスは総合エンタテインメント企業を目指して動いているけど、市場を取りたいとか、支配したいとかそういうことを考えたことはない。ただ、自分が目指すものをやりたいと思っているだけで、問題があればそれを乗り越えていくという努力をしてきただけだ。アーティストとしっかり組んでいいものを創りたいということから大きくなったプロダクションビジネスだけど、結果的に間違っていなかったと思う。だからこそ、ＣＤが売れないこの時代でもエイベックスは生き残ってこれたのだと思う。

2010.4 アーティストと切り結ぶ法

アーティストというのは商品です。でも、その商品は話すことができるので、要求もするし、不平も言う。一緒に喜んだり、一緒に泣いたりもする。しかし、アーティストとの関係をそんな風に難しく考えたことはなくて、単純に人間同士で話をするだけだ。でも、僕との年齢差があるので、相手の年齢くらいまで目線を下げて話をする。僕は『Popteen』や『小悪魔ageha』にも目を通している。

そうすると、14〜15歳の子も自然と僕にタメ口で話すようになる。そこまで行かないと、なかなか本音を話してくれない。本音をいかに引き出すかが僕の仕事だから。僕は相手の前で自分をさらけ出す。こっちがすべてさらけ出して素っ裸になって話をすると、向こうも「私も少し服を脱いでも大丈夫かな」と思うのかもしれない。

僕は「お酒に酔っていたからしょうがない」と言われる中で、本音を伝えていた。「お前は酔ったふりして、自分を俯瞰《ふかん》しているだろう」と言われたことがあるけど、そうかもしれない。でも、本当に酔っていたことも多いんだけどね（笑）。

アーティストのことは、恋愛の話も含め、さまざまなことについて知っている関係を作っておかなければならない。それもデビューする前に。売れる前にいかに信頼関係を作っておくかが重要で、売れてしまってから深い信頼関係を作るのは難しい。売れてからは、勝手に自分で考えていくから。浜崎あゆみの場合も、最初に道しるべを与えただけで、あとは自分で考えながらやっている。僕は浜崎に「シルク・ドゥ・ソレイユをライヴ演出の参考にしろ」とはひと言も言っていない。当時、MCをはさまないライヴというのは新しい試みだったので、ファンからは反発もあった。浜崎も悩んで僕に何回も電話してくる。だから、一緒にひとつひとつ「あそこはこうしよう」と話をして、今の形になった。でも、それからは自分で作っているし、もう何も教えることはない。

✦

一度売れて自分で前に進めるようになってからは、困った時ぐらいしか僕のところには来ない。以前も倖田來未が話をしたいと言ってきた。「この先、私はどうすればいい？　もっと頑張りたい！　日本の音楽賞を全部獲りたい。でも、賞を獲ることだけを目標にはしたくない」と言う。だからこう言った。「別に賞レースに出なくても構わないよ。でも、獲れなかった年に泣いて電話してきたから、毎年賞レースに参加すべきだと思っているんだ。もう賞なんかいらないというなら、出なくても全然いいよ」。そう伝えたその年には、ちゃんと賞レースに出て歌っていたんだけどね。

Every Little Thing の持田香織が一時、ライヴで昔の曲を歌わなくなった。そしたらある時、僕のところにやってきて「ELTの昔の曲は歌いたくない。今の自分とは方向性が違う」と言ってきた。「だったらELTとは別にソロをやればいいじゃん」って言うと、「そんなことやっていいの？」とびっくりしている。僕にしてみれば「なんでいけないの？」ということなんだけど。そうしたら、何か吹っ切れたのか、次のライヴでは昔の曲もちゃんと歌っていた。

　僕が本音で話せば、彼らの中の何かが「すっ」と抜けて、解放されるのかな（笑）。

　こういう関係を、約100人いるデビュー前の新人すべてと築いておかなければならない。でも、売れるのはその中のひとりふたりだから、身体がいくつあっても足りない。向こうから見れば僕はひとりだけど、僕は100人の相手をしなければならないんだよね。

✦

　それでも、アーティストとはまだ1対1だから、僕のやり方で関係を作ることができる。でも、これが社員となると千数百人いるから、この方法で接するというのはなかなか難しい。エイベックスというのは、何も知らないところから出発して、さまざまな失敗を繰り返しながら、売れるための方程式を作ってきた。この方程式は業界の中では非常識なものだったけど、うまくいくと他社が真似してきた。エイベックスの中でも何の疑いもなくそれをそのままそっくり利用する人間が出てくる。方程式を作った人間と、それを使っているだけの人間ではまったく違う。使っているだけの人間は「なぜ？　なんで？」と思わないし、改良しようとも思わない。だから、その方程式はすぐに古くさいやり方になって「まだそんなことやってんの？」ということになる。僕が作った方程式を真っ向から否定する社員がいたら、一瞬「イラッ」とするとは思うけど、それで成功するんだったら、ありだと思う。

　だけど、この厳しい業界で、いつまでも子供みたいにすべてをさらけ出しているわけにもいかない。だから、これからの僕のテーマは「ストイック」。これからは徹底してストイックで行く。本当はいつまでも子供のままでいたいんだけどね。

✦

アーティストとの関わり方も、僕対アーティストという1対1以外の関係もできてきた。EXILEのように自分たちでマネージメントしている例もあるし、俳優をマネージメントする場合、アーティストとはまた違った関係を求められる。その話もまたの機会に少ししてみたいと思っている。

2010.5 マネージメント法いろいろ

会社というのは、当たり前のように成長し続けることが要求される。会社が成長するには、毎年毎年、新しいアーティストを売り出していかなければならない。でも、僕ひとりで見られる範囲は決まっているわけで、エイベックスに所属するすべてのアーティストを見ていくというのは困難になってきた。実際、レコード会社でもあり、プロダクションまで持つ会社なんてあまりない。たいていのプロダクションでは、アーティストの方向性などは社長がすべてを決められる場合が多い。

✦

プロダクションの商品はアーティストやタレントといった「人」なので、ルールや規則だけでは管理できない。アーティストは売れると有名人になるわけだから、マネージメントする側の人間は、アーティストから見ればだんだんと面倒くさいやつになっていく。「注意ばっかりする、私の好きにさせてくれない」と。それに、売れたアーティストには当然、自己主張が出てくる。それが正しい自己主張なのか、単なるわがままなのか、こっちは常に見極めないといけない。それを受け入れるか、はねつけるか葛藤することもある。「まあまあ」となだめたり、ある時は「わがままだ」と思ってものみこんでやる。マネージメントをするうえでは、この微妙なバランスがすごく重要。アーティストはマネージャーのことが気に入らなければ、「私の担当を代えてほしい」と言うかもしれない。でも、僕のことを気に入らないからといって、社長の僕に向かって「辞めてくれ」とはさすがに言いにくいだろう。だから僕がアーティストと向き合う時は、口に出しはしないけど、

「お前が辞めるか、俺が辞めるか」くらいの覚悟を持って本気で話をしている。

◆

アーティストや社員を含めた会社の人数が100人で、売り上げが100億円の時は、僕ひとりでもアーティストの対応ができたけど、社員が1000人に増えて売り上げが1000億円になったら、誰かが僕の代わりをやらなければならない部分もある。これは大変だなと思ってた頃、EXILEが出てきた。

一番最初、HIROの頭にあったのは発想と夢だけ。それを紙1枚にいろいろ書いて僕のところへやってきた。僕自身は、彼らをエイベックスで預かりたいという気持ちがあったけど、社内には否定的な意見もなくはなかった。プロダクションには得手不得手というのがあるから、男性グループをエイベックスが抱えるのはどうなんだと。そのうち「男なんだから、自分たちでやらせてみたほうがいいんじゃないか」という案が出てきた。HIROは僕の後輩ということもあって、僕の忠告を聞き、最終的には自分の意思で会社をつくると決めた。

それで僕は「お前ら、金を準備しろ」と言って、それぞれがお金を用意し、LDHという会社をつくって全員を株主にした。当時の彼らは牛丼1杯さえ食べるのが厳しい頃だったから、用意したお金は本人たちからしてみれば大金。だけど、そうすることで「LDHは自分たちの会社だ」という意識を持てれば、きっと一生懸命働くだろうと。それに、たとえうまく売れたとしても、いつまでも同じように「EXILEです」と言っているわけにはいかない。だから、自分たちの将来を考えて、後輩を次から次へと育てていこうという意識も出てきた。

今、LDHはエイベックスがなくたってやっていけるぐらいの勢いになっている。彼らの人気は5年やそこらで簡単に終わるわけはない。

ヴォーカルの脱退が一度あったけど、もしかしたら、内部で揉めごとが起きるのはこれから会社をやっていくうえで、当然のことかもしれない。だけど、自分たちの会社なんだからできるだけ自分たちだけでなんとかしようとするべきだ。もし、何かあれば、僕はHIROを注意すればいい。そうすれば、HIROはそれを受け入れてメンバーに伝える。メンバーはHIROのことだけを見ている。それでいい。EXILE

という新しいマネージメント方法ができて、僕の見るべきところは変わった。

✦

俳優に関しては、アーティストと同じように接するわけにはいかない。エイベックスに所属している著名な俳優のほとんどは、立派なキャリアを持って移籍してきた。だから「今日の芝居どうでした？」って聞かれても、そんな簡単に「今日の芝居はああでこうで」と言うことはなかなかできない。なぜなら、その俳優が売れていなかった頃の背景などはわからない。だから、そんな簡単に言えないし、言いたくはない。それに、例えば中村獅童さんなんかは、芝居のことはもちろんだけど、自分がどうすれば映えるかを本人が一番わかっている。そういう俳優とは僕という、ひとりの人間が、1対1で付き合っていくべきだと思っている。舞台や映画って、共演者や監督との共同作業だから「自分の作品」とは言えない。ヒット作に恵まれても恵まれなくてもひとつひとつ、実績を積むしかない。音楽系アーティストのビジネスはかけ算中心だけど、俳優は足し算中心のビジネスだと思う。

マネージメントっていうのは、資本関係とか契約関係よりも、師弟関係のようなものでつながると思う。本当は、会社の中にもうひとりの松浦勝人をつくって、新人との関係を築かせていくのが理想的だけど、それはとても難しい。たとえるなら、僕の今の仕事は、エイベックスに松浦勝人がいなくても成立する会社に変えていくことなんだと思う。

2010.6　社長業への本格着手

正直に言うと、自分は人を見る目がないと思う。この人は素晴らしいなと思っても、結局そうではないということが何度もあった。エイベックスが小さい頃から一緒にやってきた仲間についてもそうだ。僕は会社が右肩上がりになっていく中で、なんとか自分も、その成長速度に合わせるよう努力しているけど、昔のまま変わらない人たちもいる。会社が小さい頃は、そんな人間でもリーダーをやってこれたけど、その序列のまま現在にいたってしまうと、それは、すでに会社が必要としている人物ではないという場合もある。これって立派な大企業病ではないだろうか。

僕がやらなければならないのは、この会社を潰さないようにすること。千数百人の社員がいて、その家族がいて、子供がいる。生活がある。それを守るためには、会社の成長についてこない人間、ついてこれない人間、ついてこようとすらしない人間、文句ばっかりで批判だけしている人間、会社が好きじゃない人間には辞めてもらわないと会社の成長の邪魔になる。

会社を始めた頃、社員はみんな仲間だったし、「おい、あれをやるぞ！」と言えばみんなに伝わっていた。会社が大きくなってしまった今でも社員は当然仲間だと思っているけど、僕が思っている以上に、社員が僕に対して感じている距離のほうがはるかに遠いように思える。社員に向けて僕の気持ちや、会社の方向性をいろいろと発信しているけど、「雲の上の人が何か言っている」ぐらいにしか感じていないのかもしれない。僕が「廊下で会ったら挨拶しろ」と言ったから、「とりあえず挨拶だけはしておくか」みたいな。こっちはもっと本質的なことを言っているのに、上っ面でしか捉えない人がいっぱいいる。

役職のついている社員に「若い社員の意見にもっと耳を傾けろ」と言っているんだけど、本当に聞いているのかと思う。CDが売れない状況を40歳過ぎたおじさんが「なんでだろう」と考えるより、CDを購入するお客さんと同じ世代の若い社員が考えたほうが、絶対にいいアイデアが出てくる。そのアイデアを「そんなのダメだ」と頭から否定するのか、「これはもしかして……」と考えるのか。僕が聞けと言っているのはそこなんだ。僕が作ってきたヒット曲の方程式は、すでに、どこのレコード会社でも使っているんだから、常に改良していかなければいけない。ただ上から教えられたことだけをそのままやっているだけではダメ。常に「なぜ？　どうして？　こうしたらダメなの？」と考えることが重要。

✦

'04年に自分が社長になり、レコード業界全体が苦しくなってきている中で、エイベックス自体も数字が若干下がってきている。社長をやっている僕としては、こういう状態を改善しなければならない。赤字の部門は黒字にしなければならないし、できないのだったら、何かしらの動きをとらなければならない。でなければ、エイベックスは社会から認められない存在になってしまう。

僕も、甘かったと思う。特に上層部が近すぎて友達みたいなことになっていた。もうそういう「ごっこ感覚」じゃ通用しない。'09年頃から「エイベックスを一部上場企業として適正な形にしなければ」と思ってきた。その一方で、できればそうはしたくない、自由でいたいという気持ちもあった。でも、うちの会社は自由すぎた。例えば、会社として必要最低限だと思っていた経費の数字は、普通の会社と比べたらジャブジャブだったのかもしれない。まあ、僕が毎日まじめそうなスーツを着て、仕事していたら、エイベックスはつまんない会社になっちゃうと思っていたから、少しは締めてもいいだろう。今までは「まあ、いいか。しょうがないか」と思っていた自分もいる。だけど、それって、ダメだったんだと思っている。言いたくないことでも、言わなければいけないことは、嫌だけど言おうと決めた。

エイベックスは「エンタテインメント企業」という言葉を掲げているけど、その「エンタテインメント」という言葉を、「自由」という都合のいい意味で使っていた人間が多い。「企業」という言葉をつけるのを忘れていたんじゃないかと思う。だから、エイベックスは本当の意味での「エンタテインメント企業」にならなければならない。

✦

年功序列のピラミッドみたいな仕組みは、もう今後はいらない。経営は取締役、業務は執行役員というように、きっちり分ける体制にしていく。まだ会社が若い頃に、簡単に取締役とか執行役員になれちゃった人もいるけど、社会の荒波から見たら「本当にあなたは取締役としての仕事をしているの？」「なんとなく序列でなれちゃったんじゃないの？」という人もいる。それは1回、役割を明確にして、すべてきれいにしたほうがいいと思っている。

社員に対しても、言葉で言うより、行動で示したほうがいい。上層部が行動を起こせば、「会社はこの方向に舵を切った」というメッセージが伝わる。

普通の会社から見たら、当たり前のことを言っているように見えるだろうけど、その企業として当たり前のことをやるべき時期に来ている。僕のこれまでの社長業は無駄な時間だったのか、それともここにたどりつくのに必要な時間だったのか、何年かすればわかると思う。

2010.7 自分たちのメディアを持つ！

あれは、'07年のゴールデンウィークだったか、夏休みだったか。ハワイの別荘で副社長の千葉と寝っ転がりながら「これからのエイベックスをどうする？」ということをああでもない、こうでもないと話していた。ふたりが一致したのは「やっぱり自分たちのメディアが欲しい」ということだった。

今までずっと、ある時はメディアに泣かされ、ある時はメディアを利用するということをどれだけ繰り返してきたか。その経験から、メディアの影響力の大きさと、彼らの強さを学んできた。だから、自分たちのメディアを持ちたいというのはごく自然な発想だった。僕たちが作ってきた音楽やビデオのコンテンツは、既存のメディアだけでは、思ったとおりには発表できない。僕たちのコンテンツは、僕たちのやりたいように発表したい。それがBeeTVなのだった。

✦

BeeTVは、エイベックス・エンタテインメントが約50億円、NTTドコモが約20億円を出資して設立した「エイベックス通信放送」という合弁会社が運営している携帯電話専用放送局。月額３００円(税抜)で、ドラマ・ミュージック・お笑いといった8ジャンルから好きなだけ番組が見られる。携帯電話で始めたのは誰もが持っていて、ひまつぶしにぴったりのデバイスだから。ドコモと始めたのは、当時、こちらが要求する品質の映像を流せるインフラをすでに持っていたから。

エイベックスのプロモーションビデオも人気だけど、今はドラマの人気が高い。'10年5月は『女たちは二度遊ぶ』というドラマが視聴率のトップになった。

'09年5月の開局時には3年間で350万人の会員加入を目標にした。1年経って110万人を突破し、収支ラインを約150万人と見ている。それをクリアして黒字化させるというところまでは見えてきた。

だけど、この目標数字というものに僕はまだまだ不満を感じていて、できれば500万人とか1000万人のレベルにしたい。なぜなら、次の展開を当初から考えていたから。

見られるデバイスを増やしていくのは当然の話。そもそも自分たちでメディアを持つという考え方は他の誰かに縛られたり、制限されたりしないでユーザーに届けられるという発想だ。いずれiPhoneなどのスマートフォンでも見られるようにしていくことになるだろう。

✦

コンテンツだってまだまだやるべきことがたくさんある。例えば、「キッズBeeTV」というのは、開局以前からある発想。赤ん坊が泣いた時に見せればすぐに泣きやむ番組とか。あるいは「シルバーBeeTV」とか。僕としてはCNNのように24時間ニュース番組をやりたいと思っている。

1時間ごとにキャスターがどんどん入れ替わるなんて面白いのでやってみたい。他にも、僕自身が出演してどこかの通販番組のようにアーティストグッズの通販をやるとかね（笑）。放送を見て欲しくなったら、その場で注文から決済までして、自宅や近所のコンビニまで配送というのが一度でできてしまう。まあ、提携先の問題もあるし、現実にやるかどうかは別として、やっているようでまだやっていないことがたくさんある。

✦

これは、僕の考えのひとつだけど、毎月300円（税抜）を支払ってもらうモデルにしても、方法論としてはそれだけではないと思っている。だって、iPhoneのアプリがひとつ150円や、200円だといっている時代に、毎月300円（税抜）というのはどうなのか……。もちろん、1回買い切りのアプリと、常に新作が増えていくコンテンツの違いはあるけど。

これから話すことはあくまでも例えばの話で、実際にやるかどうかは別として、「こういうやり方も考えられる」という話。

BeeTV に入会している人たちは10代の人が多い。その人たちが18歳になるとクレジットカードを作る。その時、カード会社と提携している「BeeTV カード」に入会したら、視聴料は無料になる。カード会社からは、その人がカードを使った金額のほんの数%を戻してもらう。それを音楽やドラマの製作費に充てる。消費者から見たら、視聴料は要らない、広告も出てこない、でもコンテンツは見放題。

以前にフリーという言葉が流行っていたけど、あれとは全然違う。こっちはユーザーもクライアントも誰もお金を払っているつもりはないんだけど、ちゃんと製作費が出て、質の高いコンテンツを次々と提供していくものだから。可能かどうかは別にして、もちろんそういうスタイルも意識してビジネスを考えている。

こうやって映像メディアはすでにテレビからネットへとシフトしている。ネットの世界はいわば無限にチャンネルがあるテレビのようなもの。例えば、ユーストリームやニコニコ生放送を使って、浜崎あゆみのライヴを中継することだって考えられる。ツアーの最終日をユーストリームやニコニコ生放送で中継したら、いったいどれだけの人が見てくれるだろう。

ただ、人気のテレビ番組というのは視聴率が10%や20%くらいで、その影響力というのは間違いなく強い。視聴率1%が約100万人だったら、10%は約1000万人ということだよね。僕の中では、この数字がひとつの目標だと秘かに思っている。だから、BeeTV は成功したなんて全然思っていない。まだ成長過程の一歩を踏み出したにすぎない。僕の中ではこの先考えていることはまだまだいくらでもあるんだよね。

◆

2010.8 BeeTVの本当の凄さ

BeeTV の本当の狙いは、ミュージックビデオを携帯電話で配信することでも、ドラマを制作することでもない。その先にある。月々300円（税抜）の課金収入というのは、あくまでも一次的な売り上げにすぎない。BeeTVから別のメディアや商品に展開したり、あるいは新しい人気者が登場してきたりする。そのメリットは計り知れないものがある。ここはわりと見逃しがちだけど、僕たちの狙いはそこにある。

例えば、BeeTVで制作したドラマ『40女と90日間で結婚する方法』は、'09年末にフジテレビ系列で放送されて約10％の視聴率をとった。BeeTVから発信した作品が、テレビで放送されるといった二次利用の形もできているし、DVD化して販売やレンタルする方法もできている。制作著作がBeeTVであるというのは、権利のすべてがうちにあるということだから。

例えば、ある人気アーティストがアロマが好きで、ずいぶん勉強をしていたとしても、それを紹介したり関連商品を販売する場所はない。だけど、今なら簡単に、BeeTVやウェブ、さらにはツイッターなどで、そして正確にファンへ伝えることができる。もし、そのアーティストが作るアロマや、そのアーティストが認めたアロマとかが出てきたら爆発的に売れるはず。

歌を唄うアーティストのカリスマ性やメッセージ力というのは、一般的なタレントとは若干違うと思うから。それに、アーティスト本人のポリシーや主張というのは、タレントより色濃く存在する。「ここと提携するから、ライヴでこの服を着ろ」と言ったって、アーティストは自分が表現したいもの、主張したいものでないと着ない。だったら、僕たちは本人が選んだものをリコメンド商品として販売すればいい。それを今までやってこなかっただけで、メディアを自分たちで持った今なら、やろうと思えばいつでもできる。

✦

BeeTVの番組はテレビ局にも制作をお願いしている。BeeTVを始めた時に、ある人からこうも言われた。「テレビ局というのは今までずっと番組を制作会社に発注する側だった。それが、今回は初めて制作会社として番組を受注するんですね」と。ただ、僕たちは別にテレビ局との関係をひっくり返そうとか、そういうことを考えているわけではない。

テレビはテレビ、BeeTV はBeeTV の役割がある。

さらにユーストリームやニコニコ生放送といったネットのライヴメディアもある。ソフトバンクの孫さんがIT評論家と「光の道」をテーマに対談を行い、生中継される番組があった。約5時間徹底対談するというもので、ふたりが対談しているだけなのに、ものすごく面白い。僕も小室哲哉さんと対談する番組をやろうと思ったら、すごく簡単に放送できた。こんなメディアは今までなかった。

これも例えばの話だけど、人気アーティストのライヴチケットは購入できた人より手に入れられなかった人のほうが断然多い。実際、ドーム公演2日間でチケットを10万人分用意しても、その約10倍のチケット申し込みがあるアーティストだっている。当然チケットが手に入らなかった人はライヴを観ることができない。じゃあ、ライヴの最終日に、ステージ両サイドのビジョンに流している生のカメラ映像をユーストリームなどで有料生中継したらどういうことになるか。さらに、これを編集して今度はBeeTV でも放送する。その次に映画館で展開し、DVD化もする。ファンは一度のライヴを、何度も違ったテイストで楽しむことができる。

また、BeeTV やライヴメディアから新しいスターも生まれてくるだろう。応募したい人には、自分でユーストリームやニコニコ生放送で、歌や芸を披露してもらう。それをBeeTV が追いかけてドキュメンタリーを作り、視聴者が人気投票をする双方向性もつけ加える。いわゆる「通信と放送の融合」というのは、実際にはまだ誰もやれていないんだけど、BeeTV ではすでに可能になっているし、いつでもできる。今はいちばんいいタイミングを待っているところ。

✦

CD販売は今まで「かけ算」のビジネスだった。それがCDを購入することからライヴを観に行くのが消費の中心になってきたので、アーティストは、24時間を切り売りする「足し算」のビジネスになってしまった。それを再びかけ算のビジネスに戻すのがBeeTV やユーストリームなどのネットメディアだ。僕たちは、テレビというメディアに対しては強みを持っていないし、テレビは24時間という時間制限の中でしか放送枠を持っていないけど、こちらは無限のチャンネルがある。目指しているのは、ライヴメディアでみんなが自由に表現するようになって、BeeTVが新しい人気者を育てていく。それをDVDやテレビに展開することだ。

エイベックスは豊富なコンテンツを持っている。今までは、その出口がCDに偏りすぎていただけなんだ。でも今やBeeTV、ユーストリーム、ニコニコ生放送、ツイッターと、出口がすごく広がっている。そこに付随するビジネスはいくらでもある。僕たちは今まで人気者とヒット曲を作ってきたからそれができると思うし、そのためには、これからも人気者やヒット曲を作り続けなければならない。

2010.9 ツイッターをする理由

僕は'09年からツイッターをやっていて、フォローしてくれる人も徐々に増えている。いろんなことをバカ正直に平気で言ってしまうし、ファンからの質問にも気軽に答えるから、みんな面白がってくれるんじゃないかな。例えば、ファンから「今夜はあゆと何食べるんですか?」なんて質問されても、「もつ鍋!」って気軽に答えちゃうしね。もちろん、喋っていいこと、知っているけど喋れないこと、本当に知らないことの区別はしているし、情報開示に関わるものは担当部署に確認してからツイートしている。まあ、それでも後で広報から叱られることもあるけど。

始めたきっかけは、米国でツイッターとフェイスブックが流行しているという話を聞いて。１４０文字のコミュニケーションといっても、英語の１４０文字と日本語の１４０文字では違いがあって、英語は一方的なつぶやきを発信するだけだけど、日本語だと会話が成立する。昔やっていた浜崎あゆみの「あゆチャット」に近い、チャット的な使い方ができるのが日本のツイッターだと思う。本来ツイッターを作った人の意図とは違うのかもしれないけど、使う人がどういう使い方をするかが大事なんだから、いろいろな使われ方があっていい。

◆

例えば千葉（代表取締役CSO）は、あまりパソコンを使わない人なのにいきなりiPhoneでツイッターを始めた。ネットの反響の怖さを何も知らないで始めたから、言葉遣いやアップする写真で周りから叱られたりしたこともあるんだけど、でも、千葉のツイートはとても面白い。千葉は、社内ではものすごく怖い存在として恐れられているんだけど、社員があのツイートを見たら「千葉さんは怖いだけの人じゃない」と見方が変わるかもしれない。社外に発信してはいるんだけど、結果として社内に発信していることになっている。千葉の本当の人柄が自然な形で社員に伝わっている。

浜崎あゆみは、以前「あゆチャット」をやっていて、本人も気に入っていた。だから「100万人のフォロワーを作ろう」と言ってツイッターを薦めた。いろいろなところであれこれ書かれても、すぐに自分で「ウソだよ」「ホントだよ」と言えるメディアができると。だから「1日ひとつだけつぶやけば？」と言ったんだけど、本人が面白くなってハマってしまっている。ファンにしてみたら、「ひょっとしたら、私の質問にあゆが答えてくれるかもしれない」という期待がものすごく膨らむ。浜崎あゆみは、本当は親しみやすいキャラなんだということがツイッターでみんなに伝わる。

活動休止中の小室哲哉さんは、どんな形でファンの前に復帰したらいいかわからないところもあったので、「1日1回、音楽の話だけをつぶやいてください」とお願いした。でも、あの人はやっぱりすごくて、140文字で小説を書きだしちゃったりするんだよね。聞いたら、「スタジオにいる時でも、作曲している合間にツイッターをやったりしている」って言う。ツイッターが小室作品の発表の場になっている。

✦

僕自身の使い方は、まずは告知の手段。ツイッターの告知効果は大きい。'10年の今、フォロワーが8万5000人。ツイッターの普及度を考えると今の日本人の10人に1人ぐらいが使っていると思うんだけど、きっと今後はもっと増えるはず。そうしたら、僕のフォロワーも15万人とか20万人に増えていくかもしれない。何かを発信すれば、どんどんリツイートされて、あっという間に100万人ぐらいに広まっていくというツールは、個人ではなかなか作ることができない。僕と小室さんがニコニコ生放送で対談した時だって、ツイッターで告知しただけなのに7000人以上もの人が見に来てくれた。

もうひとつが、アーティストのファンとの交流。新幹線で移動している時にツイッターをやると、東京・大阪間がものすごく短く感じる。ファンから寄せられた200から300の質問に次から次へと答えていく。ひとつひとつ考えている時間はない。頭の体操に近い。

でも、実は、株主総会を機にツイッターをやめてしまおうと考えていたこともあった。ツイッターが普及してくると、いろいろな人がフォローして、敢えて僕を怒らせようとする人もたくさん出てきたからだ。まだ、僕自身の悪口を言われるのはいい。でも、アーティストとか会社や社員、家族の悪口に対しては、本気で腹が立って、反応してしまうこともある。ただ、単純に僕を怒らせようとネットの世界で俗に言う「つり」に来たようなツイートに対しては反応しないようにしている。たまに、なんでそこまで言われなければならないんだと思うこともあるけど、ファンとの1問1答をツイッター上で公開していることで、僕の本当の性格を実は社員たちに伝えているところもある。

✦

他の経営者のツイッターも見たりすることがあるけど、正直言って面白いツイッターは多くない。それはいろいろな事情があって、仕事に関することしかつぶやけないし、自分をさらけだすことができないから。

ツイッターに限らず、自分をさらけださないと自分という人間を伝えられないと思っている。僕のつぶやきの比率はエイベックスの社長5割、僕自身5割。しかもツイッターはつぶやきの内容だけでなく、行間にもその人の性格が出てしまうから、気合いを入れてからでないと入っていけない。「さあ、これから2時間真剣勝負だ」という気持ちでツイッターに敢えて飛び込んでいくこともある。

2010.10 なぜITを駆使するか

エイベックスがコンピューターを使い始めたのは早かった。'92年頃には、すでに社員全員にひとり1台のPCが用意されていた。その頃、インターネットについても、なんとなく耳にするようになって、入門書を読んで勉強したりもした。当時の依田巽会長からも、米国でインターネットが流行しているという話は聞いていたし、小室哲哉さんからもいろいろ聞いた。この時期に、CDエクストラというものがあり、音楽以外にビデオクリップのデータを収録できるというアイデアを小室さんからもらい、やってみたりもした。

そうやってITを知るようになると、将来、音楽配信は間違いなく広まっていくと確信できた。だから当時から原盤権は自社で持っておかないと、配信が始まった時に、自分たちでビジネスができなくなるという意識はあった。「よく当時からそこまで考えられたね」と言われるけど、音楽ビジネスをやっていて、インターネットを見ていたら、当然そう考える。だって、インターネットがもっと便利になっていったら、必ずそうなるとわかるから。

✦

インターネットは仕事に必要な道具という感覚だったけど、'98年頃に浜崎あゆみのHPで「あゆチャット」を始めたことでコミュニケーションの面白さを知った。ネットが広まると、当然アーティストのHPを作るようになり、掲示板やチャット機能がつけられていった。特に「あゆチャット」は、すごいことになっていた。24時間、いつでも誰かがいるというのは「あゆチャット」だけだった。僕かあゆが入っていくと「本人です」ということがわかる仕組みになっていて、仕事の手が空いた時に入っていくと、参加者がぶわっとものすごい数に膨らんでいく。その感じは、今のツイッターととてもよく似ている。「あゆチャット」にはオフ会があって、その会場に顔を出してみたり、会場を僕が提供したこともある。さらに、オフ会に参加していた人を自宅に呼んだこともある。いろいろ話しかけてくる人もいれば、遠くから見ているだけの人もいる。ネットからリアルな知り合いができるんだなあと感じていた。
'04年には、サービスが始まったばかりのミクシィをずいぶんやった。ある夕刊紙に「ミクシィ中毒の有名人」として取りあげられるほど熱心にやった。来たメッセージにはそれがたとえひと言のものでもすべて返事を書いていたし、誕生日の人には直接メッセージを送った。ところが、'05年に「のまネコ騒動」が起きた。のまネコの誕生経緯などについて僕が直接指揮したことではなかったけど、社長である僕はもちろん「知らない」とは言えない。責任があるから、ミクシィ上で質問されれば答えなければならない。それまではどんな質問でも、すべてに答えてきたのに、この問題だけは急に答えられなくなってしまった。広報が発表している内容と、僕自身の思いがずれていたとしても「会社が言っているとおりです」としか言えなくなってしまう。これは僕の本音ではない。自分の心の中で、つじつまが合わなくなって、ミクシィから去ることにした。

　それからはいろいろなブログをやって、どんなことができるんだろう、徹底的に使い倒してやれという気持ちで、あらゆる実験をした。新曲の頭15秒だけをアップして、聞いた人がどんな反応をするんだろうとか。アーティストのオフの時の写真を載せたら、読者数がどのくらい増えるのだろうかとか。

✦

「ネットでこういうことができないのか？」と聞いたら、すぐに答えてくれる人がいる。古くからの付き合いがある社外の人間なんだけど、彼は何でも知っている。ITだけじゃなく、政治から何から何まで知っている。見ていると、検索の方法が並じゃない。たぶん、ネットにはありとあらゆることの答えが入っていて、それをどうやって探し当てるかというテクニックが人間離れしているんだと思う。他にも、ドワンゴの川上量生会長とか、オフ会で知り合った人たちとか、ITのことを相談できる人材は僕の周りにたくさんいる。でも、最後は必ず自分でとことん使い倒す。人に任せて試させたのでは、そのメディアのどこが面白いのか、本当のところが実感できないから。

✦

　実を言うと、僕は言葉のコミュニケーションが苦手で、ツイッターやブログでの文字のコミュニケーションが性に合っている。人と話すのが苦手ということではなくて、社交的なお愛想をすることができないし、したくない。社員に「最近どう？」と声をかけることすらできない。うちの娘が、お父さんへの贈り物を幼稚園の工作で作ったからとプレゼントが机に置いてあった。嬉しいのに「ありがとう」のひと言も言えない。なんか恥ずかしいし、照れくさい。ダメな親だと思う。そのぐらい自分は子供っぽく、いつまでたっても大人になりきれない。自分でもなんでだろうと思う。でも、ツイッターやブログは、自分の本音を書かないと伝わらないし、本音を書き続ければ、行間を含めて本意が伝わると思ってやっている。

　だから、僕がインターネットやツイッター、ブログなどをとことんやってしまうのは、ＩＴの先端だからというわけではなくて、本来の自分をみんなに伝えることができるメディアだから。僕は、お愛想や社交ではなく、本当の自分を伝えたいという気持ちが人一倍強い。だから今も、自分に合うメディアを探し続けている。

2010.11 仕事の時間の使い方

　30代半ば頃までの僕には、時間の使い方なんて考える余裕すらなかった。24時間、仕事しかなかったから。当時は秘書なんかいないから、スケジュールの管理は自分で手帳につけてやっていた。ところが、普通の手帳じゃ話にならなくて、0時から24時まで書き込める予定表を使っていた。それがびっしりと埋まっていく。

　あの頃は「仕事が遊びで遊びが仕事」だった。大いに飲んだり遊んだりもしたけど、それも仕事のうち。時間がまるで足りない。いきおい、睡眠時間を削ることになる。1日1時間寝る時間を削れば、月に30時間。丸1日人よりも多く使える。じゃあ、2時間削れば2日多く使える、とまで考えていた。

　睡眠時間が足りなくても、二日酔いでも、会社には誰よりも早く出社していた。会議をしていたら、なぜか頭が痛い。なんでだろうと首をひねっていると、どうも自分はかなり酒臭い。「ああ、俺は二日酔いなんだ」と後から気がつくこともよくあった。

✦

そうやって、24時間突っ走っていくうちに、自分が少しずつ、以前の自分ではなくなっていっていることに気がついていた。僕がこの仕事を始めたのは、音楽が大好きだったから。素晴らしいアーティストを誕生させて、みんなに「こんないい音楽があるんだ」ということを知らせたかった。

でも、エイベックスが株式上場を目指すようになると、しだいに自分の中で、大好きだった音楽が音楽ではなくなっていた。商品になっていった。音楽は作っているんだけど、売り上げも作らなければならない、利益を出さなければならないと考えてしまう自分がいた。自分の中ではものすごく矛盾を感じていたけど、「とりあえず上場するまでは」と勝手な目標を立てて、自分を抑え込んでいた。

エイベックスが上場すると、すべてが変わった。目標は達成できたし、お金もできた。当時専務だった僕はハワイに行って新しい音楽を作る指示を会社から受けた。

✦

お金も入って、大好きなハワイで暮らすようになると、目標がなくなった。ハワイにはハワイの時間が流れている。それまでは15分刻みで仕事をしていたのに、ハワイで1日に行う大きな用事はひとつと決めていた。朝起きて、メールを読む。楽曲のダメ出しをしたり、仕事の指示を出したり、そんな毎日。日本にいる時より時間に余裕があったから、余暇ではウェイクボードを狂ったようにやっていた。あとは飯食って、酒飲んで、寝て。そういう生活は楽しかったけど、仕事をするうえではまったくのダメ人間になってしまいそうだった。それでも自分を見失わずに済んだのは、エイベックスという看板があったからだと思う。現役の専務だったから、毎日のように来客がある。もし、完全リタイアだったら、誰も僕なんかを相手にしなかっただろう。寂しくていられなかったと思う。

エイベックスという看板の重さは、当時は少ししかわかっていなかったけど、今はものすごくよくわかる。

ハワイにはずっと住んでいていいという話だった

んだけど、事情が変わって、1年で東京に呼び戻されることになる。でも、ハワイ感覚のままで戻ってきてしまった。電話とメールで仕事をするスタイルをそのまま続けて、会社にも行かないで仕事を済ませてしまったり、会議に出ない時もあった。当時の依田会長から「いい加減にしろ」と叱られて、ようやく出ていくような状態。

自分でも、これではいくら何でもダメだとわかっていた。ちょうどその頃、トラブルに巻き込まれてかなり多くの財産を失い、さらに、莫大な借金まで背負うことになった。

結果、自己反省して、自分をゼロから作り直すしかないというところに自分を追い込んでいった。世間から見ればまだまだ甘いよと言われるかもしれないけど、小さなワンルームに引っ越して、再出発することにした。自分の収入だけでは利息の返済にも追いつかない。車や腕時計などもすべて売り、そのお金を生活費に充てて暮らしていた。

✦

社長になってからは、時間を昔みたいに大事に使おうと考えた。社長業というのは、怖いことだらけで、いつも不安。

まじめに働いてきて社長になった人ならそんなことはないのかもしれないけど、音楽作りばかりをしてきた僕だったから、思わぬことで足をすくわれたり、いろいろなところからターゲットにされるという不安があった。マスコミとか世間とか。だからといって、社長だから会社に来ないというわけにもいかない。それで、もっと時間を大切にしようと思うようになった。

スケジュールの取り方は30分単位。よく「5分でいいですから」と言う人がいるけど、5分で終わったためしはない。

だから、30分単位でスケジュールを入れて、早く終わったら、残りは自分の時間。スケジュールは、夜の会食、夕方の打ち合わせというように、1日の後ろから入れるようにしている。だから、予定が詰まっていない時は、午前中から昼まで自分の時間が取れる。まあ、それに、うまくすれば、早朝釣りに行けるかなということもあるけど（笑）。あとは、予定をまったく入れない日を週に1日作る。それは自分の仕事をしたり、考える時間に充てている。

以前は「仕事が遊びで遊びが仕事」という感覚で24時間走り続けていたけど、今は「仕事は仕事で遊びは遊び」で走り続けている。

2010.12 社長の時間の使い方

社長になって、仕事量は間違いなく増える。でも、僕は社長になっても松浦勝人でいようと思った。「上場企業の社長たるもの、こうすべき」ということに、いちいち反抗している。反抗というより、僕らしくない。ガラじゃないことはしたくない。

ある新聞で、上場企業の新社長にインタビューするという企画があったけど、お断りさせてもらった。銀行や証券会社のトップともあまり会わない。決算説明会の会見への出席についても見直すことにした。なぜなら決算数字に関することがメインの説明会であるということは、僕が話すよりＣＦＯ（最高財務責任者）が話すほうがずっとリアルだと思ったから。「社長が話すことが絶対必要」という場では話すけど、それ以外の場で、決まり切った言葉を並べて話すのは自分らしくないし、できれば、それはしたくない。

株主総会では会社の社長は議長として壇上に上がるものだ。社長になる以前、「株主総会というのは大変なものなんだ」と教えられていたし、ニュースで見たことのある株主総会というのも、ものすごく荒れていて大変そうなイメージ。それに加えて、ただでさえ決められた言葉を並べて話すのが好きではない僕が、数千人規模の株主の方々を前にして話をしなければならないのかと思うと、総会直前は気が重くなっていた。実際にやってみれば、株主総会は特別難しいというものではないし、普段やってきていることを正直に伝えればいいのだけれど、最初は慣れていない、経験不足からくる恐怖心があった。考えすぎの怖さだったことは、経験した今、だんだんとわかってきた。

社長業をやってみて、社長としてやらなくてはならないこと、社長がやらなくてもいいこと、気にしなくてもいいことの区別がついてきた。

✦

僕は、昔からずっと自分のキャラづくりをしてきた。例えば、会社の打ち上げで、社員をちょっとからかったとする。捉え方によってはギリギリな悪ふざけだったとしても、僕の場合は「松浦社長らしいな…（笑）」ということになる。

キャラづくりといっても、それは自分を偽るということではなく、本当の自分をさらけだしてきたということ。自分が選んだ道なのだから好きなことにも辛いことにも、時間なんか関係なく、誰もが認めるくらい頑張っている姿を見せてきた。だから、僕が苦しくて、ダメで、もう松浦勝人は終わってしまうのではないかという時も、みんな待っていてくれた。社長でありながら、松浦勝人でいられるのも、それを許してくれる周りに恵まれているからだと思う。

✦

社長が本来やるべきことと、本当はやらなくてよかったことの区別がつくようになると、ものすごく時間を自由に使えるようになった。むしろ、自由すぎて、自分で気を付けるようにしなければならないと思う。僕は、くそまじめと怠け者の両極端が同居している人間だから。

極端な話だけど、社長というのは「今日は休もう」と思えば会社を休めてしまうし、「会議が面倒だ」と思えばキャンセルできてしまう。社員に用事がある時は、僕が「ちょっと来てくれるかな。無理なら大丈夫だけど」と言ったら、その社員は大事な打ち合わせ中でも、すぐに都合をつけて飛んできてくれる。そう言うと「自分のペースで時間を使えるから楽だろうな」と思う人もいるかもしれないけれど、だから自己管理も必要になる。そうして作った自分の時間では、ぼけっとしているように見えても、いつも何かを考えている。売り上げも、利益も、経営も、世の中も、景気も、事故も、常に考えている。

✦

みんな、時間を足し算でしか考えていないんじゃないだろうか。時間をいかにうまく使うかというのは、朝出勤前の時間で新聞を何種類読むか、みたいなことではないと思う。それも大切かもしれないが、そこは、誰でもそう大差はない。そういう感覚でいると、時給1000円で3時間働いたから3000円もらうという足し算的な時間の使い方しか生まれてこない。

僕も学生の時に、時間給のアルバイトをしたことがあったけど、4時間のシフトなのに、8時間ぐらい店にいることが多かった。給料は4時間分だけど、楽しかったからいた。手伝いたかったから残った。レンタルレコード店を任された時も、朝から深夜まで店で働いたけど、それはお金のためじゃなかった。月300万円という売り上げ目標を立て、それをどうしても達成したいという気持ちで働いていた。

大学時代の自由な時間に、僕は1日中店にいた。でもその間にダンスミュージックを聴きまくり、誰がいい曲を作っていて、誰がいいプロデューサーなのかということを調べ、覚えた知識だけで、10年間食べられた。同級生の中には、時間給のアルバイトをして、余暇を使ってかわいい女の子と知り合い、楽しく遊んでいるやつも大勢いた。でも、それしかやっていないやつは、それだけのやつにしかなっていないはず。

イヤなこと、辛いこともあったけど、これでよかったと思う。生まれ変わることがあったら、僕はもう一度松浦勝人になりたい。

✦

時間の使い方というのは、時間をきめ細かく区切って、隙間を探していくようなことではない。スケジュール帳には見えない時間の使い方がとても大切だし、難しい。何のために時間を使うのか。それが未来の自分を作っていく。

2011.1 社長としての社交術

僕の人付き合いは、その人と真正面から向き合うこと。思ったことは何でも言う。さすがに「それは言ってはいけない」ことはわきまえているつもりだけど、それでも口にしてしまうこともある。

とある業界の重鎮と会食した時のこと。他の人もたくさん同席しているし、僕はお酒がずいぶん入っていた。その人に対して、僕は「ちょっと偉いからって、いい気になってんじゃないぞ」と言って、おでこをポンポンと叩いてしまった。なごやかな雰囲気が一気に凍りついた。でも、その行動がよかったのかどうかはわからないけど、それから毎回のように呼んでもらい、今でも可愛がってもらっている。

僕が尊敬する、ある政治家と会食した時もそうだった。食事の最中に、その人の目の前で背中を向けて携帯電話を使った。「失礼なヤツだ」と不快な顔をしていたので、「すみません」と謝って、さらにもう一度背中を向けて携帯電話を使った。

そのような失礼なことをして、なぜ嫌われないかというと、その行為の前にはいろいろな話をして、「松浦って面白いヤツだな」となっているから。ちょっとした失礼も大目にみてもらえるような、そもそもの理解や入り込みみたいなものができているうえでのことだから、成立するやりとりだと思う。

僕の昼間の姿は礼儀正しくまじめ。夜、酒が入ると失礼になっちゃう人間だけど、「昼間でも夜でも言っていることが一貫している」とよく言われる。昼間は、自分の一部を隠していて、酒が入るとそれが顔を出してくるというのではなく、昼間の僕も酔っている僕も、同じ松浦勝人。ただ、表現方法が違うだけにすぎない。

失礼なことをするのは、相手に自分を印象づけるための無意識の計算かもしれない。でも自分を印象づけるのは、何も失礼なことをするだけじゃない。ある偉い人と会食することになって、誘ってくれた人から、「ワインを1本持っていけ」とアドバイスされた。ワインがとても好きな人だという。こういう時、中途半端なことはしない。値段ではなく、手に入れるのが難しい貴重なワインをなんとか手に入れて持っていった。その人は、すごく喜んでくれて、それ以来、僕はその人から「ワイン係」として可愛がっていただいている。

✦

僕は30歳ぐらいまで、お酒はほとんど飲めなかったし、飲まなかった。でも、飲み始めたのは、千葉（代表取締役CSO）と出会ってから。千葉は、頼みづらいことを、酒の席で酔った勢いで頼んでいた。それを見て、僕は「千葉、ナイス。これだ！」と思った。その頃の僕は、小室哲哉さんと仕事を始めた時で、頼みづらいお願いをいくつもしなければならなかった。だから、千葉の豪快かつ繊細なやり方を真似て、酔った勢いを利用しながら、いろいろ頼みごとをした。僕が酒を飲み始めたのは、そこから。

千葉と出会うまでは、僕の人付き合いはひたすらまじめ一辺倒。エイベックスを始める以前は、そもそも人に何かをお願いする必要がなかった。毎日、音楽を聴きまくって、リコメンドコメントを書いて、CDを納品することで仕事が成立していたから、自分の努力でどうにかなることばかりだった。エイベックスで初めてCDを出すことになった時も、ジャケットの印刷を発注するのに、自分でジャケットの大きさをものさしで測って、印刷屋に注文していたぐらいだから。

でも、会社が大きくなると、人付き合いが必要になってきた。ダンスミュージックのレコード会社だったから、DJと仲良くなるのが必須。でも、有名DJたちは、エイベックスなんか相手にしてくれない。ひたすら、毎日、毎日、DJの元を訪れて、ただ頭を下げて回るしかできなかった。

こういう人付き合いは、正直辛かったし、苦手だった。それがうまく付き合えるようになったのは、千葉のおかげだと思う。

✦

子供の頃の僕は、そこそこクラスでも威張っていたほうだったと思う。でも、小学校4年生の時、学校を1日休んだら、ライバルが画策して、僕を仲間はずれにし、ひと月ぐらい誰も口をきいてくれない状態になった。それが、僕の中ですごくトラウマになって、性格が変わった。「人に嫌われたくない」という気持ちがとても強くなって、それ以来、人に嫌われないために、とてもナーバスに気を使うようになった。でも、気を使っているのが見えてしまうと、相手の心の奥には入っていけない。全然気を使ってないように見えて、実は気を使っているというのが、本当に「人に気を使う」ということだと思う。

✦

僕は無愛想だし、不機嫌そうな顔をしているので、第一印象は必ずといっていいほど悪い。それをひっくり返すには、自分のすべてを相手に見せるしかないと思っている。

例えば、週刊誌の記者が僕のゴシップ記事を書きたいと言って会いに来たことがあった。半分は本当だった。僕はありのままの話をした。そうしたら取材が終わったあと、記者は「松浦さんの言っていることのほうが筋が通っているので今回の記事は掲載しない」と言った。もしこれをないがしろにしたら、自分が思っていることとは違うことまでも書かれてしまう。でも、本人と真っ当に向き合って、すべて本当のことを話したから、通じたんだと思う。

昔は人付き合いが苦手だと思い込んでいたけど、今は楽しめるようにすらなってきた。

2011.2 社長としての人脈術

「一度会ってくれませんか」という話は、たくさん来るけど、会いたいと言われる場合はほとんどが何かの頼みごとだったり自分に都合のいい話を持ってくるケースが多い。それに、エイベックスのことがよくわかっている人は、僕のところには来ない。なぜなら、それぞれ仕事の役割を分担しているので、話したい内容が決まっていれば、担当の役員のところへ直接行くはず。外部企業とのアライアンス案件などの話で僕はめったに誰かと会うことがない。

何かのご縁があってお会いする方はいるけれど、人間としての面白みを感じる人はとても少ないというのも事実。大企業のトップと言われる人でも、例えば、サラリーマン的な頭のために本音で話し合えず、つまらない人もいるし、世襲によってトップになった人の中には周りに持ち上げられるのに慣れてしまっている人もいたりする。

もちろん、中には面白い人もいて、三井不動産や森ビルなんていう、一見僕には縁遠そうな会社の経営陣にだって気の合う人がいるんだけどね。

それでも毎日、あらゆる方面から「会いたい」という話をいただく。

✦

もし、会いたい人がいれば、僕は自分のほうから、「会いたい」と電話をする。普通は、誰か紹介者を経て会うのかもしれないけど、紹介者がいると、相手にとっては、僕も紹介者の仲間だという印象になってしまうし、もし、会いたい人がその紹介者を好きじゃなければ、僕の印象も会う前から悪くなる。だから、会いたい人には自分で直接電話をする。

ずいぶん前になるけど、ライブドアが大阪近鉄バファローズを買収する話が出て、堀江貴文さんの名前が一気に知られるようになった。メディアでの発言も過激で、よくわからないけど、面白い人だと思った。ヘンな人だとも思った。でも、ヘンな人だから、会ってみたくなって、自分でライブドアの代表電話に「エイベックスの松浦です」と直接かけたことがある。その時はつないでもらえず、ホームページにある問い合わせ先という小さなボタンを案内されて、そこに連絡をくださいと言われた（笑）。そして、そこに会いたいという旨のメールを送ったらすぐに折り返し連絡が来た。

僕が会いたい人に伝えるのは「特に用事はないけど、会いませんか」ということ。自分が電話を受ける身だからよくわかるのかもしれないけど、「自分に都合のいいビジネスの話をしたいんじゃない」と初めにはっきり伝える。じゃないと、相手も警戒すると思うから。

✦

同じ年代の創業者兼社長とはやっぱり話が合うし、面白い人が多い。サイバーエージェントの藤田晋さんやGMOインターネットの熊谷正寿さんや、楽天の三木谷浩史さんとか、他にも結構いる。この人たちは、まっすぐでバカ正直で、熱い。紹介されて会った人たちだが、その後もたびたび会うようになった。

僕はレコード業界以外の人と会うことがほとんどで、実は、異業種交流会のようなものに入っている。今は「価値創造フォーラム21」という企業の社長の集まりでは幹事までやっているし、もうひとつ、日本を代表する創業者が集まる非公開の会にも顔を出している。そこに集まる社長たちの話を聞いていて、社長業というものがどういうものなのかわかってきた。みんな、自分の会社や事業のことだけでなく、日本のことを考えて仕事をしている。

こういう場所に顔を出すと、社長になる以前と対応がまったく違うことに驚く。音楽業界では、「エイベックスの音楽プロデューサー＝松浦」という見られ方だから、自分自身の意識とあまり変わらなかったけど、経済界から見れば、エイベックスは一部上場企業であり、僕はその社長。でも、僕はエイベックスが大企業だとは思っていなかったし、自分が偉いともすごいとも思っていない。だから、最初はあまりにも大げさに扱われることに戸惑ったりもした。

✦

僕は、この人と付き合うと決めたら、仕事の話抜きで徹底的に付き合う。ソフトバンクの孫正義さんとは仕事の話が多いが、それ以外のこともいろいろと話す。孫さんはマグロが好きと聞いたので、僕も釣りが好きなものだから、釣り上げたマグロの写真を送ったりしている。本当はそのマグロを差し上げようと思ったんだけど、そこまでいいマグロではなかったので、「今度は２００kgの脂の乗ったホンマグロを釣り上げますから、その時には」とお約束している。

海外視察に行った時に、ある分野のエキスパートの方と一緒になった。視察中に仲良くなって、音楽業界の悩みを話したら、その方は解決するためにとても積極的に動いてくださった。電話で「僕は松浦君に動かされている気がするよ」と笑っている。器の大きな人だと思う。でも、僕は動いてもらおうとか、頼みごとをしようとか、そういう考えを持ったことはまったくない。視察中にその方が「日本で何か変わったことはないか」と僕にたびたび聞く。「あ、これは、僕をそういうことを聞く係にしたいんだな」と思ったから、視察の合い間、ホテルで30分休憩する時に、パソコンでネットのニュースをざっと見て、それをお伝えした。自分に求められていることを、ごく普通にきちんとやっただけ。

好きな人とは徹底的に仕事抜きで付き合う。つまらない人とは会わない。食わず嫌いはよくないとは思うけど、それが僕だから。これからも変わらない。

2011.3 代表が4人もいる理由

エイベックスには今、代表が４人いる。４人も代表がいる会社というのを、僕は他に知らない。サッカーのフォーメーションのような体制だといわれればそうかもしれない。4人の役割分担は、戦略、財務、事業とほぼ決まっている。でも、状況に応じて、フォーメーションは臨機応変に変えていく。今のエイベックスにとってはとてもいい形になっていると思うけど、それは僕がいかに立派でない社長かということの裏返しでもある。僕が何でもできる立派な社長だったら、ひとりで何でも決めてしまえばいいんだから。僕は、音楽を作るという、ある特定の範囲のことは得意だけど、すべてができるわけじゃない。それは他の3人も同じ。それぞれの得意分野を持ち寄って、4人でやっているというのが今のエイベックス。

戦略的なことも4人で考えている。僕が0と1を考えたら、千葉（代表取締役CSO　戦略担当）が2から10までを作るとか、あるいは千葉が0と1を考えて、僕が2と3を付け足して、4から10までを別の人間が作るとか。僕が作る部分はほんのちょっとしかないんだけど、そこが重要な部分だったりする。

他の3人はみんな頭がいいから、たいていのことはできてしまう。それに対して僕が異論を挟むことはほとんどない。「いいんじゃないの」となる。でも、3人でも決められない、やっかいな問題こそ、僕のところにやってくる。例えば、最終的な人事の話などは「最後は社長の判断で」となる。だから、僕のところに来るのは、すべてが「究極の選択」。4人が信頼関係で結ばれていないと、絶対にできない体制だと思う。

✦

僕は20歳の時から、ずっと仕事ばかりしてきた。それも、自分で会社を作ったから、就職活動でものすごい競争をくぐり抜けてきたわけでもないし、就職してから社内の熾烈な派閥抗争をくぐり抜けてきたわけでもない。ものづくりが好きだったし、僕が作らなければ誰が作るんだという気持ちで、ものづくりに専念してきた。

それが'04年に社内でいわゆる「お家騒動」があって、僕が最終的に社長に落ち着くことになった。別に僕は「社長になりたい」と、権力闘争のようなことをしたわけでも何でもない。でも、その時はっきりとわかったのが、もし、社長の座に就くんだったら、ものづくりだけではなく、経理や人事、総務といったところも掌握してなければいけないんだ、ということ。「俺はモノだけ作っていればいいや」ということでは、社長としては通用しないということを痛感した。だから、エイベックスはこのような経営体制でやっているし、僕は立派な社長なんかじゃないと思っている。

✦

よく僕は冗談で、「エイベックスの代表は、戦略担当、財務担当、事業担当、そして僕が釣り担当」と言うことがある。「僕は会社のお飾りみたいな存在だ」と言うこともある。でも、じゃあ、他の人でも僕の仕事が務まるのかといえば、そうはいかない。芸能界との付き合いがあるから。

芸能界というのは、ずっと大昔までさかのぼれば、興業という荒々しいところから出発しているといわれている。それが長い年月をかけて、今のような真っ当なビジネスをやる業界になってきた。それでも、古い世界だから、昔からの慣習や空気感が残っているところもたくさんある。そこでは、ビジネス的にどっちが合理的かということよりも、人と人との信頼関係でものごとが決まっていくことも多い。その信頼関係を築いていくのは、誰にでもできることじゃない。独特の距離感やタイミングみたいなものもあって、そこは結構上手にできているのかもしれないと思う。

例えば、BeeTVの番組には他の事務所のタレントや俳優も出演している。アーティストがエイベックスに移籍してくることもある。普通だったらちょっと実現しないような案件でも、ありがたいことに周囲の方々から「松浦がやりたいというのであれば、仕方ない」とご理解いただいて、まとまるようなこともある。芸能界というのはまだそういう特殊なところが残っていて、その中で信頼関係を築いていくのは特殊な人にしかできない。僕は、その数少ない「特殊な人」のひとりなのかもしれない。

✦

今のエイベックスは、最高にピンチな状態だと思う。売り上げだとか事業ということではなく、今までになかったまったく新しいモノが生まれてこないから。だから僕は、できるだけ業界とか音楽とかということを、一度頭の中から全部追いだして、頭を一回転させて元に戻そうとしている。世の中の流行というものは、ぐるぐると回っているけど、回るたびに何か新しい要素が付け加わっている。自分の中の二十数年の経験で「こういうものだ」と思いこんでしまっているものをすべて追いだしてしまいたい。だから、今は音楽のことよりも世の中の情報収集をしている。

そもそも、僕には何にもない。何にもないところから、エイベックスを始めたんだから。親から莫大な財産をもらったわけでもないし、大きな資本の傘下でやっていたわけでもない。まったくのインディペンデントでここまでの規模になったレコード会社、芸能事務所なんて他にない。何もなかったんだから、何かあっても、元に戻ればいいだけ。今のエイベックスなんて、たいした企業なんかじゃない、まだまだ。まだまだ、ね。

2011.4 心身のメンテナンス

昔は、身体のメンテナンスなんて考えたこともなかった。忙しくてそんなこと考える暇がなかったし、身体のことなんか考えずに夜遅くまで酒を飲んでいたし、それでも翌朝は10時に出社する生活をしていた。その後、ハワイという時間の流れがまったく違うところに1年住んで、日本に戻ってきたら、日本の時間の流れに合わせるのに、何年もかかった。その頃から、身体のメンテナンスということが気になるようになってきた。

✦

昔から、首にヘルニアがあって、痛むし、左腕がしびれて動かなくなることもあった。それで、知り合いからある鍼灸院を紹介された。ものすごく狭くてベッドがふたつしかない。こんなところで大丈夫なのかと不安もあったけど、帰るわけにもいかないので鍼を打ってもらった。魚のハリセンボンになったみたいに鍼を1000本打たれた。表側500本、裏側500本。頭も顔も鍼だらけにされた。

治療が終わって、帰りの車に乗ったら、すぐに効果がわかった。まず目が開く。僕は花粉症とハウスダストのアレルギー、それと深酒、寝不足で、いつも目がシバシバしている。だからいつも目を細めて人を見てしまう。そういう目つきを隠したくて、眼鏡をかけたり、太陽を背にして座ったり、いろいろ工夫していた。

それが、たった1回の鍼治療で目がぱっちりと開く。車のシートに座ったら、全身の力がきれいに抜けているのもわかった。どの筋肉にも力が入っていない。今までは、いつも身体のどこかに力が入っていた。力が抜けるというのは前々から望んでいた理想の状態だった。普通の鍼灸院では「今日はお酒を控えてください」と言われるのに、ここの先生は「今日はお酒が美味しいですよ！」と言う。気に入った。

以前、株主総会の際に黒くて短い鍼を特注で作ってもらって、頭にある緊張をほぐすツボに打ってもらい総会に出たことがある。そうしたら確かにいつもより緊張がほぐれ、いいコンディションで議長を務められたように感じた。髪の毛の中の黒い鍼だから、周りからはわからない。面白いもので総会が終わって緊張が解けると、動くたびに鍼がポタポタと頭から床に落ちていった。それに、鍼を始めたことによって体重も7～8kg落ちたし、一番落ちにくい腰の贅肉も落ちた。身体も柔らかくなって、開脚して前屈すると、上半身がべったりと床につくようになった。

誰にでも効果があるのかどうかは知らないけど、僕には合っている。'08年から3年近く、週に3回のペースで通っていた。

✦

鍼は身体のメンテナンスになるし、心のメンテナンスにもなる。でも今、もうひとつの心のメンテナンスと位置づけているのが「釣り」。釣りをしている間は何も考えずに没頭している。頭の中は本当にからっぽ。それに、船の上は揺れていて、知らない間にバランスをとっているから、身体は疲れる。疲れた、眠い、だるいという肉体的な疲労がある。それがまたいい。なぜなら、よく眠れるようになったから。釣りに行くために、鍼の回数が減って、身体のメンテナンスが多少犠牲になってしまったけど、すべてから解放される時間を持つことで、悩みや不安や恐怖と、かつてなかったほどうまく付き合えるようになった。

釣りに行く時は、夜中の12時とかに家を出て、漁港で4時か5時には船に乗る。昼近くまで釣りに没頭して、午後イチには帰ってくる。もちろん休みじゃない時は仕事の時間までには戻る。釣りから戻って、会議や打ち合わせ、会食などをして、そのまま、また釣りに行くなんてこともある。仕事以外の時間では、今は釣りに行くことが結構、大事な時間。

✦

エイベックス本社ビルの地下に、「魚とら まんぼう」という海鮮居酒屋がある。釣った魚はどんな高級魚もほとんどそこにプレゼントしている。ここはむちゃくちゃ安い店で、内装もごく普通の居酒屋。そんな店で、とても手に入りにくい高級魚が出てくるというのが面白い。

今までの趣味はどこかで仕事と結びつけようとしていた。写真にしろ、ファッションにしろ、仕事に活かそうと思っていた。でも、釣りはまったく仕事と結びつかない。釣った魚を「魚とら まんぼう」に持っていくぐらいしかできない。でも、それでいいし、それだからいい。もはや、今ではそれが使命感のようにさえなってしまっている（笑）。

釣りを始めて、じゃあいつも気分スッキリかというと、残念ながら違う。僕は今のエイベックスにものすごく不満がある。会社の売り上げは伸びているし、利益も改善してきている。でも今、テレビをつけても雑誌を開いても、エイベックスが流行の中心にいるとは言いがたい。他社のアーティストのほうが熱狂的なブームになっていると感じる。

なんでエイベックスのアーティストがそこにいないんだ、と腹が立つ。別に誰が悪いとか、そういう話ではなくて、自分も含めてのエイベックスの問題だけど、それにムカついて、どうすればいいか考えて、とにかくいろいろ考えて、毎日を過ごしている。

エイベックスは僕以外の若い連中が熱狂的なブームの人気者を育てなければならない。いつまでも僕が手がけていては会社が成長しないから。そんな超人気者が出てこないことに腹を立てて、週末もまた釣りに行く。

福島にはバラメヌケという高級魚がいて、これがものすごく美味しい。たくさん釣って、また「魚とら まんぼう」に納品しようと思っている。

2011.5　ここまで釣りにハマるのは

釣りを始めたのは10年から。僕が今狙っている魚はいわゆる高級魚。アジからタイになって、大分で関サバ、関アジ。夏は沖縄や離島に行ってカツオ、メバチマグロ、キハダマグロ。秋は大間でホンマグロ、北海道で鮭、タラ。年末はアカムツ、正月はニュージーランドでヒラマサ。春にはベニアコウ、クロメバル。さあ、今度は知名度は低いが最高に旨いバラメヌケを釣ろうと思っている。

　僕が「釣りをやっている」と言うと、世間の人は、クルーザーに乗ってシャンパンでも飲みながら美女をはべらせている姿を想像するみたいだけど、ぜんぜん違う。小さな漁船に乗って、塩まみれでどろどろになって、生臭い身体で魚と格闘している。自分ではあまり気が付いてないんだけど、僕は、釣りをしている時は、ひたすら釣りだけをしているらしい。普通は、途中で居眠りしたり、仲間としゃべったりするものらしいが、僕は8時間でも10時間でも、じっと釣り竿の先を見つめていることができる。朝4時から昼過ぎまで、ずっと船の上にいても、もうこんなに時間が経ったのかといつも思う。

✦

「時間を忘れる」という感覚は、もう何十年も忘れていた。普通の人は、コンサートだったり、映画だったり、芝居だったりで時間を忘れるのだろうけど、僕の仕事は、逆にそれをつくるほうだから。人に喜んでもらえるもの、人に時間を忘れさせるものをつくるのが僕のビジネス。だから、コンサートに行っても、CDを聴いても、映画や舞台を観ても、感情移入ができないし、時間も忘れられない。どうしても、つくる側の目線でいろいろなことが気になってしまう。

　よく、「大好きな音楽に囲まれた仕事ができて幸せですね」という言われ方をする。確かに最初の何年間かは、好きだということだけで仕事をしてきたけど、それ以降は、売り上げとか、いろいろな要素が加わって、「好き」だけでは仕事が回っていかなくなる。そんな生活を25年も続けてたら、何を観ても楽しめない人間になってしまった。

釣りをビジネスに結びつけようと考えたこともあったけど、これだけはどうにも結びつかない。だけど、時間を忘れて没頭できるし、死ぬまでできる。エイベックスを始めた頃は、大好きな音楽を仕事にして、「仕事が遊びで遊びが仕事」にしようとしてきた。でも、音楽を仕事にしたことで、大好きだった音楽を純粋には楽しめなくなってしまった。だからもう、釣りを仕事にしようなんて考えない。せっかく何十年ぶりに時間を忘れて没頭できる趣味を見つけたのだから、釣りは飽きるまでやめない。だから、今は「仕事は仕事遊びは遊び」。

✦

みんな、「まだ早いですよ」と言ってくれるけど、僕も46歳。60歳まであと14年。身の引き方というものを考えることもある。「企業の寿命は30年」という説がある。だとしたら、エイベックスは創業して23年経ったので、寿命はあと7、8年ということになる。そうならないために、その間に、松浦勝人モデルから新しいエイベックスモデルに姿を変えなければならない。その「新しいエイベックスモデル」というのは、今よりも安定した会社になるということなのかもしれない。

例えば、売れるか売れないかものすごくリスクの高いアーティストがいたとする。松浦モデルでは、そのアーティストに惚れたんだったら、どこまでもやる。「世間がそのアーティストを理解してくれないなら、世間のほうを変えてやれ」と、すべてのパワーを注ぎ込んでいく。これは、会社も僕もまだ若くて、無茶も利くからできたこと。

社会的責任を負うようになった、現在の新しいエイベックスモデルは、よくも悪くも普通の会社の考え方、いや、世の中の会社として、当たり前の考え方を要求されるようにもなった。財務体質や事業管理を強化し、安定して事業を継続していけるように会社は動いている。その考えは間違っていないと思う。反面、今までと比べたら会社としての面白みは減ってしまうかもしれない。でも「トンガってなければイヤだ」「クリエイティブじゃなければイヤだ」と言うのは簡単だけど、そんな文句を言っていると、エイベックスは消えてなくなってしまう。ある規模まで来てしまった会社がベンチャーの時と同じルールや感覚で永遠に継続していくなんて無理な話だ。

✦

僕は社員に敢えてこう言っている。「勝手な言い方だけど、極論、俺はいいんだよ、いつ辞めても。俺が辞めたら困る、ではなく、いつ何時、会社がなくなったとしても困らない、どこの会社に行ったって通用する人間にならなければいけないし、エイベックスだから働いてこられた、というような人間はいらない。俺を含めた創業時のメンバーがここまで元を作って、そこに勝手にお前らが入りたいって来たんだから、俺がいなくなったあとで困ったことになっても、俺のせいにすんなよ。俺の人生は俺が考えるし、お前らの人生はお前らで考えろ」

今、エイベックスがやっていることは、僕だけの判断だったらやっていないということもたくさんある。時にはそれにもがき悩むことだってある。でも、それが将来のエイベックスのためになることだと信じてやらせている。心の中で何度も自分でそう信じ、言い聞かせながら、仕事の合間をぬって僕は今日も釣りに行く。行ける日は必ず行く。行きたくなくても行く。釣りは僕にとってひとつの修行だと思っている。

2011.6　日本のためにできること

'11年3月11日。午後2時46分。僕は走行する車の中にいたので、揺れにはまったく気が付かなかったけど、ツイッターを見たら大騒ぎになっていた。しばらくすると、ものすごい爆発音がして、車がびりびりと震えた。市原の製油所が火災を起こしていた。高速はすでに閉鎖されていたので、下の道を走っていたが、もう渋滞が始まっていて、止まるたびに余震を感じる。浦安のあたりを通ったら、液状化現象で、地面が歪んでいた。結局、会社にたどりつくまでに10時間かかってしまった。

阪神・淡路大震災の時に、チャリティCDを作りたいという人がいて、協力を求められたんだけど、こういう時、エンタテインメントという仕事を通して何ができるのか？　ということを考えさせられた。

特に今回のような災害規模がとても大きい震災ではなおのことだ。

エイベックスの過去のヒット曲を集めてチャリティアルバムを作り、その収益を義援金に充てるということなら、できなくはない。でも、こんな時だからこそ、どうせやるんだったら、エイベックスだけではなく、もっと大きな枠で何かに取り組むことを考えてみたいとも思う。

チャリティライヴにしても、本来ならば被災地に出向いてみんなを元気づけるようなイベントにしたいとも思うが、今回の甚大な被害を目の当たりにし、被災された方々の気持ちを考えると、ただライヴを開けばいいという単純なことでもないように思う。

また、ライヴをどのタイミングで行うのか、どのような内容にするのかは、とても難しい。例えば、ある程度の規模のイベントを行うとなると、集まってくださる皆さんに「参加してよかった」と思ってもらえるようにしたい。そんなイベントにするには、入念な準備が必要で、ただアーティストを集めて実行すればいいというものでもなかったりする。それがアクションの遅さにもなって僕らのジレンマともなる。

✦

今、エイベックスというエンタテインメント企業に何ができるんだと言われたら、義援金を提供することはできても、エンタテインメントを通して何か大々的な活動をすることまでは、悔しいけどできていない。

今はまだ原発、食料や水、電力などの問題があって、全員揃って復興という空気感になっていない。エンタテインメントが人を勇気づけられるのは、こういう問題が片付いて、これから復興だという空気感が出てきてからだって遅くはない。

もう少し時間が経ち、人々の気持ちが「復興」という大テーマにまとまりだした時、エンタテインメントに携わる者として、みんなに勇気を与えたり、背中を押したりするきっかけを与えられれば幸いだと思う。

こういう時はたくさんの人たちが「大変だ」とあらゆる行動を起こす。僕らも今できることはやる。同時に、時間をかけてでも何か大きく僕らができることはないのか？　ということをじっくり考えていきたい。大事なのは「みんなやらなければならない」ではなく、「みんなが感じたその気持ちについて最大限何ができるか」を考え、行動することではないだろうか。

✦

一方で、東京は自粛しすぎのように感じることもある。もちろん、直接被災していない人だって、心のどこかに傷ができている。そのうえ原発や食料、電力の不安が覆っている。それはわかるけど、イベントは何でも中止。CDも出荷を止めている。エイベックスだけじゃなく、音楽産業だけでもなく、どの企業も業績に大きく影響してくるはず。電力がどのくらい足りないのか、食料がどのくらい問題なのか、放射能がどれだけ深刻なのかは、僕はよくわからない。でも、その不安に便乗して、何でもかんでも自粛だと言っている風潮はどうなんだろう。人の不安に乗っかって、いい人のふりをする人。被災地の大変さに乗っかって、苦労しているふりをする人。そういうのはどうなんだろう。また、そんなことを考えてしまう自分もどんなものか。自粛ムードというのは、時間が経つにつれて、適正に変えていくべきかもしれない。

✦

その時、僕は揺れの怖さを体験していない。阪神・淡路大震災の時も地震の怖さを経験していない。自分がもし被災者の立場だったと想像すると、本当にどうしていいかわからなくなる。自分が、被災地に住んでいて、貯金もなくてその日暮らしをしていて、家も仕事も失ってしまったらどうするんだろうと考えてしまう。音楽は聴きたいかもしれないけど、CDを買おうとか、ライヴに行こうとか、そこまでの気持ちに戻るのにはまだ時間がかかると思う。

今、被災地に向けて立派なことをしている人はたくさんいる。また、震災が起こる前からそういう活動をされている人もいる。それは、素晴らしいと思う。志、やり方、タイミング。それは人それぞれだと思う。僕は自分にできる一番良い方法を冷静に考えて、自分なりにやろうと思う。

僕自身は今ある生活の中でこれまでと変わらない消費生活をすることで経済の活性化に少しでも貢献する。以前から寄付などはしてきたけれど、今、現時点で僕個人にできることはそれぐらいしかない。

経済が回らなくなってしまったら、復興も何もなくなっちゃうんだから。

　被災地の写真や映像を見ていると、戦後の日本ってどういう状態だったんだろうと思う。日本全部が被災地だったんでしょう？　そこから、日本は復活してきたんだ。今度だって、きっとできる。

2011.7　自分の中の公私のルール

　自分に決断力はないと思う。決めるまでは、うじうじとものすごく悩む。千葉（龍平・代表取締役CSO）なんかは、何でもバシバシっと決めていく。凄いなあと思う。僕は「そうだよなあ、わかるよなあ」と相手の気持ちを考えたり、余計なことを気にしてしまう。腰が据わらない。基本的には気が小さいほうだと思う。でも、いったん決めてしまえば、そこからはブレない。ただ、今は、誰かが決められることは、その人にできるだけ任せるようにしている。以前は、そんな自分を「決断から逃げている」と思っていた。でも、違う。「敢えて自分では決めないようにしている」のだ。

　例えば、クラシックとか自分が得意じゃない音楽には、いっさい口を出さない。担当者に任せている。また、変革を求められている音楽業界での会社運営は、財務面とかよりも戦略面で考えていかなくてはならない。だけど、それも僕の得意なことではないので、得意な人間に決めてもらったほうがいい。そのほうが、絶対にうまくいく。今のエイベックスは、僕が得意じゃないことをしなくてもよい規模の会社になった。僕が口を出さないほうがうまくいくという場面もある。

　僕はこれまでずっと「松浦勝人」という器に水をいっぱいにした状態で走ってきた。その状態ですべてのことを自分でやろうとしてもうまくいくはずがない。単なるストレスになって、余計に悪い方向にしかいかない。今は、水を7分目ぐらいまで減らして、余裕を作るようにしている。自分がわからないものには口を出さない。でも、自分が絶対負けないと自信を持っているものに対しては、誰の言うことも聞かない。仕事のルールを自分の中でそう決めると、気持ちが明るくなって、いろいろなことがうまく回りだす。

✦

家庭では、自分の子供に「法律を犯すな、人に迷惑をかけるな」という当たり前のルールしか決めていない。ある意味、放任主義。将来に関してもどうこうは言わない。まあ、エイベックスの社員にだけは絶対しないけど（笑）。そんなことしたら、本人のためにならない。どうしても、音楽の仕事がしたいんだったら、エイベックスとは別のところで自分でやれと言う。

自分が子供の頃、父親から銀行員になれとか、外交官になれとかいろいろ言われた。「外交官になれば、世界中どこでも行ける」と言われたけど「行きたくねえ」と反発した。「アメリカに留学しろ」と言われたけど「家にいたい」と逆らった。結局、父親と同じように、商売の道に入ってしまった。親がどう期待したって、本人が好きになって自分でやらなければどうにもならないんだから。

僕は、子供から「怖い父親」だと思われている。子供たちが他の人や母親に見せる顔と、僕に見せる顔が全然違う。さっきまでみんなで大はしゃぎしていたのに、僕が入っていくと急に真顔になる。どこかに出かけて「なんか買いたいものはない？」と聞いてもなかなか口に出さない。「休みにどこか行きたいところはある？」と聞いても押し黙っている。「何だよ、ないの……」と言うと、急に「どこそこと、どこそこ！」と力んで言う。自分の子供の頃にそっくりだ。

20歳になるまで、僕には父親がとても恐ろしかった。手をあげられたことは一度もないけど、存在そのものが怖かった。10代の頃、夜遊びから帰って家に入る時は、父親に見つからないようにそーっと入った。屋根から入ったこともある。怖くて怖くて、父親の前に出ると何も喋れなかった。だから、僕の子供も20歳までは僕を怖がってくれても構わない。

といっても、敢えて怖がらせるような態度をとっているわけではない。僕はあまり家に帰れないから、子供と会う時間が少ない。会わなければ、自然に怖い親父になっていく。子供が赤ん坊の頃も、普通の人はおむつを換えたり、お風呂に入れたりするんだろうけど、僕はほとんどしない。夫が育児を担当する「イクメン」とかいう考えは、僕にはできない。なぜなら、僕がまだ子供そのものだと思っているから。

僕は大学4年生で、父親から出資してもらってレンタルレコード店を開いた。その時の父親の年齢が、ちょうど今の僕の年齢。もし、自分に大学4年生の息子がいて「商売を始めたいから出資してくれ」と言われることを想像すると、不思議な気持ちになる。自分が父親だということがまだよくわかっていないのかもしれない。

そろそろ結婚して10年。今は3人の子供がいるのに、僕はものすごく自由にさせてもらっている。別に外で遊びたいというわけじゃない。帰ることを気にしなくてもいい。それが、許されている。自分でもわがままだということはよくわかっている。だから、たまに早く帰った時に食事の用意ができてなくても、怒ることはなく「そりゃ、そうだよな」と思う。帰ってくるかどうかもわからないのに、食事の用意なんか、できるわけないもの。

妻とは一度も喧嘩したことはない。こっちが怒っても、向こうはびくともしないし、絡んでもこない。翌日には何もなかったかのようになっている。もし、ずっとネチネチ文句を言う人だったら続かないと思う。僕が偉いんじゃない。僕はダメな夫、ダメな父親で、向こうが偉いんだ。わがままな僕は、好きなことをさせてもらっている。妻は僕のすべてを理解してくれているから家庭は成立している。本当に感謝しているんだ。

2011.8 仕事の、人生の師

大学生の時にレンタルレコード店でアルバイトを始めてから、周りの人に教えてもらいながら仕事のやり方を覚えてきた。偶然としか言いようがないけど、僕は、いつもちょうどいいタイミングで、自分にとって必要な人と出会う。自分が知らないことや自分に足りないことを教えてくれる人が必ず現れる。

そういう意味では、周りの全員が〝先生〟だった。

仕事の仕方を教わって、まずは自分でやってみる。自分でできるようになったら、さらに大きな仕事に挑戦する。ずっとそれを繰り返してきた。だからその時々の〝先生〟は、ある特定のことを教わるという点で僕にとっては必要な人だったけど、自分が次の仕事に挑戦するようになると、関係値や距離感が変わってしまう。自分とは違うフィールドに進んだことを、向こうも納得してしまう。だから、いまだに「松浦は俺が育てたんだ」と吹聴する人はいない。

だから先生はいたけど、師と仰ぐ人はいなかった。最初に師と呼べる人は依田（巽・元エイベックス会長）さんだったかもしれない。師というよりも、僕のストッパー。とにかく依田さんに怒られるのだけはイヤだなあといつも思っていた。でも、さんざん叱られた。依田さんがいなければ、僕は堕落していたかもしれない。うるさいことを言ってくれる人がいないと、人間って誰でも楽なほうへ楽なほうへと流れていくものだから。

次に出会った尊敬できる人が百瀬博教《ひろみち》さん。晩年、僕のことを一番かわいがってくれていたと思う。その頃は、作家や格闘技プロデューサーとして活躍していたけど、若い頃からいろいろな人生経験を積んできた人。百瀬さんから教わったのは、「気前よくしすぎると、かえって相手をダメにしてしまう」とか、「裏切り者は必ず身内から現れる」とか、生きていくうえで、何をしたらいいのか、何をしてはいけないのかを教わった。僕の人生の師と呼べる人。

✦

ところが、百瀬さんは'08年に急死してしまう。それから僕には師と呼べる人がいなかったけど、杉良太郎さんと知り合った。'10年の10月に、僕はベトナムを訪問した。杉さん率いる日本政府の正式な訪ベトナム団は、経産省をはじめとする方々が同行する大がかりなものだった。同行した僕は杉さんの凄さをまざまざと見せつけられた。国家間の交渉はこうやるんだということを生まれて初めて知った。

ベトナムの首相と会談する時も、杉さんに用意された席は、首相の真正面。要人たちとの重要な交渉の場で先頭に立って堂々と発言し、それらがほどなくしてちゃんと実現しちゃうんだから。その1ヵ月後に「レアアースを共同開発」という新聞記事が出たけど、僕は、あれは杉さんの功績が大変大きかったと思っている。

なんで、杉さんがベトナム政府からそこまで丁重に扱われるかというと、約30年前からずっとベトナムに貢献してきたから。個人の資産で、ベトナムに孤児院とか学校とか病院を寄付してきた。約30年前のベトナムは、戦争が終わって間もない頃で、政情もまだ不安定。もし、後々の見返りを期待する投資だったら、絶対にベトナムに個人資産を使うようなことはしなかったというような時代。だから、ベトナム政府からはベトナムの正式な日本特別大使として認められているし、日本政府からも日ベトナム特別大使に任命されている。つまり、両方の政府のそれぞれの国の大使になっている。よくある宣伝用のナントカ大使じゃなくて。パスポートも特別で、緑色だから。

外交だけじゃない。杉さんは民間人で唯一、特別矯正監にも任命されている。これは法務省のナンバー2が兼務する役職で、警察でいうと警視総監に値する。なんで杉さんが特別矯正監になっているかというと、15歳からずっと刑務所の慰問をやってきたから。杉さんは20歳でデビューだから、デビュー前から慰問している。今でも続けている。

ある時、「こんないいことしているのを世の中の人は誰も知らないけど、なんで言わないんですか」と聞いたら、「いや、それで一度イヤな目にあった。偽善者だと言われた。いいことやって悪く言われるのはたまらないから、もう二度と言わないと決めたんだ」と言う。

今回の震災でも、杉さんは2万食分の炊き出しを行った。わからない人もいるかもしれないけど、カレー、豚汁、サラダなどを2万食作るのは壮絶な作業。できあいのラーメンやオニギリを数百食配るのとはわけが違う。野菜を切って、ニンニクを刻んで、2万食。これがどれだけ大変なことか。杉さんの両手は真っ赤に腫れ上がっていた。ニンニクでそうなってしまうんだという。被災地では「温かいものや生野菜が食べたかった」ともの凄く感謝されたらしい。どうしようもない週刊誌が、「炊き出しをやった芸能人は全部偽善者」みたいないい加減な記事を書いていた。でも、その記事でも、トラック15台を引き連れて乗り込んださすがのレベルに「杉サマはホンモノ。偽善者じゃない」と書かれていた。

　僕は絶対杉さんにはなれない。杉さんの真似をすることも難しい。だって、杉さんの慈善活動は今に始まったことじゃないから。だから、僕も自分をいつも律していないと、杉さんとお付き合いできない。違法なことなんかやったら、それがたとえ駐車違反程度のことでも、杉さんには面と向かうことができない。それは、僕にとってもの凄くいいことだと思っている。

◆

2011.9 僕の向かう先、会社の向かう先

　エイベックスのようなエンタテインメント企業が上場企業であり続けるためには、いろいろな難しさがつきまとう。上場企業には〝上場企業〟というものさしがあって、銀行も自動車会社も音楽会社も同じものさしで測られてしまう。売り上げ予想をあらかじめ提出しなければならないとか、四半期ごとに決算を発表するとか、決まりごとがたくさんある。楽曲のクオリティを上げるために、発売日を遅らせたくても、四半期ごとの販売計画があるから発売をずらすことは難しい。

　コンプライアンスの考え方も上場企業としてのレベルを強く意識しなければならない。いろいろな規則を作っていくと、どんどん窮屈になっていく。まだ会社が小さくて何もわからなかった頃は、「ちょっと、これはどうなのかなあ。でも、いいや、やってしまえ」と、ぎりぎりの範疇でできたことが、今は一度踏みとどまるようになったから、思い切ったことがやりづらくなっている。

◆

　僕の理想のカタチは、100人弱ぐらいの時のエイベックス。ちょっと後ろを振り向いて、「おい、あれをやるぞ!」と声をかけたら、スタッフ全員がついてくるような頃はやりやすかった。

　でも、そんなことを今さら言ってもしかたがない。エイベックスを僕の代で終わらせるつもりなら、僕がやりやすかったエイベックスのままでいい。僕が

死んだら、エイベックスもおしまいというなら、それでいい。でも、僕がいなくなっても、ちゃんと残っていくようにするのであれば、僕の理想の会社のカタチとは多少違っていたとしても、残っていくようなカタチにしなければならない。ちゃんとした上場企業として、大人の会社にしなければならない。

僕は、エイベックスという会社に愛着は持っているけど、執着はしていない。自分の子供に継がせようなんてまったく思っていないし、僕自身これからの人生で何か新しいことを始める可能性だってある。ただ、今や約1500人という従業員がいるのだから、残っていくような会社にしなかったら、無責任だと思うのだ。

✦

エイベックスが、このままレコード会社と芸能プロダクションの形態でずっといくとは思っていない。すでに始めているmu-moやBeeTVといったプラットフォームをさらに活用できるビジネスにシフトしていくことはひとつのキーだと思う。特にBeeTVを核とした音楽や映像を月額制で聴き放題、見放題というプラットフォーム。今は、違法ダウンロードという問題があるけど、いずれ違法ダウンロードは法整備されて罰則なり罰金がつくはず。そうなれば、面倒くさい手順で違法ダウンロードなんかするより、月に何百円かで堂々と何回も見たり聴いたりできるプラットフォームのほうがいいってなると思う。

もちろん、プラットフォーム型のビジネスが中心になれば、CDのミリオンセールスというような爆発的な売り上げは期待できなくなる。その代わり、毎月一定額の収益が確実に上がるし、今まで聴いてもらえなかった楽曲にも興味を持って、聴いてもらえる機会も生まれてくる。ヒットの有無によって思いっきり売り上げが左右されてきた過去から、エンタテインメント企業としてとても安定収益性の高い体制ができあがってくる。そうなれば、エイベックスはもっと自由になれる。安定した収益が出ると、逆にリスクのあるビジネスにも挑戦できるようになるから。それが僕の思うエイベックスの理想のカタチ。

✦

僕は、上場企業という目標を最初から仰ぎ見て駆け登ってきたわけではない。でも、小さな会社のままでいるといろいろな不安が襲ってくる。だから、会社を大きくする。大きくなると、また別の不安が生まれてくる。それを繰り返しながら、階段を一段ずつ登ってきたら、いつの間にかエイベックスは上場企業となり、僕が会社を始めて四半世紀、25年間が経っていた。

　僕だって、もう46歳で、大卒新入社員の倍の年齢だ。世間からは「若いですね」と言われるけど、音楽を一番よく聴く世代から比べたら、ちっとも若くなんかない。だから、今の音楽のトレンドについていけているなんて思っていない。「ついていけている」なんて勘違いをしていたら、大きな間違いを犯すことになる。

　でも、休日に釣りをしながら、ふと、こう考えることもある。「この25年、僕は本当に仕事をしてきたのかな」と。もちろん、Every Little Thing、浜崎あゆみのあとも大塚愛、倖田來未もやった、EXILEもやった。それなりの成果も出したと思う。でも、25年間常に気持ちをとんがらせて、身体の芯から燃えて取り組んだのかと考えるとわからなくなる。エイベックスが会社として安定して、僕も自由になれれば、きっとまた僕の興味の湧く仕事が現れてくるだろう。真剣に取り組みたくなる仕事とめぐりあうだろう。ただ、今はそれが何かは、さっぱりわからない。わからない時に、無理矢理探してやってみてもうまくいくわけがない。

　今は、きっと、僕は階段の踊り場にいるんだと思う。踊り場は1フロア登るごとに出てくる。また踊り場かよと思う。でも、今までがそうだったように、階段を登っていくしかないのだ。今、エイベックスは上場企業として、どんどん四角くなっていっている。きっちり四角くなったら、僕はまたとんがればいいかな。

2011.10　ツイッターをやめた

ツイッターをやめた。いっさいやめた。アカウントも削除した。ツイッター社が認証した「本人認証済みアカウント」だったので、やめるのも大変だった。日本では処理できなくて、米国本社に連絡を取らなければならなかった。その作業に2日もかかってしまった。「しばらく休んだらいかがですか?」「フォロワーが15万人もいるんだからもったいないですよ」と言ってくれる人もいた。僕のツイートを熱心に読んでくれて、応援してくれた人には本当に申し訳ないと思う。でも、僕は自分が一度やめると決めたら、誰が何と言おうとやめる。だから、きれいさっぱりアカウントも削除した。

やめた理由は、自分が何のためにツイッターをやっているのかが、まったくわからなくなってしまったから。ツイッターのようなメディアは、確かにインタラクティブなんだけど、自分にツイートしてくる人は実質的に匿名。言いたいことは何でも言える。しかし、こちらはどこの誰かということが知られているので、無責任な発言はできなかったり、言いたくても言えないってことがある。つまり対等な関係のコミュニケーションではない。

先日、朝起きて、ツイッターを開いてみたら、所属アーティストの作った楽曲を、僕が無断で海外のアーティストに売ったという話になっていて、エイベックスと僕を非難するツイートが100件以上も来ていた。僕がアーティストの活動を妨害するためにやったのだと、大騒ぎになっている。そんな事実はないし、するわけがない。その楽曲が発売されるということすら知らなかった。社内の担当者も知らないという。そうしたら、その海外アーティスト側も、公式に「エイベックスは無関係」という謝罪文を発表した。それでも非難はやまず、僕の命を脅かすツイートが送りつけられてきた。すぐに警察に相談したけど、こういった事態は今までに何度も繰り返されていた。

「そういうひどいツイートは無視すればいいじゃないですか」と言ってくれる人もいる。そのとおりで、それが大人の対応だと思う。そして、宣伝めいた、自分に都合のいいツイートだけをしていればよかったのかもしれない。でも、僕にはそれができなかった。ファンがアーティストのことで、大騒ぎをして、大荒れになっているところに、僕はねじり鉢巻きをして、「よーし!」と気合いを入れてわざわざ飛びこんでいく。ファンとまともに意見交換してぶつかっていかないと自分が許せない。する必要のないことをしていたのかもしれない。それを、世間は大人げないという。でも、何もしないで見ているだけの大人の対応は楽なのかもしれないけど、つまんないよ。

　ファンはアーティストのことを知りたがっている。僕はその気持ちに応えて、できるだけ本当のことを伝えたいと思ったから飛びこんでいっていた。僕だってアーティストのすべてを知っているわけではない。立場上、話せないこと、話してはいけないこともたくさんある。そういう限られた言葉の中で、できる限り、みんなに本当のことを伝えたかった。知りたいと思うファンの気持ちはよくわかるから。でも、一部の熱狂的なファンは、自分の信じたい情報、自分に都合のいい情報はそれがどんなにいい加減なものでも信じてしまい、信じたくない情報はそれが事実でも信じない。

　2年間ツイッターをやってきて、楽しかったこともたくさんあったけど、本来知らなくていいことまで知ってしまって、辛い思いをしたこともたくさんあった。それはきっとファンも同じだと思う。アーティストの内幕みたいな、昔だったら知りたくても知ることができないこと、知らなくてもいいことが、時にはゆがんだ形で伝わるから、何を信じていいのかわからなくなっているはず。

✦

　東方神起が日本でデビューして人気が出るまで、エイベックスや僕はものすごく一生懸命やってきた。日本のテレビ番組に出演する機会がない頃、なんとか出演を取りつけたり、分裂してからも、なんとか元の5人の東方神起に戻れないかと思って、さまざまな働きかけをした。でも、例えば直接メンバーと話したいと思っても、必ず韓国側のマネージャーがついてきてブロックされてしまうから、本音で話し合うことができない。

　韓国の音楽ビジネスの仕方は日本とまったく違うし、そこでも「韓流」独自のものがあって、時には厳しい要求もつきつけてくる。ビジネスなんだから当然ではあるけど、でも日本流の義理人情とか、人と人との信頼を積み重ねてなされる仕事感覚みたいなものとは少し違うところもある。K-POP旋風というのは、韓国にとっては国をあげての戦略にさえなっているとも思う。韓国人アーティストの人気が出ることによって、韓国製品に親しみが湧いて、韓国の家電、自動車、化粧品、食品なんかが日本でも売れるようになる。そのために韓国政府は巨額の予算をエンタテインメントのために割いていて、その波にのって日本に進出してきている。

日本のビジネスのやり方を尊重してくれるところ、信頼関係が築けるところとは手を取りあっていくけど、韓国のやり方だけを強引に押しつけてくるところには、今までもあらゆることにそうだったように、しっかり主張すべきことを主張し戦っていく。僕らが先頭に立って日本の音楽界の底力を見せつけてやろうと思う。だって、ビジネスってのは、ルールのあるケンカでしょ。と、子供の僕は思う。

2011.11 父親コンプレックス

コンプレックス。いろいろあったなあ、背が低いとか、受験に失敗しつづけたとか、出身校の名前を出しづらいとか。昔はいっぱいあった。

何より僕に大きくのしかかっていたのは、〝父親コンプレックス〟。親父を超えられない、一生かなわないんじゃないかというコンプレックスがずっと強かった。親父は神奈川で中古自動車店をやっていて、始めたのは、世の中にまだ中古自動車店がそんなになかった時代。神奈川の自動車販売業界ではまあまあ名が知られていて、しかも僕が子供の時から社長。家もそこそこ裕福だった。今、考えれば中の上ぐらいだけど、子供の僕の目にはものすごくお金持ちの家に映っていた。だって家電とかの新製品はたいがい家にあったから。そして、親父は仕事で家にはほとんどいない、たまに一緒になるとすごく怖い。僕にとってはとてつもなく大きな存在だった。

✦

僕は幼稚園の時から受験をさせられている。でも、小学受験、中学受験ともにすべて不合格。公立中学に進むと、今度は「県立の一番いい高校へ進め」と言われる。すべて親父の意向で、僕も自分の夢を持つこともなく従っていた。でも結局、学区内のトップ校には進めず、二番手の高校にしか進学できなかった。その高校は二番手だから、コンプレックスの塊のような学校だった。進学率も1番じゃなければ、ケンカも弱い。情けないほどだった。高校時代に、バンドをやったり地元の仲間とバイクに乗って夜遊びするのが、親父に対してのせめてもの抵抗だったのかもしれない。

高校3年生の夏に、初めて真剣になった彼女ができた。彼女は大学に進学すると言う。これは浪人できないなと思った。向こうが大学生でこっちが浪人生じゃ、破局は目に見えている。400人くらいの生徒がいる学年で成績はかなり下のほうだった僕は、それで猛勉強を始めた。たぶん、学年で100番ぐらいまでは成績が上がったと思う。親父からは外交官になれとか、銀行員になれとか言われていたけど、僕が考えていたのは、彼女と一緒に大学生になりたいということだけだった。それで、ありえないぐらいたくさんの大学を受験しまくった。ところが、これも全部落ちる。受かったのは滑りどめに考えていた大学だけで、進学した日大経済学部は補欠合格だった。日大を選んだのは、卒業生の就職先にテレビ局があったから。真剣にテレビ局に就職したいと考えていたわけではなく、親父とは違う華やかな世界を少しでも考えていて、そのまま親父の会社を継ぐことへの無意識の抵抗だったと思う。

✦

大学で軽音楽部に入ろうと思って見にいったりもしたけど、レベルが低すぎて入る気がしない。それで入ったのが、簿記研究会（笑）。たぶん、親父からいろいろインプットされる中で、税理士になれれば安定していいんじゃないかという気持ちがあったんだと思う。

初めて、親父の影響から抜けて、自分で好きになれるものを見つけたのが音楽だった。それから、レンタルレコード店でのアルバイトを始め、店を任され、会社をやることになる。夜11時に店を閉めて、夜中の1時にみんなを見送ってから家に帰り、寝て、翌朝には誰よりも早く出社するという生活になった。

そんなに懸命に働いた理由はいくつかある。そのひとつに、外車に乗りたかったというのがある。当時の僕は物欲の塊でもあった。きっと、親父が買った新製品を超える物を自分で買いたかったんだと思う。

　当時のエイベックスは、事業も順調に進みだしていた。今から比べれば小さな会社だけど、仕事はうまくいき、僕もちょっとした金持ち気分になっていた。それで横浜のマハラジャに乗りこんだけど、VIPルームにどうしても入れない。どうにかしてあそこに入りたいと思って、いろいろ考えた。考えに考えぬいたのが、タバコも吸わないのに、店員に1万円を渡して「ちょっとタバコ買ってきて」と言って、お釣りをチップにするやり方だ。それでVIPルームに入ったら、まず見栄を張って、ボトルをまとめて3本も入れた。それは、店員に顔を覚えてもらうため。そんなことが楽しくて仕方なかった。

✦

　それでも親父の存在は大きかった。レンタルレコード店を始める時に、親父は僕に出資してくれた。それがなければ僕は起業できなかったし、エイベックスも事業を拡大できなかった。

　ところが、僕が親父を超える日がやってくる。'87年の10月にブラックマンデーが起こり、その影響を引きずっていた数年後、親父は株取引で大きな痛手を負った。逆に、僕は仕事が順調に進んでいたので、多くはなかったが親父に貸せるお金があった。そのお金を親父に渡し、親父はなんとか危機を乗り越えた。それまで怖くて仕方がなくて、でかすぎた存在だった親父が、その時少し小さく見えた。お金というものは親子関係さえも変えてしまう恐ろしいものなんだと思った。その日が、僕が親父を超えた日だったかもしれない。でも、嬉しくもないし、解放感もなかった。あれだけ怖かった親父が小さく見えたのが、ただただショックだった。

2011.12 次々と現れたコンプレックス

　僕の人生には常にライバルがいて、そのライバルを叩きつぶすことがモチベーションになっていた。でも、ライバルが最初からライバルだったわけではなく、コンプレックスから始まったんだと思う。

レンタルレコード店をやっていた頃は、ちゃんとしたレコード店に対してものすごくコンプレックスがあった。長い間、レコード店の前を歩くのさえはばかられた。「俺は業界の裏街道を歩いているんだ」と思っていたから。例えば、レコード店ではポップ広告も何もかもメーカーが用意してくれる。でも、僕たちはそんなものはもらえない。誰も何もしてくれないから、自分たちでやるしかなかった。

輸入レコード卸しのビジネスを始めてからも、「輸入レコード店ってなんて厳しいんだろう」と思っていた。レコードを供給する側と売る側のどちらが強い立場かといえば、圧倒的に売る側。なぜなら、売る側は仕入れ先を変えられるから。1円でも安く、1秒でも早く納入する卸しを選べばいい。だから、金曜日に注文を受けて、「月曜日の夕方には納入しろ」といった要求にもなんとか応えた。当時、東京税関を通すのはとても難しかったんだけど、特別に早く通関手続を済ませてくれる仕組みがあり、僕たちは毎回、その特別通関扱いで通すしかなかった。

✦

輸入しているダンスミュージックの情報も、僕たちは海外の雑誌を取り寄せて読んだり、世界各国のチャートをチェックして、次の流行を読みとろうとしていた。その中で「これは絶対に売れる」というレコードをレコード店に持っていっても、「そんなの10枚しか仕入れられないよ」と冷たくあしらわれる。それが、リサ・スタンスフィールド。当時、彼女を日本で流行らせたのは自分だと思っている。

深夜にテレビCMを打ちはじめて、ものすごく効果があって、エイベックスのCDが売れていく。avex traxのロゴも露出して一種の音楽ブランドとして確立していく。でも、当時はレコード会社がCDを宣伝するなんてありえない、かっこ悪いことだった。ドラマや映画、CMとのタイアップを通じて広めていくのがかっこいいことだった。今から振り返れば、「かつて誰もやったことのない売り方をした」と言えるけど、それはやっぱりあとづけの理屈。当時は、タイアップがとれない、広告代理店も相手にしてくれない、メディアも取りあげてくれないという、ダンスミュージックが置かれていたマイナー感を覚えていた。そのコンプレックスを、レコード店やレコード会社に対するライバル心へと、ひとつひとつひっくり返していった。

✦

小室哲哉さんと出会った時も、小室さんは僕にとっては雲の上の人だった。圧倒的な音楽の才能があったし、すでに有名人だった。でも、その後、小室さんが大成功をして、エイベックスもそれにつれて大きくなってくると、ライバル心が湧いてきた。小室さんが大きくなりすぎて、僕たちにはコントロールできなくなり、横柄にも感じたし、出会った頃の斬新さもなくなったように感じ、悔しい思いもたくさんした。それで、コンプレックスが完全にライバル心に変わった。

ただ、僕は小室さんのように曲を作ったり、詞を書いたりすることはできない。だったら、作曲家や作詞家はたくさんいるんだから、彼らをうまく組み合わせることで、小室さんにはできない音楽、もっといい音楽が作れるんじゃないかと考えた。それは小室さんの才能に対する僕のコンプレックスでもあり、僕のライバル心でもあった。小室さんとはまったく違う方法で、小室さんを打ち負かしたかった。それで、ＥＬＴや浜崎あゆみを小室さんにぶつけていった。

最近、小室さんと昔話をしていて「あの頃、僕は小室さんと張りあっていた」という話をしたら、小室さんは「え？　そうだったの？」って驚いている。全然、負けたとか勝ったとかいう感覚がないんだよね。本心だと思う。あの人は、そういう人だから。

✦

僕は、若いうちから起業していたので、その当時、自分の周りにいる同年代の仲間たちの中で、自分より経済的に余裕があるやつには出会ったことがあまりなかった。だから、自分より年下の連中がＩＴで成功しはじめた時は、「なんかこいつら恐ろしいな」と驚いた。僕は彼らにコンプレックスを感じた。僕より若くて、いい大学を出ていて、得たお金も僕とは桁が違っていて、彼らの会社はものすごくちゃんとしている。もう、一生困らないだけのお金がある。なのに、仕事にあんなに夢中になっている。

でも、そんな彼らの中には、なんともむずがゆい話だけれど、僕のことを羨ましいと言ってる人もいたりする。あんなに僕よりも成功し、多くのことをかなえているように見える人なのに。

コンプレックスって、結局、こっちが勝手に思いこんでいることであって、向こうからどんな景色が見えているのかはわからない。僕はコンプレックスだらけだったはずなのに、それがいつの間にかライバル心に変わっていって、「ライバルをやっつけてやる」という気持ちにつながっていった。

今は、これといったコンプレックスもなく、ライバルもいない。それが自分にとっていいことだとは思っていない。むしろ、よくないと思ってる。コンプレックスは、人が成長するためには絶対に必要だから。

2012.1 ――女性の心の摑み方――

いろいろな人から、女性のことについて相談される。要は「どうやったらモテるようになるの？」ってことなんだろう。別に僕が女性にモテるというわけではないけど、こういう仕事をしているから、女性についても詳しいんじゃないかと思われているのだと思う。

「ケチはダメ」「男からも人気がないとダメ」とかいろいろあるとは思うけど、自分のことを客観的に見ることができない人は女性と上手に付き合っていくのは難しいと思う。ある女性と知り合って、それが美しい恋愛になることもあれば、ただの火遊びになってしまうこともある。そこは臨機応変に駆けひきをしていかなければならないのだから、自分のことがわからない人には難しい。

例えば、ある女性と出会った時に、自分は酔っぱらっていたとする。次に会った時もやっぱり酔っぱらっている。すると、その女性には「あの人はいつも酔っぱらっている人」というイメージができあがっていく。

でも、ある日、酔っていない昼間に会って、礼儀正しく接したりすると、相手は「え、この人、本当はこんなちゃんとした人だったんだ」というギャップを感じる。女性にしてみれば、そういうギャップに惹かれていくんだと思う。でも、そういうギャップをあざとく計算してやっていたら、すぐにバレてしまうし、酔っぱらい方が悪くて嫌われてしまったら元も子もない。自分のことが冷静に見えていないと、そういう感覚的な駆けひきができない。

✦

アーティストとの付き合い方も、男と女の関係に似ている。すべてのアーティストといつも会ったり、話をしたりすることは、もはや時間がなくてできないけど、その人との間に何かひとつ、絶対に忘れられない出来事が共有できていれば、いつまでも信頼はつながっている。

そういう信頼関係にあれば、例えば、アーティストが「もう活動をやめたい」と言ってきても、「お前、それを俺に言うんだ。それだけはなしだろ」のひと言で終わる。でも、そういう関係を築けている人間とでも、まれに、今、この瞬間に解決しないといけない事件が勃発する。それは刻一刻と変わる心理ゲームになり、こちらは相手の心を読むしかない。もちろん、その〝読み〟が外れることだってある。でも、最悪の事態を想定して、それを腹に据えてしまえば何も怖くなくなる。それを察した向こうは心が揺らぐので、「ここだ！」と思って、どんどん押しきっていく。

頭で計算するものじゃない。刻一刻と状況は変わるから、頭で考えてる暇もない。感覚的なものにかなり頼ってやっていく。男と女の関係も、結局は同じなんじゃないだろうか。

✦

モテる人を見ていると、必ず「ハチャメチャ」ができる。「いいや、やっちゃおうぜ！」という子供のような無茶ができる。これは「ハチャメチャ」。でも決して「メチャクチャ」にはならない。「ハチャメチャ」と「メチャクチャ」の境界線をわかっていて、決して「メチャクチャ」側に落ちることはない。法律的なことだけじゃなくて、倫理だとか人としてどうだとか、そういうこともうまくバランスをとっている。

「ハチャメチャ」ができる人は、どこか危なっかしいからモテると思う。夜遊びで若い女の子がクラブに行きたがるのも、危なっかしくてスリルが感じられるとか、ちょっとワルの匂いがするとかっていうところに惹かれるからというのもあると思うし、そこにいる危なっかしい人に、なんか好奇心を持ってしまうなんてこともあると思う。

でも、境界線の上をうまく歩くには、若い時から無茶をして、それをひとつひとつ自分の経験にして学んでいかなければできない。

僕だって、きっと境界線上にある崖の向こうに落ちかけたことは何度もあるんだろう。でもその時、危険を察知して、なんとか空中でうまく姿勢を持ちなおして、崖の上に戻ってくるということを何度もやってきたんだと思う。この境界線というのは時代によってもどんどん変わっていくから、空中にはみだして、実際に危険を感じてみなければ、どこが崖の上かすらわからない。

そもそも、自分の持っている器の七分目程度で生きてきた人間や、勝負から逃げまわって生きてきた人間は成長できないと僕は思っている。だからいろんな意味でギリギリで勝負してきた人間のほうが魅力的だと思うし、そんな男の人生って女性にも魅力的に映るんじゃないかな。

✦

僕がこういう人間模様を感じとるようになったのは、たぶん子供の時の経験があるからだと思う。小学校の時には突然理由もなく、クラスで仲間はずれにされた。

中学では、同じバスケ部の女の子たちから突然よそよそしくされた。子供のことだから、他愛もない理由ですぐに収まるんだけど、それ以来「人に嫌われたくない」というのが頭に植えつけられてしまっていたんだろう。

でも、嫌われないために、嫌われないようなことばかりしていると、かえって嫌われてしまう。結局、その人が本来持っていないことをうわべだけ真似しても、すぐに見透かされてしまうから。

もし、僕が女だったら、田中角栄とか豪快な人に魅力を感じると思う。会ったことがないから、本当はどういう人かは知らないけど、少なくとも今の時代にはいない人。あの時代だから存在し得た人。そういう、時代と一緒にギリギリで生きている人に男の魅力を感じる。

2012.2 残りの人生をどう過ごすか？

僕は今、47歳。「自分はあと何年生きるんだろう？」と時々考える。長く生きて40年、いいとこで多分30年ぐらいだろう。その30年という時間を、本音では自分のために使いたいと思っている。でも世の中のために使わなければいけないのかなぁとも思う。そんなことをよく考える。

僕は今まで、自分の時間を音楽のために使って生きてきた。家電メーカーなどといった親会社の後ろ盾がないレコード会社なんて、エイベックス以外にひとつもない。エイベックスの前にはなかったし、エイベックスのあとにもあまりない。レコード会社は他にもたくさんあるけど、エイベックスは音楽業界の中で、従来の常識から見れば、非常識でしかないことをさんざんやってきた。

日本の音楽をアジアに紹介することもやってきた。でも海外ライヴを国内と同じように大がかりなものでやろうとすると、採算を合わせることが難しい。例えばマドンナやレディー・ガガのように本当に大規模なワールドツアーができるアーティストはいいけど、数公演レベルの海外ツアーではスケールメリットで採算を合わすということができず、かなりやり方を工夫しないとなかなか難しい。

✦

韓国は昨今、文化コンテンツで上手に日本を攻略している。韓国の音楽市場は日本の22分の1の規模しかない。それを政府が毎年数百億円レベルのお金を出して、国家戦略として日本やアジアに文化コンテンツを輸出して大成功している。音楽やドラマを入り口にして、日本人の韓国に対してのイメージをアップし、若い人の意識を変え、さらには工業製品や食品にいたるまで広げている。これはものすごい優れた戦略だと思う。

日本の政治を動かす方々は、こういった発想をどういうふうに思っているのだろうか。日本のアニメだって世界中にファンがいる。でも、こんなふうに国が文化コンテンツに戦略的に取り組み、そこから日本自体のイメージアップにつなげ、ひいては日本製品のブランド力向上やシェア拡大にまでつなげるという発想は日本にはまったくない。

◆

著作権や音楽違法ダウンロードの話で国会議員の方々に接する機会があったりする。昔から議員の方々にお会いすると必ず言われるのが「いやあ、音楽とか芸能の世界っていうのは、まったくわからなくて……」ということ。だから、いきなり著作権とか違法ダウンロードとかいってもなかなか理解してもらえない。先に触れたような、文化を利用しての戦略を考えられない理由もこういうことだと思う。

「違法ダウンロードの問題をちゃんとしよう」と言うと、今、ネットで音楽をタダで手に入れている人たちががっかりするのはわからなくもない。でも、音楽はタダではない。ネット上で無料で入手できる音楽ファイルの多くは違法だったりするし、そういった入手方法が違法であるということを知らずに普及しているというのも問題だ。このままいくと、趣味で音楽を作る人は残るけど、音楽で食っていける人は、いずれいなくなる。アーティストや作詞家、作曲家は職業として成り立たなくなる。楽曲にしても新しいものがまったく作られなくなって、音楽を楽しむにはカラオケに行って大昔の歌を歌うぐらいしかなくなってしまうかもしれない。「それでいいの？」と思う。

その昔、レコードやＣＤが売れていた時代には、ヒットを飛ばして大金持ちになるアーティストの姿を見て、それに憧れて仕事にしたいという若い子たちがたくさんいたはずだ。だけど、これからは音楽の作り手はそれだけでは食べていけない時代になるだろう。それも作っている曲がつまらなくてお金が入らないんじゃない。ちゃんとみんなに聴かれているのに、お金が入ってこない。「これでいいの？」と思う。

音楽業界の現状を、把握しておいてほしい人たちには積極的に説明するようにしている。だけど、すべてを何かのせいにするつもりはなくて、自分たちのやり方の中にも見直さなければならないことはないか？　また一方で、本当にいい音楽を生みだしているか？　といったことを僕らも常に意識しなければいけないと思っている。

◆

このままＣＤを買うという行為がコアな音楽ファ

ンだけのものになり、違法ダウンロードが蔓延してタダで音楽を楽しめるスタイルが広がっていくと、音楽という産業自体が成立しなくなる。さっきも言ったように音楽で食っていけなくなり、アーティストという存在が魅力的なものでなくなってしまうと、そもそもそれを目指す若者たちもいなくなるだろう。才能ある人材は音楽ではなくITやゲームのような他の分野に向かってしまうだろう。もちろんその危惧はクリエイターだけでなく、音楽業界で働く人材についても同じことがいえる。だからエイベックスは今、音楽以外のあらゆるエンタテインメントをビジネスの範疇として展開している。そして、このままだと音楽業界という産業自体が成立しなくなるってことはもう10年以上も前から社員のみんなには唱えてきたつもりだ。

✦

あと30年という自分の人生。これからはもう少し自分のために使いたいと考えてはみたものの、今まで音楽が好きだからこの仕事をしてきて、これからはその音楽に恩返ししたいと思っている今を思うと、僕の人生は今までも十分、自分のために時間を使ってきている人生なのかもしれない。

2012.3 釣りという名の修行

僕の今の実年齢は47歳だけど、仕事年齢みたいなものでいうと70歳くらいだと思っている。普通の会社であれば、若い頃は社員として仕事をして40歳、50歳になって起業したり、役員や社長になって、ようやく自分のやりたいように仕事ができるようになる。僕は23歳の時にエイベックスを創業して、そこからずっと専務や社長として、自分のやりたいと思う仕事をやってきた。それが、もうすぐ四半世紀になる。それを考えたら、僕は業界年齢70歳。

自分がまだ若い頃は「40歳でリタイア」という前提を置いていた。音楽ビジネスをやるには、10代の若い人たちの気持ちが理解できなければ何もできない。僕が10代の頃は、レコード1枚が高くて、買うのにものすごく躊躇した。でも、今の10代はタダ同然で音楽を手に入れる。そこからして感覚が違う。もちろん、いくら年をとっても、若い人の気持ちが理解できる人はいる。でも、自分で「若いやつらのことはわかっている」などと思っていたら、必ず間違いをしでかすことになる。

✦

だから、〝引き際〟ということも考える。僕は、今の社長というポジションにまったく執着していない。僕よりずっと優れた人が出てきて、「エイベックスの社長がやりたい。松浦さんはジャマです」と言うなら喜んで譲る。ただし、それにはひとつ条件がある。それは、エイベックスを今までより安定した体質の企業にすること。

僕はずっと、すべてを賭けて、いつも一か八かの勝負をしつづけてきた。でも、これからはそんなやり方は通用しない。適正な会社運営をしていくために必要な収益を確保して、適切なリスクをとって勝負するという当たり前のことをよりいっそう意識してやっていかなければならない。そうしてくれるやつが出てこない限りは、僕は社長をやめられない。これを成し遂げることが僕の責任であり、その責任を果たすことで、きれいな引き際になるのだと思う。

もちろん、そんな自分の思いどおりにはいかないのかもしれない。もしかしたらこのまま実年齢70歳になっても社長をまだやっていて、47歳の今の自分を振りかえって、「青臭いこと言っていたな」ということになるのかもしれない。

✦

今、僕は釣りに熱中している。周りから「いい息抜きになりますね」「リタイアしたら釣り三昧の生活ができますね」と言われる。それは社交辞令で言ってくださることだから、いちいち反発はしないけど、内心はムッとしている。なぜなら、僕の釣りは趣味じゃないから。道楽じゃないから。

僕にとっての釣りは〝修行〟。息抜きなんかじゃない。プライベートな時間は、最後の1秒までこの修行に使っている。修行に行く日は、仕事を終えてから自宅に帰り、シャワーを浴びて着替えたら、すぐに車に乗って出発する。1秒でも長くこの修行の時間に充てるために、移動する間に睡眠をとる。釣り船に乗っている時も、船長が「もういい加減帰りましょう」とでも言わない限り帰らない。修行中は、船酔いなんかしたこともないし、酒を飲んでもまったく酔わない。最近では、酔わないからばかばかしくなって、釣りをしながら酒を飲むのもやめてしまった。プロの漁師が僕を見て、「なんでそこまでして魚を釣るんだ」とあきれている。その漁師は、僕がエイベックスの社長だとは知らないで言っている。今の生活は仕事をしながらその隙間で修行。だから息抜きの時間などほとんどない。それでも、「釣りをしなければ」という義務感のようなものがどこかにある。

✦

こんなにひとつのことに熱中したのは音楽以来のこと。10代の頃、音楽が好きになって、毎日、ディスコに通いつめて、踊りもせず、DJブースに張りついて、くるくる回るレコードのレーベルを読みとろうとしていた。なんという曲で、誰が歌って、誰が作っているのかを知りたかったから。プロのDJが「君はDJになりたいの？」とあきれたように話しかけてきた。

「音楽ビジネスをやろう」などと考えていたわけではない。ただただ音楽のことを知りたかった。掘ってもう何も出てこなくなるところまで掘ってみたかった。どんどん掘り進むうちに、いつの間にか今のエイベックスが生まれていた。何かに夢中になる、何かを極める。そこから何かが生まれてくる。音楽はそのことを僕に教えてくれた。

✦

釣り用語に〝つ抜け〟という言葉がある。10匹以上の魚を釣ること。「ひとつ」から「ここのつ」までの「つ」が取れるということ。僕は、釣りの世界で〝つ抜け〟るところまでやりつくしたい。別に釣りをビジネスに結びつけようなんて思っていない。何がどうなるかなんてわからない。〝つ抜け〟ることで、何か全然別の分野のことでもバチンとひらめくのかもしれない。それがもしかしたらビジネスにつながるかもしれないし、つながらないかもしれない。

でも、とことんやってみなければ何も生まれない。だから、釣りを楽しんでるんじゃない。忙しくて疲れている時だって体調が悪い時だって時間を捻出してこの釣りという修行に身を置いている。とことん自分を追いこんでいる。

いつの日かはわからないけど、〝松浦社長〟をリタイアする日はやってくるのだろう。でも、僕は〝松浦勝人〟からリタイアするつもりはない。老後の生活なんて考えたこともない。僕は死ぬまで〝松浦勝人〟だ。

2012.4 所属アーティストの恋愛・結婚・離婚

最近、所属アーティストの結婚や離婚が立てつづけにニュースになった。彼らはアーティストである前にひとりの人間。恋愛、結婚、離婚と、人生だからいろいろあるし、僕はそれに対して何かをコントロールするということは基本的にできないと思っている。でも昔の芸能界や、例えばアイドルなんかは今でも恋愛に対して厳しいマネージメントをしているケースは多い。アイドルは疑似恋愛の対象でもあるから、ファンもすぐ反応する。だから、アイドルの恋愛の話になると関係者はどうしても敏感になる。

昔のアイドルは、30歳近くになったら結婚して引退という感じだったと思う。山口百恵なんて21歳で引退している。でも、エイベックスにいるアーティストは、30歳を過ぎても、歌ったり、曲を作ったり、ダンスをしている。その30歳を過ぎた大人が「恋人なんかいません」って言ってみたところで、かえって不自然でしょ。第一、恋愛もしたことがないというアーティストに、恋愛のせつなさを詞に書けるわけがない。

✦

その昔、アイドルは恋愛ができないといわれている一方で、ニューミュージックといわれてたジャンルに代表されるような「アーティスト」たちはテレビには出ないという時代があった。彼らはヴィジュアルではなく、音楽そのもので自分を伝えてた。メロディと歌詞、楽曲の持つ雰囲気みたいなものだけで人生観や恋愛観を訴えていた。ファンの抱いた自分に対するイメージをそのままにしておきたくてテレビに出なかったのかもしれない。そのあと時代が変わって、次は音楽性だけじゃなくて少しアイドル的な可愛さがある、リンドバーグとかプリンセスプリンセスというようなアーティストがヒットしていった。

その後、エイベックスが会社として動きはじめるんだけど、僕の作戦は見た目もアイドルのように可愛く、なおかつ音楽性もあってメッセージ性も備えたアーティスト。要は「アイドルをアーティストにする」だった。持田香織だって浜崎あゆみだって、もともとはアイドルやグラビア、女優の仕事をしていた。それをアーティストにするために、バンドを組ませたり、自分で歌詞を書かせたりした。

今も昔も基本的に、アイドルというのはシングルは売れるけどアルバムはなかなか売れない。だって、アイドルは姿や存在に人気があるわけで、コアなファン以外は音楽表現がより濃く出ているアルバムまでは、なかなか買ってくれない。でも僕たちは、アルバムが売れるような音楽を創りたかったし、やりたかった。だから、ただのアイドルではなくて、アーティストにしなければならなかった。アーティストにするためには音楽性を出さなければならない。音楽性を出すにはアーティスト本人の人間性を出さなければならない。深い人間性を出すには恋愛という人生経験は当然必要。だから、アーティストに恋愛を禁止するなんてまったく意味がない。ごく自然にそう考えていた。

✦

ただ、恋愛や結婚、離婚はコントロールできなくても、それをどう世間に発表するかということはできるだけコントロールしたい。理想はファンの前で本人の口から報告すること。それが一番いい。でも、こちらがファンの前で発表する予定を立てていても、どこで取材をしたのかわからないけど、ことごとく先に新聞や週刊誌に書かれてしまう。芸能記者も、アーティストの恋愛、結婚、離婚は、落とすと〝特ダネ落ち〟になってしまうので必死なんだよね。

芸能事務所がよく「プライベートなことは本人に任せています」とコメントする。それは本当のこと。大人なんだから、こちら側が口を出すようなことじゃない。女の子によっては付き合う男性の影響を受けやすくて、それが仕事に悪影響を及ぼすこともあるけど、まずはアーティストのプライベートを尊重するというのが基本的な姿勢。

✦

恋愛、結婚、離婚がアーティストにとってプラスになるかどうかは微妙なところがある。それがきっかけでより人気が出ることもあれば、悪いイメージがついてしまうこともある。

　倖田來未の結婚報道もあれば浜崎あゆみや沢尻エリカ、そして、ダルビッシュ有と紗栄子といった所属アーティスト、タレント、スポーツ選手の離婚報道の話題も続いた。ただ、何も悪いことをしているわけじゃないんだから、どんなに報道陣に囲まれたとしても、アーティストは常に堂々としていればいい。そして、そんなアーティストたちをただ過保護にするんじゃなく、時には守り、時には導いていく。それがマネージメントという仕事なんだと思う。

　女性アーティストから「社長、ちょっとお時間をください」と言われるのが一番ドキドキする。「結婚か？」「何の話だ？」といろいろ考えてしまう。なんだかんだ言って、結局、僕はアーティストのお父さんなんだよね。そうやって大事に育てた娘を、どんどん他の男性にとられちゃうんだから。でも、それもマネージメントという仕事の宿命。

　僕の心情的には、アーティスト全員に恋愛パワー全開でマネージメントしたいくらい。愛情がなければマネージメントなんかできないし、好きでもない子を売りだすことなんかできない。でも、僕も結婚しちゃったし、年取っちゃったし、やっぱり父親としてアーティストを見守っていくんだろうね。

2012.5 新しいレイヤーへ

　釣りをしている時は、釣りに集中して頭の中を真っ白にしていた。いや、そう思っていた。でも、よく考えると、やっぱり頭のどこかではこれからのエイベックスのことを考えてたんだと思う。レコード産業が成熟しきっている中で、エイベックスの進むべき方向は？　これ以上やれることはないんじゃないか？　そんなことをいつも考えていたんだと思う。だけど、まだ目指すべきところがあった。それは、

BeeTVを単なる映像配信の会員ビジネスではなく、〝本当の意味でのエンタテインメントプラットフォームビジネス〟に昇華させることだった。

BeeTVを始める時から、いずれ携帯電話から外部機器に出力できるようになるだろうと考えて、大画面テレビや、スクリーン、パソコンでの視聴を前提にした画質でコンテンツをつくってきた。もう少しすれば、ワイヤレスかなんかで、スマートフォンをテレビの前に置くだけで、BeeTVのコンテンツを大画面テレビで見られるようになるだろう。

一方でBeeTVは、まだ誰も成功していない〝音楽聴き放題モデル〟も、「BeeMusic」という番組で実現してしまっている。音楽のプロモーションビデオを再生して、スマートフォンの画面を見ずに、ヘッドフォンで音だけ聴けば、スマートフォンが実質的に音楽聴き放題の携帯音楽プレイヤーになるというわけ。実は今までBeeTVをやってきた中で一番の人気コンテンツは、結局音楽だったんだよね。

さらにドコモのdマーケットに入っている「VIDEOストア powered by BeeTV」（現dTV）では、音楽だけではなく、月額500円（税抜）でハリウッド映画や国内や韓国のドラマ、アニメも見放題になっている。

もともとBeeTVは、エイベックスだけが利益を得る構造ではない。エイベックス内にも映像制作の部署はあるけどBeeTVの番組制作は、制作会社へ外注している。さらに、そのコンテンツを提供している映画会社、テレビ局も含めた、出演者やアーティスト、みんなが利益を得られるビジネスとして始めた。コンテンツ提供者には視聴数が多ければ多いほどそれに見合った分配がされるシステムになっていて、会員数が多くなればなるほど分配金も増えていく。これはあらかじめ決められた出演料のみが払われていた映像作品の世界に、販売枚数やダウンロード数に比例して印税収入がある音楽の世界のモデルを取りいれた新しい取り組みだった。「VIDEOストア」ができたことで、コンテンツが増えた分、利益分配できる会社も増えている。

✦

このビジネスは「もっと広げられる！」って思いついたのが、さっきの〝本当の意味でのエンタテインメントプラットフォームビジネス〟。どういうものかというと、例えば音楽なら、利用者がこのプラットフォームで音楽を買いたければ買えるようになる。音源だけじゃなく、コンサートチケットやグッズも買えるようにしたい。そうなったら、今までのBeeTVには参加してなかったレコード会社やプロダクションにも二次的な収益を上げてもらえるし、ファンクラブやオフィシャルサイトへの誘引にも大いに役立つと思う。

一方で、アーティストごとの百科事典的な情報ページもこのプラットフォームの中に作ろうと思っている。ここでも音楽をはじめそのアーティストにまつわるあらゆるコンテンツを販売できるようにする。

例えばアーティストの写真なんか、昔からコンサート会場周辺の屋台で違法に売られていたり、今はネットに勝手に流れてしまっていて、まったく収入になっていないけど、それもきちんとタレントや芸能事務所の収入になるような仕組みを作る。他にも映像の権利、音楽の権利、あらゆる権利が正当に守られ収益が上がるという、当たり前の仕組みにしたい。そうなれば、もっとビジネスを膨らませていくことができて、ユーザーは楽しみが増え、参加している企業すべてに利益がいくようになる。そしてまた素晴らしい作品が生まれるというサイクルができる。

✦

そもそも自分の原点は会員制ビジネスだった。小さな地域の商圏でやっている〝レンタルレコード店〟という会員ビジネスから出発した。でも、いくら店の中が満員電車みたいに繁盛しても、小さな店の売り上げの限界がやってきた。それで、次に考えたのが、日本中のレンタルレコード店にCDやレコードを供給するビジネスだった。そして次は、音源そのものを制作して販売するレコード会社。そこからエイベックスが生まれた。そして、今また次のレイヤーへ。一貫してるのはユーザーニーズに対応すること。

エイベックスはレコード会社でもない、プロダクションでもない、新しいエンタテインメントトレイヤーでこれからのビジネスを展開していく。そして、日本のエンタテインメント業界のためにも新たな音楽と映像のプラットフォームを確立させたい。その時に、エイベックスという会社の枠組みがじゃまになるなら、根本的に作り直したっていいと思っている。

会員制ビジネスは基本的に先行逃げきりが圧倒的に有利だということは身をもって経験している。特にデジタルの世界は、2年後、3年後などと言ってたら負ける。半年先には形にしなければならない。それができたらまた次の、まったく新しくてみんながびっくりするようなことってなんだろう？って考えはじめるんだろうな。

2012.6 エイベックスの業態を変える？

BeeTV は「動画配信サービス」といわれて、それはそのとおりなんだけど、オリジナルのコンテンツがたくさんあるという点が他とは違う。ここは重要。多くの動画配信サービスは、すでにあるコンテンツのライセンスを購入してそれを配信するというもの。BeeTVでは、BeeTVでしか見られないコンテンツがある。これが会員数がものすごい勢いで伸びている理由のひとつ。

だけど、僕は BeeTV をただ動画を配信して利益をあげるビジネスとは思っていない。動画配信はあくまでも途中段階。僕の考えるビジネスプラットフォームのまさに中心駅にあたる部分が今できあがった状況で、そこから放射状に走るいろいろな線を作っている最中なんだ。

◆

BeeTV はエイベックスだけが儲かるというビジネスモデルではない。番組の制作会社やプロダクション、レーベルにも視聴数に応じて配分があり、視聴数が多ければ多いほど利益がいく。

当初は僕らがこのビジネスを広げていこうとすると、同業他社はどこか疑心暗鬼になって、コンテンツ提供を躊躇してしまうこともあった。エイベックスがレコード会社であり、芸能プロダクションであるからだ。それが障害になるなら、「エイベックスはレコード会社でも芸能プロダクションでもなくなればいい」という極端な考えもなくはないと思うようになった。

僕は、もう今までのエイベックスに固執する気はない。古い〝レコード会社〟というビジネスモデルなんかぶっこわしていい。

昔からよく、「会社の寿命は30年」とかいうけど、僕の実感では寿命は10年もない。次の新しいビジネスに取り組んでいかないのなら会社なんてあっという間になくなってしまう。

エイベックスは、avex traxや「リズムゾーン」という音楽レーベルの〝ブランド〟作りにこだわってきたけど、今の僕はその過去の〝ブランド〟にさほど固執はしていない。

音楽の世界で最先端かつ永久的なブランドというのは難しいと思ってるから。まぁそれは、僕がブランドの価値をわかっていないだけのことかもしれないけど。必要になったら、また作ればいいだけのことでしょ？

実際、今BeeTVはドコモのdマーケット内に入っている「VIDEOストアPowered by BeeTV」へフィールドを広げた。「Powered by BeeTV」の部分なんかすごく小さく書かれているから、世間では「BeeTVはドコモ独自でやっているサービス」と思っている人もいる。それでいい。僕は全然こだわらない。なぜならエイベックスブランドのビジネスとはまったく違ったプラットフォームビジネスをやっているんだから。そして、今のビジネスが完成した時にはまた次の誰も想像していない、もっと先に進んでいくことを考えている。それが何かはまだ言えないけど。

✦

じゃあ、エイベックスがレコード会社でも芸能プロダクションでもなくなったら何の会社になるんだ、と言われそうだけど、極論すればIT企業でもいいと思っている。元来ものづくりというのは、週末なんか関係なく24時間、寝る間も惜しんで「こんな面白いもの作っちゃえ！」という気持ちでやっていくもの。でも、これって、〝ちゃんとした会社〟が推奨することじゃないんだよね。

今のエイベックスは〝ちゃんとした会社〟にする時だから、「効率」を重視している。それ自体は悪いことではないけど、そんな環境だから、急成長した時代と比べると、なかなか伸び伸びとした新しい発想が生まれづらくなっている。

✦

僕が思うに、ものづくりは、好きな人がやればいいし、得意な人がやればいい。そういうやつが独立するというなら全力で応援するし、成功した時、もし何か少しでもエイベックスに返してくれたらそれは嬉しいと思う。

そういう集合体に囲まれたエイベックスというのが僕の理想の形。これは社員を減らすためのリストラではない、本当の意味でのリストラクチャリングだと思う。

でも、みんな音楽がやりたくてエイベックスに来ている人が多いからなあ。もし、エイベックスの業態が大きく変わったとしたら、変化を嫌う社員は大変なんじゃないかと思う。

僕は二十数年前に名刺を出して「エイベックスとはこういう会社です」と説明するのに20分かかるところから始めているけれど、今の社員たちはエイベックスがどういう会社か説明しなくてもわかってもらえる。この差は大きいし、この意識をまず変えないと。

✦

こんなことを言うと、寂しい気持ちになっちゃう人もいるかもしれないけど、正直、この二十数年間で今の僕は純粋に音楽を楽しめなくなってしまった。だって、音楽を作るのが仕事だから。他人が作った音楽はすべて競争相手だから。

もともと僕の原点であるレンタルレコード店は、自分で聴いて「いいな」と思う音楽を集めて人に貸すことから始まっている。「こんないい音楽をもっとみんなに聴いてほしい！」という気持ちからエイベックスを始めた。

BeeTVのコンテンツは、音楽も動画もエイベックスのものだけではなく、いろいろなレコード会社や制作会社に参加してもらいたい。そうすれば会社の壁を超えて、自分が「これはいい！」というものをどんどんコンテンツにしていける。

これが実現できたら、僕はあの時の気持ちのように、もう一度音楽が好きになれると思うんだ。

2012.7 ガラパゴスを逆手にとる

日本の音楽市場って、本当にガラパゴスだと思う。日本で聴かれている音楽はほとんどが「邦楽」という独特のもので、ワールドワイドで流行っている洋楽は今や10％程度になってしまった。世界のヒットチャートと日本のヒットチャートはまったく違う。でも、ガラパゴスであることが、いいことなのか悪いことなのか考えていても意味がない。誰かが無理矢理ガラパゴスにしたわけじゃなくて、ガラパゴスだからガラパゴスになっている。それが現実なんだから、しょうがない。

　ガラパゴスであることで、日本はワールドワイドな大きな波から守られているという点もある。海外ではすでに「音楽はタダ」が常識になっていて、それを前提にビジネスを考えざるをえない状況になっている。そういう「音楽はタダ」を前提にした音楽サイトがいくつも登場している。例えば「vevo（ヴィーヴォ）」、プロモーションビデオを無料で見放題というサイト。例えば「Spotify（スポティファイ）」、音楽を無料で聴き放題というサイト。

ネットの世界では一般の人でも簡単に音楽をはじめとしたコンテンツをアップロードできるようになり、そこからダウンロードもできるようになってしまった。この音楽の無料化は日本でも大きな問題だけど、他の国々のほうがより深刻で、「無料聴き放題」という苦肉の策で、音楽を無料にして広告で収入を得るしかなくなっている。

　スポティファイは、スウェーデンで生まれた音楽ストリーミングサービス。今、２０００万人くらいの会員がいるらしい。無料で音楽を聴くことができて、途中にＣＭが入る。広告を外したり、利用時間の制限を外したい場合は月額の有料会員になる必要があって、だいたい15％程度の人、３００万人が有料会員だという。といっても利用料は約5ドル、10ドルの世界。こういう仕組みのビジネスを成立させるには、トラフィックをとにかく増やさなければならない。だから、スポティファイはスウェーデンからヨーロッパに進出し、米国に進出し、アジアへの進出も考えているだろう。

じゃあ、もし、こういうサービスが日本に進出しようとしたらどうなるか。「なんだこの市場は？」って驚くんじゃないかと思う。聴かれている音楽が世界とはまったく違う。日本市場に合った音楽を配信するためには、日本のレコード会社と契約しなければならない。じゃあ、ワールドワイドなネットワークを持っているレコード会社と契約すればいいのかというと、エイベックスなんていうワールドワイドじゃない、わけのわからないレコード会社があって、そこが音楽市場の20％を占めている。

しかも、BeeTVなんて日本独自の有料配信サービスをやっていて、260万人の月額有料会員がいる。世界から見たら、「日本はおかしな国だな」と思われるんじゃないか。

✦

ガラパゴスだからといって、日本の中に閉じこもっていなければいけないわけじゃない。いつでも世界に進出することはできる。特にアジア。日本独特のコンテンツをいきなり海外に持っていくのは難しいとしても、BeeTVというプラットフォーム構造自体なら、すぐにでも海外に持っていける。月額課金モデルにするか広告収入モデルにするかは、現地の事情に合わせればいいだけのこと。アジア各国の音楽市場は、日本から見れば小さな市場だけど、それはあくまでもCD販売の話。例えばBeeTVを広告収入モデルにして進出させれば、収益のフォーカスがまた違ってくる。ビジネスとして成立させることができる可能性もあると思う。

アジア最大の市場である中国についても攻略法はある。中国の人は台湾でヒットした音楽を聴く。台湾の人は日本でヒットした音楽を聴く。まず台湾に進出して軌道に乗せてから中国に進出すれば、十分にチャンスはあると思う。

✦

音楽の流通がCD販売からストリーミング配信になるのは、音楽にとっていいことだと思う。音楽のランキングが売れた枚数ではなく、聴かれた回数で決まるようになるから。本当に世の中でたくさん聴かれている音楽がいい音楽だということになるから、フェアに使用料が分配されるようになる。目立たないけど地味に聴かれている〝いい音楽〟も息を吹きかえす。今まではCDを買ってもらうために特典をつけて販売したり、強力なプロモーションで、ある意味世の中を洗脳しながらヒットを作ってきた。その旧来のやり方で売れたものは実は〝音楽〟じゃない。〝商品〟になっている。

ストリーミングで聴き放題というのは、聴きたい音楽を聴ける自由がみんなに与えられるということ。そして、本当にいい音楽じゃなければ聴いてもらえなくなるということ。インターネットが登場して、違法ダウンロードが横行して、確かに音楽業界は苦しい思いをしている。でも、ビジネスというのは、そういう違法状態も超越したところでやっていかなければならない。「ガラパゴスだから日本はダメ」なんて言っていても意味がない。ガラパゴスであることを前提にビジネスをやっていかなければならない。その方法を考えるのが今の僕の仕事。

2012.8 売るのはもう音楽ではない

音楽というのは、ずっと昔から存在していて、その広め方が最初は演奏、そして楽譜の普及へ移った。その後登場したレコードやCDというパッケージは、生まれてたかだか100年くらいでその価値が大きく変わり、ネットでのダウンロードやストリーミング配信で楽しむというスタイルも一般化してきている。

音楽の楽しみ方の主流は、当然ながらより安くて手軽に聴ける方法に移っていくだろう。この「手軽に」というところにビジネスの〝ミソ〟がある。

今、CD店に並んでいる音楽の大半は新譜。でも30歳以上の人たちになると、新しい曲とは縁遠く、手に取る機会も少なくなっているんじゃないかな。多くの人はだいたい中学生から社会人になって少しぐらいまでが、音楽に最も影響を受ける時期だと思う。そして、この時期は恋愛や友達との思い出がたくさんあったりもするだろう。音楽と思い出は強く結びついていて、同じ世代の人だったら、ほぼ同じ曲に反応するはず。

でも、それが20年も30年も前の話となると、あれだけ好きだった曲がもう思いだせない。思いだせてもたぶん数曲だけで、思いだせなければ手に入れようがないし、そもそもCD店でも売っていなかったりする。

これは欧米で既にあるサービスなんだけど、新旧問わずラインナップされている大量の楽曲の中から自分の普段聴いている音楽の趣向にマッチした曲が次々とラジオのように流れてくる、というものがある。

✦

ひとつひとつの楽曲の構成やコード進行、ヴォーカリストの声質や詞の内容まで、詳細にわたり解析して、音楽データベースを元にユーザーへリコメンドしていく。ユーザー側はどんどん勝手に流れてくる曲の中から好きな曲と興味ない曲が選別できて、さらにそのマッチングの精度はアップしていき、自分に心地よい楽曲を自然と楽しめるようになる。今の配信のように1曲購入するごとの面倒な検索とか曲選びは必要なくなる。

個人的に思っていることだけど、これからの音楽の届け方には、曲名、アーティスト名、発売年月日、先に紹介したような楽曲の音楽的解析だけじゃなく、どういうシチュエーションで聴く曲なのか、曲調が春夏秋冬のどれなのか、朝昼晩のいつ聴く曲なのか、何をしている時に聴く曲なのかといったような詳細なカテゴリー分けみたいなものも大事になってくると思う。

カテゴリーを選ぶのも面倒くさいという人には、何もしなくても音楽がどんどん流れてくるということだってできるだろう。「家族団らん」とか「寝る前」とかのシチュエーション別に音楽ステーションが用意されていて、それが自動的に選ばれる。「こういうプロフィールの人は、朝はこういう音楽を必要としている、車での外出時にはこういう音楽を好む」というデータの蓄積があるから、音楽を選べない、ボタンを押すのも嫌だという人には、何もしなくてもその人のシチュエーションにあった曲がどんどん流れてくるという仕組みだって作れる。

こんなふうにアイデアしだいでいろいろな〝便利さ〟を作っていける。これからの僕たちは、この便利さを売ろうと考えている。音楽そのものを売るんじゃない。音楽を楽しむ方法を提供していこうと思っている。

さらに、こういった定額であらゆる音楽を自由に楽しむスタイルになると、ユーザー同士が気軽に音楽をあげたりもらったりすることもできるようになる。実際にはサーバー内の音楽を鳴らしに行っているだけなんだけど、あたかも音楽そのものを渡したようになる。SNSを使って音楽を紹介する人も出てくるだろうし、DJのようなことを始める人も出てくるだろう。でも、それはプロのDJじゃなくて、普通の人の中から有名になる人が出てくる。そういう波及効果は、もう僕たちレコード会社がやることじゃない。リスナーの側でいろいろなことが起きる。音楽の良し悪しを決めるのは、評論家でもないし、マスコミでもない。音楽を楽しんでいるリスナーが決めること。

◆

今の楽曲単位での音楽配信は、あくまでも音楽そのものを売ろうとしているのであって、これからは〝便利さ〟を売ることに新しい音楽産業が生まれるチャンスがある。ちゃんとしたものが完成したら、電気、ガス、水道、音楽みたいなインフラになるかもしれない。なんとなくのイメージだけど、例えば年額1万円くらいでいろんなコンテンツが自由に楽しめたら、消費者が納得する価格じゃないかと思う。音楽業界の人たちは、いずれこういう形にならざるを得ないことは誰もが理解している。

ただ、今はレコード会社ごとの配信が基本で、ビジネス上の理由から楽曲の提供先もまちまちで、すべてが手軽に楽しめる場所というのはない。でも、そんなことを続けているのは消費者のためにならないこともわかっている。行きつくところがひとつなのもわかっているので、この流れは意外に速いと思う。少なくとも、僕が想像していたよりもずっと速い。あまりに速くて、いろいろ疲れる。疲れるけど面白い。

僕はずっと流行音楽を作ってきたつもり。そして今、次のステップとして音楽の新しい楽しみ方をどう提供しようかと考えている。でも、最後にやっぱり戻っていくのは、音楽そのものを作ること。流行は古い曲からは生まれてこない。だから、楽しみ方を作ると同時に、新しい音楽を作っていくことも、とっても重要になると思う。

2012.9　社長としての僕の遊び方

先日、十何年ぶりかに、銀座の有名なクラブに行ってきた。銀座で一流ということは、日本でも一流のクラブ。そこにお金を使いに行ってきた。こんな行為は無駄といえば無駄。でも、そういう場所で羽振りよく振る舞うというのは、決して無駄じゃないと思ってる。だから「どうせ使うなら徹底的に使おう」と最初から決めて行った。

近くにいる若い知り合いも呼びだした。中には短パンでその店に来たヤツもいる。その時点で、「あいつらはまったく」とか、「無礼なヤツらだ」と店のいたるところから見られている視線を感じている。座ると、周りの席には知っている顔ぶれもいたし、誰だかよく知らないけど、たぶん、常連の一流企業の社長たちがいるのだろう。周りが静かに飲んでいる中で、僕は「何でもいいから、一番高いワイン持ってきて！」と下品な注文の仕方をする。ああいうところでは、みんな周りの客が何を注文するのか聞き耳を立てていたりする。さらに追い打ちをかけて、「ロマネ・コンティ3本並べて！」とやってみる。下品。これ以上ないというぐらい下品。周りの一流の客たちは唖然としていただろう。

だけど、僕の席には若い女の子じゃなくてママが座る。日本を代表するIT企業の社長が僕の席に挨拶に来る。ただの下品じゃない。そういった振る舞いが許されているということがそれで証明になる。

こんな風にできるのは、20代、30代の頃にさんざん通ってきたから。店も僕たちがどんな人間であるかがわかっているから。そういう場所で、敢えて下品なことをやって、人がやらないことをやって、「あいつらとんでもないな」と言われる。そういう話があっという間に広がっていく。それが、時には僕にとってはすごく大事。

久しぶりに行ったクラブは、内装が昔と寸分変わらない。ガラスの曇り具合も同じ、ピアノも同じだった。十何年前にタイムスリップした気分になった。それで気がついた。「ああ、ここは60代、70代の社長たちの溜まり場なんだ」って。ここにふらっと来さえすれば、知っている人が誰か必ずいるという場所。40代、50代で仕事をばりばりこなしていた頃の気分に戻れる場所。こういう場所は、そういう人たちの社交場なんだと思った。これからは、そのクラブに行く時は、できるだけスーツで行くようにしようと思った。

✦

人に言われて初めて気がついたけど、「松浦さんの生活は毎日がイベントですね」らしい。僕にそういうつもりはない。ただ仕事が終わったから食事をしに行って、酒を飲んでいるだけ。そのうち、僕にとっては知り合いだけど、一般的には超人気アーティストたちが集まってきて、タレントの卵のような若い女の子たちもやってくる。そういう場は普通に考えれば、まさにイベントなんだろう。それでちょっとでも度が過ぎれば、メディアに大げさに書かれてしまう。妬みと僻みがそうさせていることはわかっている。入りたくてしかたがないのに入れない空間だから、そう書かれるのもわかっている。だけど、アーティストやこれから生まれようとする卵と話をするのが僕の仕事なんだ。

20代、30代の時は、「触ればヤケドするような」熱い人たちと付き合ってきたし、自分もそういう人と遊ぶのが楽しかった。「あそこが面白い」と聞けばそこに行って大騒ぎをし、「こちらが面白い」と聞けば、翌日はそっちに行って大騒ぎをしていた。確かに毎日がイベントだった。女性もそういう「ヤケドするような」人が好みだった。今から考えればたいしたもんじゃなかったけど、当時は20代でお金も持っている成功者だと思っていたし、世間からもそう思われていた。いろいろな目的の人が寄ってくる。そこに若い女の子も群がってくる。そういう中で、ゲームをしているようなヒリヒリした感覚が楽しかった。

✦

僕はひとりでいるという瞬間がない。ひとりでいたいとも思わない。この感覚が普通なのか、普通ではないのかよくわからないけど、食事をしていても、酒を飲んでいても、常に人の目があることを意識している。極端かもしれないけど、集まってくる女の子たちは信用していない。店員でさえ信じていない。どこで何を話されるかわからない。僕には、本当に落ちつける〝溜まり場〟というのはずっと存在しなかった。

だから、今では都内にそういう〝溜まり場〟的な空間を自分で作っている。時代も変わったし、僕の年齢も変わった。今は、そこに、よく知っているメンバーだけ集まるのが落ちつくようになってきた。言わば「部屋飲み」。そこで酒を飲みながら、ＤＶＤを見たり、みんなで音楽の話をしたりしている時間が落ちつく。気のおけない仲間だけなので、何を言っても受けとめてくれるし、自分の恥ずかしい面をさらけだすこともできる。そこにひとりでも知らない人がいると、とたんに落ちつかなくなる。〝気のおけない空間〟ではなくなってしまう。だから、知らない人は誰も入れない閉ざされた空間。それが落ちつく。

自分はこれまでいい仕事をしている時はよく遊んだし、仕事をしていない時は、遊びもできなくなった。僕は今、とある仕事に取りかかっている。これができあがれば世の中にとても大きい変化と影響を及ぼすと信じていることに取りくんでいる。だから目一杯仕事もするし、遊びもする。この仕事が終わったら、僕の遊びはまた釣りに戻っていくのかもしれない。

2012.10 お金についての経験と結論

僕にとってお金は使うもの。貯めるものじゃない。’11年度の有価証券報告書の情報開示では、僕の年間報酬額は４億８００万円。世の中的には「もらいすぎ」と言われることはわかっている。社員もひょっとしたら同じように思っているかもしれない。「なんで社長はあんなにもらっているんだ。だったら、もっと俺たちにくれ」って。

でも、日本では、お金についての自分の考えを明かすのはタブーみたいなところがある。お金はたくさんもらわないことが美徳みたいな空気がある。でも、社長の報酬が1億円ということは、そこの社員はいくらがんばっても報酬1億円以下ということでしょ？　それはちょっとさびしいんじゃないか。しっかり働いて成果を出せば、きちんとした報酬が出があるということを社員にも知ってもらいたい。

エイベックスを創業する時に、僕は大きなリスクを背負っていた。資金3000万円というのは、当時の僕にとっては、失敗したらどうにかなってしまうような大金。大学在学中からビジネスを始めたというのも、ものすごく大きなリスク。どうなるかわからない中でやったんだから、その怖さというのはやった者でなければわからない。リスクを背負って起業した人はそれなりの報酬をもらうのは当然とまでは思わないけど、成功したらある程度はもらっていいと思う。成功しなかったら、報酬なんかないんだから。

✦

僕は以前信頼していた友人に自分の財産管理を任せていた時期もあったんだけど、さまざまな事情によって多額の借金を抱えることになった。だから、その借金を返済するために一生懸命働いた。

そういう経験をしてきて、「お金なんか持っていてもしかたがない。そもそも使うためにあるわけだし」と考えるようになった。「なんで俺はこんなにお金がないんだろう?」と周囲の人間に聞いたことがある。「だって、社長、あるだけ使っちゃうじゃない」って言われた。そのとおりで、自分が知らないことを知るために、確かにお金は使ってきたと思う。

「将来何があるかわからないから、お金を貯めておく」と考える人もいる。でも、100億円持っているとしたら、自分に関係するありとあらゆる人が近寄ってきていろんな話を持ってくる。「100億もあればそうそうなくならないんじゃないの?」と思われるかもしれないけど、近寄ってくる人たちは「この人は100億円持っている」と値踏みして来る。だからその金額なりの話が来るから、お金がなくなる時は、それが100万円でも100億円でも同じ。一瞬でなくなる。お金はいくら持っていても、安心材料になんかならない。

自分が死んだあとのことを考えてみても、あまり多くのものを残すとそれはそれで苦労することもあるだろうから、今いろんな我慢をしたりして無駄に残すことはやめようと考えている。どういう形にしたらいいかいろいろ考えたり、しかるべき所にも相談したりしたけど、たくさん残せばいいというわけではないと思った。下手に相続なんかあったら、兄弟で必ずもめるだろう。ただ妻だけには、僕のほうが間違いなく先に死ぬだろうから、その後の生活に困らないぐらいは何とかしてあげなければと思う。

✦

世の中がお金でどうにかなるなんて思っていないけど、かなりのことはお金でどうにかなるのも事実。お金がすべてだとは思わないけど、あると便利、ないと不便。だけど、すごく怖いもの。

僕はもともと人をあまり信用しない。それがお金を失ってからより慎重になった。だって、会いたいと言われていい話のわけがない。アポイントをとる時に向こうは「○○の××だと言ってくれればわかる」と言うんだけど、こっちはどこの誰か、さっぱりわからないことだってある。お金は友達関係も変える。以前は喧嘩していたやつでもペコペコする。お金は周りにいる人たちとの上下関係も変える。僕の中では何も変わっていない。向こうが勝手に変わっていく。だんだん慣れてきて、もう何とも思わないけど。だけど、それってとても嫌な感じ。そして切ない。

✦

僕はお金そのものというより、お金の向こう側にあるものが欲しい。若い時は物欲だった。「あれが欲しい、これが欲しい」というのが自分の仕事の原動力になっていた。あの頃は、お金じゃなくてものが欲しかった。お金は単にものを手に入れるための道具だった。たいがいのものは買ってしまったので、今は、人のためにお金を使うのが楽しい。人に何かしてあげて、その人が喜んでいる姿を見るのが楽しい。例えば、食事をごちそうするとか。自分が美味しいものを食べることよりも、人が美味しいものを食べて喜んでいる姿を見るほうが楽しい。

こんなことを言うと、博愛主義者みたいなきれいごとに聞こえるかもしれないけど、そういうことではなく、ドS体質なんだと思う。自分が誰かに何かをしてあげることで、その人が快感を得ている。その姿を見て、僕も快感を得る。だけど、誰にでも何でもしてあげるわけではない。

それは仕事も同じ。コンサートなんかでお客さんを喜ばせる。その喜んでいる姿を見て、こっちは快感を得る。エンタテインメントとは、ドSな産業。

やっぱり僕は、エンタテインメントの人間なんだと思う。

2012.11　友達のいない寂しさ

僕には友達がいない。いるわけがない。〝親友〟というとひとりぐらいしかいないし、そいつのことだって、普段は忘れていて、何かのふとした時に思いだすぐらい。

高校や大学時代は、友達がたくさんいた。でも、エイベックスを立ちあげた時に、そういう友達の何人かは会社に入った。それ以前は、喧嘩したり、肩を組むようにつるんでいた友達も、会社に入って何年か経つと、ペコペコしだした。それがお金のためなのか、地位のためなのかはわからないけど。いくら昔、友達付き合いしていても、いったん上下関係ができてしまうと、もう昔には戻れない。友達の中で、あまりにも仕事に向かないと思ってエイベックスに入れなかったヤツがいて、そいつが今でも僕の友達。

仕事で知り合った経営者仲間の中でも友達的な存在の人はいる。何人かはよく会って遊ぶし、人としても好き。バカなことも話すし、自分の恥ずかしい面をさらけだすこともできる。でも、友達なのかと言われるとちょっと戸惑う。子供の頃からの友達じゃないし、利害関係もある。本当の友達って、やっぱり利害関係があると無理なんじゃないかと思う。

自分の中では、「まったく利害関係がなくて、何でも言いあえる間柄」というのが友達だけど、もっとハードルを下げれば、こういう経営者仲間も友達だし、そのほかにも友達はたくさんいるということになるのかもしれない。

僕は若い頃から会社を経営する側にいたから、ほとんどの人は部下だったし、みんなも僕を上司だと見てる。だから友達にはなれない。社外の人だって、エイベックスの社長として見てる。気の合う経営者仲間は、そういう上下関係にならないから、友達的な付き合い方はできる。でも、そういう人ってあまりいない。異業種で利害関係がなくて、それなりの経営者でっていう人は。誰も僕のことを知らない外国にでも行って暮らさない限り、友達なんかできないんじゃないだろうか。

✦

正直、寂しいと思うことがある。例えば仕事が終わって、今日は会食の予定もなく、自由に好きなところに食事に行ける時に、誘う相手がいない。社員を誘うことはできない。もし、僕が社員の誰かを誘ったとしたら、そいつは絶対に断れない。もし、そいつに別の用事があったら、それをキャンセルしてでも僕に付き合うかもしれない。それが申し訳ないと思うから、誘うことができない。結局、いつも同じ面子《メンツ》で食事に行くことになる。

土日なんかも、本当にやることがない日もある。もともとひとりではいられない性質なのに、本当に何もすることがない。以前は、子供たちと遊んだりしていることも多かったけど、子供も大きくなると、子供には子供の用事があって、土日は家にほとんどいなかったりもする。

会社で僕が何か困っていれば、みんなすぐに助けてくれる。ちょっと「体調が悪い」と言った瞬間に、あれこれ気使って手配してくれる。それだけに例えば土日にひとりでいたりすると余計に寂しく感じる。

ただ、僕より寂しい経営者はたくさんいるはず。

先輩経営者の中には遊び友達が誰もいない人や、往々にして裸の王様になってしまっている人もいる。ものすごくケチだったり、部下に必要以上に高圧的だったり。社員や周りからは嫌われていても、誰もそれを指摘できない。僕はそういう人と付き合うのもあまり嫌じゃない。付き合っていて「ああ、こういうところが人に嫌われるんだよな」とは思うけど、それだけ。向こうが僕のことを好いてくれているんだったら、それでいいかなと思う。みんなが「あの人は嫌だ」という人でも、僕はわりと平気で付き合える。

でも、そういう人たちを見て、自分は裸の王様にならないようにといつも思っている。それは社長になった途端に、世間からの扱われ方がまったく変わったことも大きい。レストランに行っても、いい席をすぐに空けてくれる。対応のひとつひとつがすべて変わった。自分が専務だった時には、社長ってこんな風に扱われるんだなんて思ってもみなかった。

会う人も態度がまるで違う。でも、それが嬉しいわけじゃない。「こんなに変わっちゃうんだ」という寂しさを感じてしまう。

多分、自分だってとっくに勘違いしているところはあるんだろうし、いい気になっていることもあるんだろう。でも、そうならないようにと自分ではかなり意識しているつもりだ。

✦

この寂しさは、〝経営者の孤独〟というのとは少し違うと思う。図々しい社長なら、土日だろうがなんだろうが、社員を強引に呼びだしてワイワイできるのだろうけど、僕にはそれができない。相手のことを考えてしまうし、自分も裸の王様にはなりたくない。

経営者の孤独を感じるのは、何かを決断しなければならない時。「最終的に右に行くのか、左に行くのか」「決断を間違えると、会社がどうにかなっちゃう」という決断をする時は、全員が「社長、お願いします」と言ってくる。誰にも相談できない孤独感。そういう孤独感はつらいし、土日も寂しい。でも、それは今の自分の地位との引き換えなのだから、しかたないと思う。土日が楽しく過ごせるから、友達ができるから、今の自分を捨てろと言われたら、やっぱり嫌だと思う。それぐらいだったら、寂しくてもいい。

2012.12 酒嫌いな の に 大 酒 飲 み

お酒は飲むけど、もともとは好きではない。それでも飲む。理由のひとつは、時間を飛ばしたいから。問題だらけの時に、考えてどうにかなる問題ならいいけど、考えてもしかたない問題というのもたくさんある。自分じゃどうしようもないことだとか、相手の出方を待つしかないことだとか。時間が解決するしかない問題で、考えてもしかたないことなんだけど、それでも僕は考えてしまう。当然、考えても解決法なんて見つからないから、気が狂いそうになってくる。だから、酒を飲んで、時間を飛ばしてしまう。

今ではもう「時間を飛ばす」ことは少ないけど、僕が30代の頃は解決しなければいけない問題が多すぎて、プレッシャーにつぶされそうになっていた。だから酒を飲む。すると身体がいつもだるい。手足なんかもぎ取ってしまいたいほど身体が動かなくなる。朝起きても動けなくて、重たいものが身体の上にまとわりついていて、やっと会社にたどりついて仕事をする。夕方になって、食事に行って酒を飲む。それでようやく楽になれる。飲んで、酔って、ぶっ倒れて、気がつくと朝になっている。身体はもっと重くなっていて、会社に行く。そんな生活がずっと続いていた。

よく、仕事がうまくいって「人生の中で酒が最高に旨かった日」みたいな話をする人がいるけど、残念ながら僕にはそんな日はないんだよね。

「酒は適量を飲むのが楽しい」という感覚が僕にはわからない。酒は酔うために飲む。一時期は「ウォッカトニックダブルを連チャン」みたいな飲み方をしていた。早く酔えるから。酒は酔っ払ってからが面白い。酔うと、自分の感情が豊かになる。よくも悪くも、自分をさらけださせてくれる。成功の元も酒から始まるし、トラブルの元も酒から始まる。

僕にとって、酒は便利な道具。僕は人見知りで、初対面の人とうまく話ができないし、相手と目を合わせることができない。酒の力を借りて、「酔っているから」という前提がないと話をすることができない。しらふの時に、隣に女の子がいても、顔を見ることもできない。しらふで女の子を口説く人がいるけど、僕には信じられない。

だから、酔っている僕と、しらふの僕はまったく違う。夜しか会わない人と昼間会うと、「どこか調子悪いの？」「今日は機嫌が悪いの？」と言われる。まるで二重人格みたいだけど、もし酒がなかったら、僕は「無愛想」というひとつのイメージしかなかったと思う。この世に酒というものがあったおかげで、僕のイメージに振り幅ができた。酔っている自分、しらふの自分、どちらも本当の自分。そのギャップが大きいことで「松浦勝人」ができあがっている。

✦

酒を道具として利用するだけなら、その辺の焼酎とウーロン茶でもあれば事足りる。でも、自分の好きな酒というのがだんだんはっきりしてきた。一番飲むのは白ワインで、パヴィヨン・ブラン・デュ・シャトー・マルゴーの2003年が好き。これは最初のひと口に感動があった。大量に買って、しばらくはどこに食事に行くにも持っていくほど好きだった。今ではずいぶん高いワインになってしまったけど、昔は安くておいしい白ワインだった。あとはオーパス・ワンとか、シャトー・オー・ブリオンの白とか。日本酒では黒龍石田屋。これも本来は高くはないけど、数が少ないので手に入りづらく、お店で注文すると高い酒になってしまった。

ただ、「ワインツウ」「酒ツウ」になろうとは思わないし、そもそも銘柄が全然覚えられない。もともと酒が好きじゃないから。本当にワインが好きだったら、銘柄を覚えたり、本を読んで勉強したりするんだろうけど、そういう興味はほとんどない。友人の経営者には食事の席に自前のソムリエを連れてくるほどのワインツウがいる。今度、それに対抗して自前の黒服を連れていこうかな（笑）。

✦

酒の価値に関しては、基本的に無頓着。ある友人が、僕の生まれた1964年のロマネ・コンティをプレゼントしてくれた。それを、自分で買った若いロマネ・コンティと一緒に自宅のセラーに入れておいた。ある時、みんなでロマネ・コンティを飲みはじめた。終わってみたら、大事な1964年も空けてしまっていた。飲んでる最中はまったく気づいてなかったんだけど。

それに、どんなに高級な酒を飲んで家に帰っても冷蔵庫の中に缶チューハイがあると飲まずにいられない（笑）。缶チューハイから250万円のワインまでが僕のテリトリー。

でも、外で飲む時にはわざと高い酒を注文する。それは「お店が期待しているだろう」と思うから。だって、僕が「飲みにいこうと思うんだけど、席が空いているか聞いて」と言うと、どんなに混んでいる日や時間帯でも必ず空けていてくれる店がある。お店が期待して席を作ってくれているのに「安い焼酎でいいや」とは言えない。この間も、3人で銀座のクラブに行って、一番高いシャンパンを注文した。でも、僕たち3人は最初からお酒を飲むつもりはなかったから話に夢中になっていた。そしたら、お店の女の子が僕が注文したシャンパンをどんどん飲んでいる。女の子たちがみんな声を揃えて不思議な図だと、面白がっていた。

「お店のことなんか気にしなくてもいいじゃないですか。飲みたいものを飲めばいいじゃないですか」とよく言われるけど、僕はやっぱり考えてしまうんだよね。

2013.1 クルマの履歴書

クルマとケータイに関しては、僕はたぶん日本でもトップクラスに買ってるんじゃないだろうか。父親が中古自動車店を経営していたので、若い時から、ありとあらゆるクルマに乗った。乗ったことのある台数を聞かれても、本当に数え切れない。16歳になったらすぐにバイクの免許を取り、乗り始めた。本当は4気筒の新車が欲しかったんだけど、お金がないので、中古のカワサキZ250FTを買った。

高校生で中型バイクに乗っていると、当然そういう仲間が集まってくる。バイクをブンブンブンどいわせて走るような連中。でも、僕が夢中になったのは、バイクの改造だった。父親の中古自動車店では修理工場もやっていたから、いろいろな部品が転がっている。ハンドルを絞るのも簡単にできたし、いらないカーステが転がっていたので、バイクにカーステを載っけたりした。ハンドルのところに載せて、その上から風防を被せる。スピーカーのスペースがないので、ツイーターだけにする。それで、横浜銀蝿とかかけて走り回っていた。とにかく目立ちたかった。人が乗っているバイクとは違うんだという改造。

大学に入ってすぐに、今度は自動車の免許を取り、父親の会社に行って売り物のクルマを貸してもらった。「とりあえず練習しておけ」と渡されたのが、ツーボックスのカローラⅡ。そこから、セリカXX、スープラ、ソアラと乗った。とにかくめちゃくちゃいじる。スポイラーとかのエアロパーツで何百万、いろいろなチューニングやカスタムで何百万。スープラはオートマ車だったのに、アクセルを踏みこむと、その場でくるくる回る。当時から違法改造ギリギリだったんだろうけど、やり方は自動車雑誌に堂々と掲載されていた。世の中にいろいろ余裕のあった時代だった。

スープラで富士スピードウェイの走行会に行ったことがある。あと2周というところで、突然ゲリラ豪雨になった。そしたら、時速200㎞を超えるストレートへの立ち上がりで大スピンした。スピンが止まらず、あの長いストレートをくるくる回りながら走った。最後にガードレールにスープラのケツがあたって止まったけど、見ていた人は「絶対死んだと思った」と言っていた。

ただ、本質的に僕は運転することが好きじゃないんだと思う。改造したクルマをみんなに見せて自慢したかった。「松浦のクルマ、運転させてくれ」と言うやつに運転させて、僕は助手席に乗っているのが一番楽しかった。

✦

それがある日、突然、クルマなんかどうでもよくなってしまった。音楽が好きになって、レンタルレコード店でバイトし始めたから。平日も、家とバイト先と大学の往復しかしない。通勤、通学用にどうでもいいようなクルマに乗っていた。仕事がうまく回り始めて、お金に余裕ができ始めると、今度はやっぱり外車に乗ってみたくなる。それでベンツ190クラス、BMW3シリーズ、ポルシェと乗っていった。もちろん改造しまくった。

小室哲哉さんと仕事をするようになって、小室さんの家に遊びに行ったら、フェラーリF355がある。小室さんが、「これすごくいいから松浦君もどう？　僕が注文しておいてあげるから」と言うから、「まさか、フェラーリ買ってくれんの？」と思ったら、支払いは自分だった。そりゃ、そうだよね。それが初めて買ったフェラーリ。でも、塗装が赤で好きになれなかったので、パールに全塗装し直して、エンジンもいじった。それが面白くて、僕のフェラーリ収集癖が始まった。一時期は7、8台のフェラーリがあって、自宅のカーテンを開けると、外からガレージに並んだフェラーリが見えるようにしていた。

✦

「フェラーリなんかけっとばして乗ればいいんだ」と言っていた時期もあった。宝物のように後生大事に飾るんじゃなくて、クルマなんだから乗らなければ意味がないということ。でも、自分でフェラーリを運転することはほとんどなかった。だって、僕にはフェラーリを運転して60㎞とか100㎞という制限速度を守ることはたぶんできないから。守れたとしても、そんな速度で走っているんじゃフェラーリの意味がない。サーキットの走行会に行って乗るというのもあるけど、そこまでスピードにスリルを求める気持ちも湧いてこない。

よく考えたら、僕の人生は毎日いろいろなことが起こってスリルだらけのようなものなので、フェラーリにスリルを求める必要もなかった。今の若い世代は、クルマに興味を失っているという。「フェラーリなんか興味ありません」と言う。でも、乗ったこともないやつにそう言われると、ちょっと違うんじゃないかと思う。「乗ってから言えよ」と思う。

今では、あれだけあったフェラーリは1台もない。他のクルマもすべて売ったり、譲ったりして、個人所有は1台もない。社用車だけになった。社用車も改造している。ただし、外観ではなく内装。今の社用車はワンボックスとキャンピングカーだけど、内装は原形を留めないぐらい改造している。自分が何かしたい時に、手の届くところに何でもあるというのが理想。道路事情が許せば、本当は大型バスを買って、内装を思いっ切りいじりたい。昔はクルマで目立ちたかったけど、今はかえって目立ちたくない。自分が快適に移動できることのほうが大切になった。結局、たどりついたのはそこ。自宅がそのまま移動していく。それが、今の僕の理想のクルマになった。

2013.2 長年かけて得た自己流ホテル論

仕事で出張する時は、どのホテルに泊まるかなんてこだわらない。中国なんかだと、中途半端なホテルに泊まるより、マッサージ店でマッサージ受けてそのまま泊まってしまったほうが楽でいい時もある。

ホテルを手配する社内の担当者にはいつも「狭い部屋でいいから」と言うんだけど、結局はグレードの高い部屋が用意される。会社のトップとして恥ずかしくないように、という配慮をしてくれているようだ。

僕自身は基本的にグレードみたいなことにはこだわっていない。でも居心地のよさにはこだわる。いろんなグレードの部屋が揃っている都心の高級ホテルでも、僕にしてみれば一番居心地がいい部屋イコール最上級の部屋というわけではない。とあるホテルの最上級の部屋は広いだけで、あまり好きになれなかったこともある。それに、高級ホテルの部屋のソファは座面が高いことが多い。外国人用サイズなのかもしれないけど、足が浮く感じがして疲れる。ほとんどの人にとっては、どうでもいいことかもしれないけど、そういう居心地のよさみたいなところは気になる。東京のホテルだと、ライヴの打ち上げでアーティストたちと使うことも多いので、駐車場や動線の利便性とか、そういう条件で選んでいくと、どうしても利用するホテルは限られていく。

✦

リゾートホテルだと、バリ島にあるブルガリのホテルがすごくよかった。できたばかりの頃、年始休みに2年続けて行った。ホテルには60ぐらいのヴィラがあるんだけど、そのひときわ小高い場所に僕が泊まった特別大きなヴィラがドカンとある。部屋に専任のバトラーがいて、シェフが料理を作ってくれる。20mくらいのプライベートプールがあって、その先が滝のような造りになっている。1階がものすごく広い吹き抜けのリビングで、2階にベッドルームがある。できたばかりなので、すべてがきれいだった。庭は熱帯独特の花の原色で溢れていて、日が沈む頃には庭で僕らのためだけにガムランを演奏してくれる。僕らのためだけに、という特別感と、バリ島独特の異次元な感じがすごくよかった。

仕事で世界各地に行くので、いろいろな所に泊まったけど、今でも印象に残っているのはホテルではなく、ある人のゲストハウス。アメリカの家電チェーンの社長がリタイアしてグランドケイマンに住んでいて、緑とピンクの2棟の家があった。緑がホストの家で、ピンクがゲストハウスになっている。マイアミで開かれたミュージックカンファレンスに出席した後、帰りがけに遊びにいった。

なにしろ、すべてが美しかった。朝になると、カリブ海特有の熱い太陽の光で目が覚める。その明るさが尋常じゃない。海辺に出ても美しい、海に潜っても美しい。その社長のおもてなしの方式なんだろうけど、専任の人間がいったい何人いるのかというほどいて、すべてが行き届いている。スキューバをしたいと言えば、用具を準備する専任の人がいて、釣りをしたいと言えば釣りをガイドする専任の人がいて、船を操縦する人がいる。魚を釣り上げると、すぐに専任シェフに渡されて、料理されて出てくる。そこにはマンタがたくさんいるポイントがあって、マンタに摑まって泳いだ。そういうイベントみたいなことも、おもてなしのひとつなんだろう。

✦

考えてみれば、僕が気に入ったホテルも、東京の自宅も、軽井沢の別荘も、ハワイの家も、よく似た造りになっている。広いリビングで吹き抜けで天井が高くて、2階に個室がある。庭の先には美しい風景が広がる。48年間生きてきて、次第に自分の居心地のいい形というのができあがってきたんだと思う。

リゾートホテルにしろ、別荘にしろ、本当にそこのよさを知るには最低でも1年はかかる。ちょっと泊まるだけでは、景色がきれいだとかきれいじゃないとかしかわからない。例えば太陽が沈む位置、月の沈む位置は季節によって変わる。ハワイの家からは、ある季節、ちょうどダイヤモンドヘッドに日が沈む。雲の形だって、ある場所だって、毎日違う。すべてがオレンジ色に包まれて、赤みを帯びて、色彩を失って暗くなっていく。それはすごい光景で、それ以来僕は太陽や月が沈むのを眺める時間が本当に好きになった。だから、食事にはサンセット後じゃないと行かない。「なんでこんなに素晴らしいものを見ないで、メシ食いに行っちゃうの?」と思う。サンセットも素晴らしいけど、満月が沈む光景も素晴らしい。月がありえないくらいの大きさで沈んでいく。満月が沈むのは朝方で、見たいから寝ずに起きている。自分も見たいし、一緒にいる人たちにも見せたい。

普通、家や別荘を買う時は、土地や建物の値段とか、ロケーションの便利さを考えるけど、値段には含まれていない本当の価値は、そこに住んで暮らしてみないとわからない。例えば生まれ育った実家の居心地のよさというのは、そもそも子供の頃は家にいる時間が長かったから必然的にそう感じるのかもしれないけど、今後そんな場所と出合えることなんて、ほぼないだろう。その〝よさ〟は他人にわかってもらえなくてもいい。その価値は自分がそこで過ごした時間の中にあるのだから。

　若い頃は、そういう価値を大切に思う気持ちはあまりなかった。空なんて見たこともなかった。でも、今は「あと何回この美しい光景を見られるんだろう」と思う。

2013.3 将来への不安に襲われる

自宅でも会社の執務室、応接室でも、自分がいつも座る位置の正面にはテレビがある。執務室では全チャンネルのテレビ放送が同時に見られるようになっていて、仕事中はずっとつけている。自宅でも、見る見ないは別として、とにかくテレビをつけるか、ブルーレイの映像を流している。

　テレビにこだわるのは、情報収集の元だから。こういう仕事をしているのだから、あらゆるものから世の中の情報を入れることがとても大切だと思っていた。だからテレビをつけて本を読んでＰＣも触るといったことをずっと続けていた。でも、それは強迫観念のようなものだったのかもしれない。

'11年にＳＮＳをやめた。ネット、特にツイッターをやっていると、そこがマイワールドのように感じる時があって、それが世界のすべてだと一瞬勘違いしたりする。やめてみると現実の世界はまったく違うものだとわかるのに、やっている時は気がつかない。

　ツイッターをやめ、情報収集の源を減らし、本を真剣に読んでみようとすると、今度はテレビがついていると集中できない。だから、テレビを消すようになった。テレビもネットも本もだと、結局、何の情報も収集できていないことに気がついた。

✦

情報を選ぶようになり、気持ちに余裕ができると、今度はその余裕がネガティブなほうばかりに行く。村上龍さんの『55歳からのハローライフ』に「人間は想像する生き物だから、気弱になった時に、想像することで自分を追い詰めていく」というようなことが書かれてあった。できた余裕がもっとポジティブな想像に向かえばいいのだろうけど、僕の場合、どうしてもネガティブに向かってしまう。

もちろん、僕はエイベックスを創業した時からずっと不安だった。その不安がモチベーションになって成長することができた。今でも不安だらけの中で社長業をやっている。

でも、そういう不安と、今ある不安は質的にまったく違う。「会社のここが問題」というような具体的な不安であれば、対処法が必ずあるし、対応する以外に方法がないのでまだいい。今のエイベックスはヒット曲を生みだすことだけが収益のすべてだった頃に比べれば安定してきているので、僕の不安は会社のことよりも自分自身のことへと向かっていく。

そもそも、自分でも何が不安なのかよくわかっていない。それがわからないから余計に不安が増していく。自分の子供を見ていて「こいつは将来どういう大人になるんだろう。ちゃんとやっていけるんだろうか」と不安になる。世の中の人にどう見えているかは知らないが、僕はさほど大きな個人資産は持っていない。もちろん、世間一般に比べれば大きな資産なんだろうけど、そのぶん出ていく金額も大きい。「死ぬまでお金は保つのだろうか」と不安になる。

音楽についても、どこか義務的に聴いている自分を感じる。もちろん、情熱はある。でもかつてのような情熱なのか、「音楽や仕事に対するモチベーションはこれからも維持できるのだろうか」と不安になる。

こんなことは今までになかった。今までまったく考えてこなかったわけじゃないけど、きちんと向き合って考えてこなかった。でも、子供やお金のことだけじゃなく、ずっと先の、今考えても意味がないことまでをあれこれ考え始めると、不安が頭の中をぐるぐる回ってリピートしていく。

✦

僕は、気持ちで仕事をするのか、口で仕事をするのかといったら、気持ちでしか仕事ができない。誰にでもニコニコして握手をするみたいなことは絶対に無理。嫌な人だなと思っても、仕事のためにペコペコするなんてこともできない。世の中の大半の人は、仕事のためにある程度はそうせざるを得ないのだろうし、そういう環境の中で処世術を身につけてきている。

同世代の起業家と飲んでいても、「○○という会社をいくらで買った」という話がよく出てくる。彼らは起業の時からどんなビジネスが効率的なのかと戦略的に考えていたんだろうけど、僕にはそういう発想がない。

そもそも僕は「売れるわけがない」とさんざん言われたユーロビートに夢中になって、仕事にした。起業の仕方が他の人とはまったく違う。だからずっと、人にペコペコするようなことはしないで済んできてしまった。社会経験の中で、みんなが身につけたことを身につけずに来てしまった。僕には大きな欠陥があるとしか思えない。

もちろん、僕が口で仕事ができる人間だったら、エイベックスはなかっただろう。だから、「気持ちで仕事をする」のは僕の強みで長所なのかもしれない。でも、理屈ではそう思えても、気持ちではそうは思えない。自分のことは大好きだけど、何か大きなものが欠けていると考えてしまう。その自信のなさが不安をリピートさせる。何か「確実なもの」はないかと探したあげく、お金にたどりついてみたりもした。

✦

頭では答えはわかっている。僕の人生はジェットコースターみたいに猛スピードで上がり下がりを繰り返してきた。ここ数年、願ってもない安定期に入った。でも結局、それは自分に不安しかもたらさない。不安を払拭したくてきっとまた、何かを始めるんだろう。

そしてまた、上がり下がりの激しい人生になる。でもそのほうがいい。下がりの時の嫌なことは来てほしくないとは思うけど、嫌なことが来なければ楽しいことも来ない。嫌なことと楽しいことはいつもセットだから。

2013.4　不安への対処法が見つかった！

自分の将来への不安に陥っているという深刻な状況は何も変わっていない。不安の源も減ってはいない。でも、精神的には前向きになることができた。鍼治療に連続して通ったことで、身体の調子がよくなり、不安とうまく付き合えるようになった。状況が変わらなくても、考え方が変わる。それがとても重要だということをしばらくの間、忘れていた。

✦

先にも述べたように、僕は鍼治療院に通って、劇的に身体の調子がよくなるのを実感したことがある。その時は、そもそも鍼治療なんて信じていなかった。知り合いの紹介だったから、半信半疑で行ってみただけだった。鍼を打ってもらっても、特に気持ちがいいわけでもなんでもない。むしろ苦痛な時間でしかなく、こんなものかと思った。治療が終わると、先生が「今日はきっと、お酒が美味しいですよ！」と言う。「あれ？」と思った。普通だったら「今日はお酒を控えてください」と言うのに、この先生は飲んでもいいと言う。僕が普段どのくらい飲むのか知らないで言ってるんだな、と思いながら帰ろうと車に乗ったら、周りがやけに明るい。目が開いて、ものがよく見えるようになっている。身体の力が抜けていて、座っていてとても楽に感じた。初めての感覚だった。それで通ってみると、身体の調子がみるみるよくなっていった。

その頃、僕の身体は、もう全身がボロボロになっていた。首にヘルニアがあって、いつも痛い。痛みが走るから気になって、人と話していても、首をカクカクと動かしてしまう。足の冷え症もひどかった。足が冷たくてどうしようもなくて、ブーツみたいなグッズを履いて、さらにお湯の中に足を突っこんでいた。仕事中もデスクの下に足温器を置いていた。それでも冷たくて辛い。さらに不眠症、アレルギー、花粉症。夜になると身体が辛くて、お酒でも飲まないと動けない状態になっていた。

それが鍼治療を受けるたびに調子がよくなり、一時期は週に4回ほど通った。僕が通っている鍼治療は、正直、治療費がかなり高額。なにしろ、ひどい時は表側500本、裏側500本の鍼になる。さらにお灸もしてもらう。普通なら考えられない金額だけど、それだけのお金をかけて身体の調子がよくなるのならば、という思いで通い始めた。それくらい身体の変化を実感したから。

　身体の調子がある程度よくなると慣れてしまい、あまり変化も感じられなくなった。そもそも治療の時間は苦痛だったので、週1回に減らして、「いい状態を保つための鍼治療」に切り替えていた。でも、年齢も40代後半になり、代謝が落ちて、身体が変化する時期にさしかかった。本当はそれに合わせて治療の回数を増やすべきだったんだけど、そのことに気がつかなかった。週1回の治療では足りなかったようで、身体の状態は徐々に悪化していった。でも、それはゆっくりとした悪化だったので、自分では気がつかなかった。

✦

　鍼の効果はいろいろあったけど、「痩せる」というのも大きな効果のひとつだった。他に何もしていないのに痩せていく。嬉しい効果だった。ところが、鍼治療の回数が足りていないことに気づいていなかった僕は、しだいに太りだした自分を見て、今度は筋トレを始めた。あくまでも、脂肪を落とすための筋トレ。それでも4ヵ月で脂肪が3・3キロ、体脂肪率が4%落ちた。いったいどこにそんな脂肪があったのかと思う。

　でも、自分の性格なのか、やるとなったらとことんやってしまう。ウォーキングも短時間で汗をたくさん出したほうが効果が出ると思い、マシンの傾斜を11度にして、時速5キロとかで歩く。だから、毎回腿の裏がパンパンに張ってしまい、気がつくと肉離れに近い状態を起こしてしまっていた。トレーナーに聞いたら、「傾斜はせいぜい3度に留めてください」と叱られたんだけど、そんなんじゃトレーニングした気にならない。

　じゃあ、筋トレの頻度を増やしたことが不調の原因だったのかというと、そうではない。その証拠に、年末から年始にかけて忙しすぎた時、鍼治療もトレーニングもストレッチも何もやらなかった。年が明けて久しぶりに鍼とストレッチを続けてやってみたんだけど、その時も筋肉が硬いと言われたから。筋トレしてないのに身体がガチガチだった。結局、僕には鍼を数多くやることが必要なんだとわかった。

✦

身体の調子がよくなると、頭が回るようになる。頭がクリアになっていく。深い井戸に落ちていくような、どんどん悪いほうへ考える状態から抜けだして、周りのことが見えるようになる。僕の不安の源は自分自身のことで、いってみれば自己中心的な不安。状況はまったく変わっていないけど、周りが見えるようになると、もっと本当に不安に感じなければいけないことが見えてくる。会社のこととか、仕事のこととか。

かつて僕には危機が数々あって、僕をよく知っている仲間から「この人はもう終わりだな」というギリギリ手前で墜落しないであがってくる、と言われたことがある。そういうことなんじゃないかと思う。不安で精神が病みそうになっても、ギリギリのところであがってくる。

僕の人生は、ずっと不安だらけで、これからも不安だらけ。不安を解消するのではなく、不安とうまく付き合っていく術を身につけなければならないのだと思う。

2013.5 50歳の壁にぶちあたる

40代も半ばを過ぎ、50歳がもうすぐやってくる。「老いる」ということを自分では認識しているつもり。50歳を超えれば、顔にもシミができるんだろうし、白髪も増えるし、鼻毛まで白くなるんだろう。それはたいしたことじゃない。シミはとればいいし、白髪は染めればいい。いくらでも方法があるんだから、一番いい方法をとればいい。それよりも、僕はずっと子供のままで生きてきたようなものなので、いきなり「老いる」ということを感じて戸惑っている。

個人差があると思うけど、多くの人は「身体の衰え」というものを、30代の時に感じるらしい。僕にはそんな感覚はまるでなかった。確かに、20代のやつと一緒に同じスポーツをしたら、身体の動きやキレが違うのはわかった。「いいなぁ、若くて」とは思ったけど、30代なりに身体が動かせていたから「身体の衰え」は感じなかった。むしろ、20代が助走で、30代のほうが仕事にも遊びにもガンガン行っていた。40代も、30代の延長で走り続けてきた。それだけに、50歳の壁は、「ちょっと今までと違うぞ」という感じがする。ずっと若いまま走ってきたので、そのぶん、「50歳の壁」へのぶちあたり方が人よりも大きいのかもしれない。

昔、僕がまだ20代の頃、小室哲哉さんに「30歳を超えたら女の子からモテるよ」と言われたことがある。今、40代後半になって、「50歳を超えたらどうなりますか？」と小室さんに聞いてみたら、「いろいろな生活習慣病が出てくるよ」って言われた。

20代の頃は、「30代になったらいいこと」がたくさんあって、「早く30歳になりたい」と思っていたけど、50歳を目前にした今は「50歳になったらいいこと」がない。逆にマイナスなことしか思いつかない。

✦

「老いる」ということを考えると、ファッションも変えたほうがいいのかもしれない。スーツを着る機会はここ数年で急に増えたし、〝ちょいワルおやじ〟のような、白髪交じりの世代がお洒落と思うファッションに行っちゃったほうが気楽なのかなとも思う。いつまでも、若者風のファッションじゃなくて、年相応のよさを出していくってこと。だって若いファッションのままだったら、若いやつには絶対かなわないわけだから。

それに、年相応にしないと貫禄も出てこない。僕自身は、貫禄なんかあってもなくてもいいと思ってる。生きてきた年輪みたいなものは、どんな格好でも相手に伝わるから、見た目で貫禄を出す必要なんかないと思っている。

でも、そうも言ってられないことが時々ある。音楽業界からは遠い世界の偉い人と会わなければならない場面などでは、今の格好のままで会ったりすると、露骨に「え？　こんなガキが社長やってるの？」という顔をする人がいる。まったくもって失礼。僕個人はどうでもいいと思っているけど、社長という立場上、それでいいのかどうか。

今までどおりにしたほうがいいのか、年相応に変えたほうがいいのか。いずれにしても、「今日から、ちょいワルおやじになります」と突然変えることはできないと思う。今まで生きてきた中で、染みついたものがあるから、路線を少し変えるというならともかく、突然今までの自分と違う路線のファッションに走っても、似合うはずがない。よくテレビ番組で見かけるけど、今までファッションにまったく興味のなかった人が、突然〝ちょいワルおやじ〟に変身して「素敵な60歳になりたい」と頑張っても、かえってダサいことになるのと同じ。

✦

「老いる」というのは見た目のことだけではない。それは人生の選択肢が少なくなっていくということ。例えば50歳で子供ができたら、子供が成人する時は70歳になっている。無理ではないけど、普通は50歳を過ぎて子供を作ることは現実的なことではなくなってしまう。

仕事のこと、自分のこと、さまざまなことをいったんリセットして、もう一度新しく別の自分を始めたいと思ったとする。でも、50歳を過ぎたら、何かを新しく始めるのはかなり難しくなる。だったら、僕の場合、やり直すのなら今しかない。3年もしたら、「やり直す」という選択ができなくなってしまう。じゃあ、今、やり直すのか。それとも、今のまま行くのか。どれをやり直して、どれが今のままなのか。そういうことを考え、考えすぎて悩んでしまう。

同年代の経営者たちもやっぱり同じようなことで悩んでいる。でも、人のことだったら、なんとでも言える。軽いノリで「お前さ、そんなこと考えても仕方ないだろ!」と言えてしまう。でも、自分のことになると、考えても仕方のないことをずっと考えてしまう。

✦

これからの自分の人生をどう進めるのか。決めなくていいことは、「もう決めない!」と決めなくてはいけない。そして、決めなくてはいけないことを決めなくてはいけない。その期限が迫っている。自分は「静かに老いて、静かに死んでいこう」などとは思っていないし、周りだって「静かに老いていく松浦勝人」なんか期待していない。「あいつはなんかやらかす」と期待してくれているし、僕もそういう自分でありたい。

今は50歳以降の方向性を決めるために足踏みする時期なんだと思う。もうちょっとで抜けだせそうな気がする。抜けだせたら、いろいろなことがスパークして、50歳の松浦勝人が生まれるのだと思う。

2013.6 人並み以上の征服欲

50歳までに何をしておきたいか。それがまったく思いつかないのが悩み。何かをやりたいという欲求はものすごくある。でも「じゃあ、何をするんだ」と言われると、それが見つからない。

僕にとって「何かをやる」というのは、それをしていない時でも、そのことばかり考えてしまうこと。音楽がそうだった。カメラがそうだった。釣りがそうだった。でも、今はそれがない。探しているのに見つからない。欲はあるのに、それを満たしてくれる対象が見つからない。

人間の三大欲求は「食欲」「睡眠欲」「性欲」。食欲を満たせば太ってしまうし、睡眠欲は夜でも頭が働いてしまうので眠れない。性欲を満たそうと思えば、週刊誌を騒がせてしまう。そのほかに、権力欲だとか名誉欲というのもあるらしいけど、僕はこのふたつにはまるで興味がない。名誉欲なんかもともとまったくないし、むしろ名前も消したいし、できたら僕のことなんか忘れてほしいくらいだ。

この中で、自分が満たされる可能性があるものを強いて挙げるなら性欲なのかもしれない。でも、必ず問題になる。当たり前のことだが今の僕には大事な家族もいるし、社会的な地位もあるから。

自分の一部分だけリセットできないかと思うことがよくある。リセットして、環境を変えてみたら、やりたいことが見つかるのではないかとも思う。でも、今の人生のすべてをリセットしたいわけじゃない。エイベックスは設立25周年を迎えた。ここまできたのはできすぎで、まぐれだと思っているから、生まれ変わってもう一度エイベックスをやったとしても、まず同じようには成功できないと思う。だから、そこはリセットしたくなくて、そのほかの部分だけリセットしたい。ムシのよすぎる話で、まるで子供が駄々をこねているのと変わらない。

✦

こういう、悩まなくていいことを悩み、作らなくていい悩みを作ってしまうのは、気軽に愚痴を言える人が周りにいないからかもしれない。愚痴を聞いてくれて、僕のことを客観的に見てくれる人。「そんなの、こうすればいいじゃん！」と言ってくれる人がいない。

僕の周りにはたくさんの人がいるけど、みんな、何かしらの利害関係が絡んでいる。高校の時、僕が何か言うと、いっつも議論になる友達がいた。それが楽しかったし、自分の考えが正しいかどうか確かめることができた。でも、エイベックスができると、彼もエイベックスに入った。僕は専務や社長という立場だから、彼と上下関係ができてしまった。そうすると、彼は議論をしなくなった。

エイベックスに入らなかった高校の友達もいる。彼は今でも僕に対して「お前はさぁ」とか言って、頭をひっぱたく。でも、それは「気さくな友達関係を保つ」ための気を使ったひっぱたき方。端から見れば、気さくな友人関係に見えるかもしれないけど、彼なりの気の使い方が僕にはよく見えるし、それをありがたいと思っている。彼も僕の気持ちをわかっていて、僕の頭をひっぱたいてくる。これも、まったく利害関係のない気軽な関係とは少し違う。

「経営者は孤独だ」というのは、昔は意味が全然わからなかったけど、こういうことなのかとわかってきた。自分は何も変わっていないのに、自分の肩書のせいで、周りが変わってしまう。

✦

でも、正直に言えば、一方でそこが気持ちいいという感覚もある。僕の食欲、睡眠欲、性欲は人並だと思うけど、征服欲は相当強いと自分でも思う。征服欲というと、周りをひれ伏させるような話になってしまうけど、そうではなく「攻略欲」と言ったほうが正確かもしれない。人と出会った時に、その人はどういう人なのかを知って、攻略したい。その人の一番の弱点を見つけて、そこを突く。相手を屈服させるということではなく、その人をよく知り、僕とその人の人間関係を築くということ。「その人を理解した」と感じた時に、自分の中に快感が走る。

人だけでなく、ものごとに対しても「攻略欲」がある。音楽に出会ったら、音楽を知りつくすまで徹底的に聴きまくったし、釣りに夢中になったら徹底的に人がやらない釣り方も試していった。突っこんで突っこんで、これでもかと探求していくのが、僕のやり方だし、そうしないと気が済まない。「もう攻略した」という実感が得られるまで、のめりこんでしまう。

「その欲を仕事に向けたらいいじゃないですか」とよく言われるけど、「売り上げを1兆円にする」といった目標にはモチベーションを感じない。それよりも、「自分はこの音楽が好きだから、みんなも好きになるはず」という好き／嫌い、夢中になれる／なれないというところにモチベーションを感じてきた。

僕は今までいろいろな経験をしてきた。いいことから悪いことまで、ものすごく振り幅の大きな人生を送ってきた。それなのに、さらに大きな振り幅を求めてしまっている。自分の人生に求める刺激がどんどんエスカレートしている。だから、今の環境は全然刺激的じゃない。すべてが自分の想像の範囲に収まってしまう。想像もしなかった「びっくり」に出会える機会が少なくなっている。

僕の仕事は、みんなをびっくりさせること。それには、自分がびっくりすることに出会わなければいけない。それをずっと探し続けている。それがまだ見つからないというのが、僕の悩みなのだ。

2013.7 バブルが及ぼす悪影響

政権が代わって、株価が上がって、円安になって、軽くバブルになっているのをものすごく実感する。なぜなら、僕自身が「もう少しお金を使ってもいいかな」という気分になっているから。それだけではなくて、あちこちで「バブってますね」という話をよく耳にするようになった。ちょっと高級なステーキ店で「最近、軽くバブってない？」と聞くと、「来てます。確実に来てます」という答えが返ってきたりする。

でも、ものすごく自己中心的で、勝手な話だとはわかっているけど、僕としては正直な話、バブルは来てほしくない。だって、不景気だ不景気だといわれている時だって、なかなか予約がとれないレストランはあるわけで、これでバブルになったら、ますます予約がとれなくなってしまう。それで、夜は道路が渋滞する。美味しいものも食べられないし、家に帰ろうとすれば渋滞にはまる。「サイテー！　バブルなんかなくなっちゃえ！」と思う。ほんと身勝手だけど。

もっと身勝手な話をすると、世の中がバブると、あちこちで〝にわかバブル〟が出てくる、若いバブルが出てくる。20代の若いやつが、クラブとかでギャースカ騒いでいて、うるさいし、ウザい。「なんなんだよ、こいつら」と思うけど、よく考えたら、昔の僕がまさしくそれだった。昔の僕は大人から見れば、本当にウザいやつだったなというのがよくわかる。

そもそも、僕の人生はずっとバブってきたので、世の中がバブルになってきたら、こっちはもっとバブらなければいけなくなる。それも疲れる。はっきり言えば、もっとお金を使わないと、周りが大切にしてくれなくなる。だって、20代のやつのほうが、若いし、勢いがあるし、可能性があるし、楽しいから、みんなそっちに行っちゃう。全部とられて、こっちは寂しくなっちゃう（笑）。それはものすごく困るよね。

バブルになって、経済が回るようになると、それにうまく乗った若い経営者も出てくる。今だったら、20代のすごい経営者が出てくるだろうし、10代の経営者も現れるかもしれないと感じている。そういう若い経営者を応援したい気持ちはあるけど、本当の本音の話をすれば、若くて勢いのあるやつなんか出てきてほしくないという気持ちもある。自分のことしか考えてないやつだと自分でも思うけど、それが正直な気持ち。経営者だったら誰でも、若手を応援したいという気持ちと、出てきてほしくないという気持ちの両方を抱えているんだと思う。

僕が40代の時に、30代のホリエモンが世の中に出てきた。20代のひろゆき（西村博之）が出てきた。あのふたりは、なんだかよくわからないけど、すごい。話をしていて、「なんでそこを気にしないの？」と言うと、逆に「なんでそこを気にするんですか？」と返される。向こうも僕のことを「すごい」と少しは思ってくれているようだけど、お互いの「すごい！」がすれ違ってしまっている。まったく感覚が違う。そこがすごいと思うし、怖い。

✦

僕も20代の頃、エイベックスが伸び盛りの頃は、業界の先輩経営者からそういう風に見られていたのだと思う。普通だったらつぶされていた可能性だってある。そうならなかったのは、先輩経営者たちと年齢差が20歳以上あったことが幸いした。親子ぐらいの年齢差があると、敵対するより囲いこんでしまったほうがいいという判断になるんじゃないかな。

最初は、そういう先輩経営者と付き合っちゃいけないと思っていた。だって、周りがあることないこと、やたらに恐ろしいことばかり吹きこむから、それを真に受けて、本当に恐ろしい人たちだと思っていたから。ところがこの業界にいる以上、お付き合いせざるを得ない状況になって、「どうせ付き合うなら、徹底的にいこう」と、考え方を180度変えた。それからは、先輩経営者が望むことを、相手が望む以上にすることで、認めてもらおうと努力した。今考えると、向こうが僕を囲いこみたいと思っていたわけじゃなくて、僕のほうから囲いこまれたいと思っていたんだろう。そこに年齢差の偶然もあって、僕は芸能界に入れてもらえた。

✦

僕のライバルになりそうな若手経営者は、芸能界や音楽業界といった足元からじゃなくて、隣接した別の業界から出てくるような気がする。芸能事務所をつくるなら、〝業界の常識〟を知る必要があるけど、別の業界の人間はそんな常識知らないから、「なんでいけないの？」ってどんどんやってしまう。それが当たっちゃって、「なんだよ、あいつら。すぐ消えるだろう」なんて言っている間に、ババーッとブームになっちゃって。そんなことがあり得るかもしれない。エイベックスもそうだったから。その頃には僕も他の業界へ飛びでて新しい事業をやってるんじゃないかな。だって、今やってるBeeTVだって、プラットフォーム事業だから、芸能界、音楽業界とは別の業界だし。

エイベックスは、BeeTVでドコモと組んで、UULAでソフトバンクとも組んだ。これは通信業界の人から見ると、「ふたつのキャリアと提携するなんてあり得ない」ってびっくりされる。僕は「なんでいけないの？」と思う。というより、なんでいけないのかわかってない。

そんな“常識知らず”の若い経営者なんか出てきてほしくないと思う。でも、僕の中にそういう気持ちがあるということは、自分が老けたということなんだなと思う。

2013.8 ついに子供を海外留学させる

10年先の話をする時は、相手を選ばなければいけない。例えば、10年先はこうなっているというようなことを、自分の親にあたる世代の人に語ってしまうと、その人がふと寂しげな表情を見せることがある。10年経ったら、僕は58歳。僕自身はきっとそんなに変わらないだろうし、世の中だってそう大きく変わっていないだろう。でも、僕の親の世代の人はいなくなってしまうかもしれないのだから。

一方で、僕の子供だって10年経ったら、大きく変わる。今はまだ小学生だけど、10年経ったら20歳近くになっている。上の世代の10年、僕の10年、子供の10年は、同じ10年でもまったく違う。

僕は、家に帰ることも少ない、子供と会う機会もそうは多くない、ましてや子供の教育なんかろくすっぽ見てやしない。そういう特殊な状況での特殊な考え方なのかもしれないし、僕自身が感じている語学力へのコンプレックスのようなものが理由なのかもしれないけど、子供たち全員、海外に留学させることにした。妻も一緒についていくことになる。

海外留学をさせたから立派な人に育つということもないんだろうけど、バカでどうしようもない人間に育ったとしても、最低限英語が話せるようになれば、あとは自分たちでどうにか人生を切り開いていくだろう。僕のしてあげられることといえば、できるだけ機会を与えてあげることぐらい。

でも、あまりに立派な人に育ったとしてもそれはそれで寂しいかもしれない。奉仕精神があって、世の中の役に立つような立派な人になったら、「これは誰なんだ？　僕の子供だったよな？」という寂しさがあって、本当に幸せな親子なのかどうかはわからない。

向こうの環境に慣れて、英語が話せるようになって、頭の中まで英語になって、久しぶりに会っても向こうが英語で話しだしたらちょっと困る。「今は子供でまだわからないから、もう少し大きくなってから話そう」と思っていることも、大人になって頭の中が日本人じゃなくなっていたら、もう何を言っても通じ合えることがなくなってしまうのではないかという不安や、寂しさもある。

✦

もうひとつ、海外留学をさせるきっかけがある。僕は子供を育てるのに日本という国や日本の環境がダメだと思っているわけではない。僕はワイドショーとか週刊誌で目立ってしまう存在で、何をしても普通以上に目立ってしまう。規模が大きな会社の社長が同じことをしても、扱われ方は僕の１００分の１くらいだけど、こっちは会社の規模が１００分の１しかないのに、扱われ方は１００倍みたいなことになる。

僕はそういうことに慣れてしまっているからいいけど、子供たちや妻の世界ではそれがどういう受け止められ方をしているのかがわからない。僕が悪いことをしたら、あるいは何も悪いことをしていないのに騒ぎになれば、他の人とは比較にならないぐらい大きく扱われる。それは、きっと子供たちにとっては辛いことだろう。僕も、そういうことで子供たちが傷つくのはイヤだ。もし、戦わなければいけない状況になった時も、家族を弱みにしたくない。戦うのには、ひとりのほうが戦いやすいから。家族を守るためにも、海外にいてもらうのが一番いい形なのかもしれない。

✦

ただ、できるだけ時差のない場所を留学先に選んだ。時差がなければ、気軽に会いに行ける。週末に会いたくなったら、夜行便に乗って会いに行けるし、向こうに滞在して電話を使って仕事をすることもできる。といっても、現実には月１回会うのも難しくて、ちょっと忙しかったら半年会わなかったということもあるだろう。久しぶりに会ったら、ぐんと成長していて驚くというようなこともあるだろう。まあ、日本にいたって、僕なんか毎日成長を見守っているというわけでもないんだから、毎日見ていたらかえってわからない成長ぶりがわかって面白いのかもしれないけど。

✦

僕の当面の生活は何も変わらない。でも、僕の10年先は、子供たちの留学でまったく違うものに様変わりしてしまうだろう。今の自宅は会社からも子供たちの学校からも少し遠かった。だから、もっと会社と学校に近い場所に引っ越そうかと考えていた。それで物件を探してもらっている不動産店から、今でも物件のメールが来る。でも、そんなものを見ても、もう意味がないんだと思うと寂しくなる。

家を直そうかとか、どこかに別荘を買おうかとか、自分なりに自分と家族の将来を考えていた。そういうことが留学が決まったことで、バーンと飛んで消えてしまった。子供たちがいつまで向こうにいるのかわからないけど、日本に帰ってくる頃には大人になっていて、結婚して自分たちで別の場所に住むことになるのかもしれない。そうすると、もう家族で一緒に同じ家に住むことはないわけだし、これからは家族が一緒に住むという前提でものごとを考えても意味がないことになる。

僕が考える自分の10年先の人生設計と、10年先の家族についての思いが、どんどんすれ違っていく。10年は変化が大きいのだろうけど、子供たちの10年の変化はもっと大きい。それに影響されて、僕の10年も変わっていくしかない。

2013.9 株主総会の呪縛

学生時代の先輩は一生先輩。若い時の師匠は死ぬまで師匠。そういう人から教えられたことは、正しかろうと間違っていようと、自分の中で何か革命的に考えが変わることでもなければ、後々まで縛られる。僕の場合、依田さん（エイベックス元会長兼社長）からの「株主総会は怖いものだ」という教えにずっと縛られてきた。確かに彼が経営に携わっていた時代の総会は怖いものだった。総会屋と呼ばれる人たちがいて、経営者はあることないこと責め立てられる。僕はずっとその教えに縛られ「株主は怖い」という思いこみから離れることができなかった。総会の1週間前くらいから、憂鬱になるし、戦闘モードになってしまう。株主総会にはそのまま戦闘モードで臨んでいた。

でも、今年の総会を終えて、その呪縛からやっと自分を解放できたような気がする。だって、株主というのはわざわざ株を買ってくれて、平日の株主総会にわざわざ来てくれる人たちなんだから。中には地方から泊まりこみで出席してくれる株主もいる。株主はアンチじゃないんだ、エイベックスのファンなんだということが実感できた。

✦

もちろん、株主はファンではなくて株主なのだから、質疑応答では厳しい質問が飛んでくる。今年はある株主の方から「明日からa-nationの予約が開始されるのに、出演アーティストが公開されていない。これでは予約ができない。どうなっているのか？」という質問があった。まったくおっしゃるとおりで、明らかにエイベックス側の落ち度。僕も慌てたし、担当社員も慌てたと思うけど、急遽、出演アーティストの発表を間に合わせるようにした。

それから「株主総会に出席したのに、お土産がないのはどういうことか？」という質問もあった。数年前まで株主総会で大きなライヴをやっていたから、長年の株主の方はちょっと寂しい思いをされているのだろう。ただ、ライヴの限定感ゆえに、チケットとなる議決権行使書がオークションに出されるという事態が頻繁に起こってしまった。またライヴは当日出席した株主の方しか楽しんでもらえないことを考えると、数億円かかるライヴをやったり、豪華なお土産を渡すのはどうなんだ？ ということになった。

よく考えてみれば、このような質問は、株主総会の議決事案とは何の関係もない。でも、そういう質問が出てくるのは、エイベックスのことが好きだからなんだと感じた。株主には定年退職をした方々も多い。退職金か年金かわからないけど、大切なお金で株を買ってくれて、わざわざ株主総会に「この会社は大丈夫なのか。社長の顔が見てみたい」と来てくれるんだもの。確かに「株主は勝手なことを言う」と思うことはある。でも、投資をしているんだから当然のこと。こういう人たちとなら、僕は1時間でも2時間でも質問に答えたいし、お土産だってあげたいし、ライヴだって見せても構わない。

✦

ただ、まだ株主総会に出席している方々全員が本当にエイベックスの株主なのかという疑問が頭の片隅から離れない。というのは、総会には3月26日時点で株を保有している人が出席できる。つまり、26日に株を買って27日に売るデイトレーダーも出席できる。もちろん、株は売り買いできるのだから、買って数分後に売っても構わない。でも、「そういう人はエイベックスの真の株主なんだろうか?」と思うことがある。デイトレの人と、大切なお金を投資して、一生株を持ってくれる人に同じ権利、同じ議決権が発生するということが、僕にはまだよく理解できていない。

デイトレーダーの中には、エイベックスの将来なんてどうでもいいと思っている人もいるはず。株価の上がり下がりに興味があって、この会社や業務に興味があるわけではないと思う。配当なんかにも興味がない人もいるだろう。

会社にとって、株主の権利はすべて平等だけど、僕個人の感覚では、どっちの株主が大事かといったら、長期株主が大事に決まっている。エイベックスの今の配当は、銀行の定期預金の利率よりもいいと思う。なおかつ株価が上がっていけば資産も増える。株価が700円ぐらいの時に買ってくださった方は、株価が4倍ぐらいになっているから、資産が4倍になったことになる。エイベックスを信じて投資してくれた方々全員を幸せにしてあげたい。そういう人たちのためなら僕は頑張れる。

でも、万が一、赤字でも出したら、そういう本気の株主からは〝ガン詰め〟されるよね。そういう人から〝ガン詰め〟されたら、こちらも本気で謝るしかない。本気で頑張るしかない。

それが本当の経営者と株主の関係なんじゃないかと思う。'93年くらいから「会社は誰のもの?」という議論があって、株主のものだとか、社員のものだとか、いろいろな意見がある。僕は、長期株主と社員のものだと思っている。だから、株主総会は長期株主の方々と年に1回対話ができる貴重な時間。彼らはエイベックスを本当に信用してくれているんだから、僕も何でも話したい。相手が信用してくれるなら、とことん話し合える。それが本当の「開かれた株主総会」なんじゃないか。

たぶん、来年の株主総会でも、「お土産が」「a-nationが」という議決事案とはまったく関係ない質問がたくさん出てくるだろう。でも、僕はそれに対して、「今年も質問してくれるんですか。ありがとうございます」って言おうと思っている。

2013.11 海外移住を敢えて口にする

このひと月ほど仕事の関係でシンガポールに滞在した。想像以上に楽しくて、幸せな気分になれた。シンガポールというと、国が小さくてせせこましいとか、法律が厳しくて堅苦しいとかいうイメージを持っている人が多いけど、観光や出張でわかるのはシンガポールのほんの上っ面だけ。長期滞在すれば、また違った顔のシンガポールが見えてくる。それが楽しかった。

シンガポールは法律が厳しいといっても、厳しく取り締まるかどうかは別の話。なんか、自由な高校みたいなところがあって、校則は厳しいけど、基本的なところさえ守っていれば、あとはうるさくは言わないみたいな空気がある。現地の人を見ていると、日本人よりはずいぶん感覚が緩い。みんな常識的な範囲でルールを守りながら、楽しくやっている。

そういう街で、のんびりと過ごしていると、いろいろなことを考えてしまう。例えば、シンガポールに移住してしまおうかとか。でも、シンガポールは税金が安いから得だ、などという単純な話じゃない。

個人投資家がどんどんシンガポールに移住するのはわかる。個人投資家のビジネスはお金が商品なのだから、商品にかかるコストをカットするのは当然のこと。彼らの商品のコストというのは、つまりは税金なのだから、投資家が税金の安い国に移住するのは、当たり前のビジネス上の判断にすぎない。

企業だって、生産拠点が海外にあったり、主な市場がアジアだったりすると、本社機能をシンガポールに移し始めている。

でも、僕のように内需ビジネス主体で上場会社を経営していると、そうそう簡単には海外には出ていけない。出ていけないとわかっているからこそ、「出ていきたい」と口にしてしまう。

✦

海外移住を考えてしまうのは、税率の問題じゃなくて、日本がおかしくなり始めていると感じているから。所得税と地方税を合わせた最高税率が上がるという。そう決まったのなら仕方がないとは思う。でも「お金持ちから金をとればいい」という考え方はどうなのか。

いわゆる富裕層の税率を上げたところで、日本は富裕層の人数は多くないんだから、税収なんかたいして増えない。「金持ちからとったんだから、今度はお前ら普通の人からもとるぞ！　ちょっとだけだからな」となるんではないだろうか。

普通の人の人数はものすごく多いから、その税率を1％上げただけでも、莫大な税収増になる。そのために、まず金持ちからとる、ということなのだとしたら、それでいいのかなと思う。

例えば、年収が3000万円とか4000万円あったとして、それはサラリーマンとしてはかなり高額の年俸だろうし、富裕層と呼んでもいい。でも、今の税率だと半分くらいしか手元に残らない。それだと、月の家賃が100万円もするような超高級マンションや豪華な一軒家には住めない。年収の額では富裕層に見えても実態はだいぶ違う。つまり、サラリーマンに夢は持てないということ。それでいいのかなと思う。

それに、今は50％くらいの税率もずっとそのままなのだろうか。将来70％とかになったりしないのだろうか。老後の介護や健康保険のことだって、一定以上所得のある人は保険料や病院での窓口負担が増えるという話が出ている。

僕とは桁が違う富裕層はいいかもしれない。資産を堅実に運用したって、十分生活していけるだけの運用益が出るから、残りの資産でどんどん新しいビジネスにチャレンジしていける。でも、僕程度の資産しかない人間は、会社を興して新しいビジネスに挑戦して失敗したら、家族全員路頭に迷う心配もある。それで、今後、税金や負担が際限なく上がっていくとしたら、やっぱりこの国にはいられないと言いたくなってしまう。

頭のいい富裕層の人たちは、僕みたいなことは口にしないと思う。言ってみたところで、真意と違う部分だけ伝わって、世間から叩かれるだけだから言うわけがない。だから黙っている。黙ったまま準備だけ着々として、そーっとシンガポールに移住しちゃう。ある日、気がついたら、この国から富裕層は誰もいなくなっていたなんていうことも冗談ではなくなってきている。

✦

僕は日本人だし、自分が生まれたこの国が好きだし、日本人としての誇りも持っている。でも、この国の将来と自分の将来を重ね合わせて考えると、日本に対する愛がどんどん薄くなっていく悲しさ、寂しさがある。ここまでの自分は仕事の成功があってこそというのも少しはある。資産もある程度の会社経営者なりにはあると思う。それなのに、日本で暮らす自分を考えると、将来を心配しなければならなくなる。そういうことを考えさせてしまう日本という国や社会のあり方に、とても不安になったり、残念に思ったりしてしまう。

だからシンガポールに移住しちゃおうかと考えることもあるけど、きっと移住はしない。しないからこそ、こんなことを言っている。本気で移住するつもりなら、口にしたりしないよね。そーっと準備して、黙ってシンガポールに行っちゃうよね。

世界中に住んでみたい街というのはたくさんある。でも、どこでも好きなところに住んでいいと言われたら、やっぱり僕は東京を選ぶ。街がきれいだし、治安はいいし、食べ物は美味しいし、面白いことがたくさんある。だから、「これからも東京に住みます」と言える国に早くなってほしいと思っている。

しばらく東京とシンガポールを往復する日々が続いていた。シンガポールに滞在している時間は、延べで1ヵ月半ぐらいにはなったと思う。シンガポールに来た外国人が行くような場所はひととおり回って、シンガポールという街がどういうものか自分の中でわかってきて、そこで思うのは、やっぱり東京っていいなということ。

東京はなんといっても治安がいい。夜ひとりで歩いてもなんてことがないという街はそうそうない。それからなんといっても、僕にとって東京は〝美味しい街〟。美味しいものを食べさせてくれる店がたくさんある。海外から来た人にとっては、銀座の有名な寿司屋とか、ホテルのコンシェルジュが薦める店だとか、そういうところも十分美味しいのだろう。でも僕に聞いてくれれば、住んでいるからこそ知っている美味しい店というのがまだまだたくさんあるのになと思う。まあ、観光にやってきて、そういう店を見つけるというのもなかなか難しい話なんだけど。

✦

僕はハワイに数ヵ月、北京と上海にそれぞれ1ヵ月ぐらい暮らしたことがある。そして、いつも思うのは「東京はいい街だ」ということ。でも、それはちょっと東京に観光に来たぐらいでは、なかなかわからない。東京はそういう深みのある街。'20年の東京オリンピック開催が決まったことは、そういう東京のよさを世界の人に知ってもらうにはいいチャンスだと思う。

✦

オリンピック開催が決まって以来、とにかく、あちこちから「松浦さん、何かやるんですか?」とたずねられる。たずねられたって、僕は招致委員でも何でもないし、自分から厚かましく手を挙げて関わっていこうとも思っていない。今は既に、いろんなところでいろんな人が動いているのかもしれない。でも僕は、こういうのは、立候補するようなものじゃなくて、頼まれるものだと思ってる。「何かをやりたい!」じゃなくて、「何か手伝えることがあるのなら、それは光栄なことだな」というのが今の正直な気持ち。

僕が生まれたのは、'64年10月1日。そして10月10日から東京オリンピックが開催された。だから、小さな頃から「あなたはオリンピックの年に生まれたのよ」「新幹線が走った日に生まれたのよ」と言われて育ってきた。もちろん、前の東京オリンピックは生まれたばかりで記憶にはないんだけど、そう言われて育ってきたから、オリンピックに対しては個人的な思い入れがある。そういうオリンピックで、何か僕にできるのだとしたら、本当に光栄なことだと思う。

ただ、思うのは、日本には世界に通用するアーティストが少ないなあということ。もちろん、素晴らしいアーティストが素晴らしい作品を生みだして、国内では高い評価を得ている。でも、その素晴らしさを世界の人々にまで理解してもらえるアーティストが本当に少ない。残念なことだなと思う。

✦

日本人特有の謙譲とか、遠慮とか気配りとか、そういう感覚は素晴らしいものだと思うけど、世界の人々にはなかなか真意が伝わらない。日本に来てもらっておもてなしをするのだったらまだいいけど、日本人が世界に出ていって謙譲なんて言っていたら、向こうの人にどんどん押しのけられてしまう気がする。日本のよさって、そういう壊れやすいものなのだと思う。

クールジャパンなんかもそうだけど、日本のものを世界に出していき、そのよさをわかってもらうというのは簡単なことじゃない。例えば寿司なんかも、海外ではどんどん勝手にアレンジされていって、オリジナルの良さや伝統というものは薄まっていく。そういう迎合をして初めて受け入れられる。

柔道なんかも、今や、もともとはどこの競技だったんだろうというほど変わってしまった。こういうスポーツ競技の場合、まず勝ち負けがわかりやすくないと世界に受け入れられない。さらに、観客を楽しませるということが主体になっていく。白かった柔道着が、青と白に変わっていき、「柔よく剛を制す」という柔道の精神よりも、勝たなきゃ話にならない、見て面白くなければ話にならないという方向に進んでいく。それでいいのかな？　とも思うし、それでいいのだとも思う。もっと別の道があるのかもしれないとも思う。

✦

僕は自分が心底クリエイターだなんて思っていな

い。音楽はたくさんつくってきたけど、本当のクリエイターであれば、いい音楽ができて、それが評価されれば満足するはず。でも、僕はその音楽が流行らなければ満たされないし、さらに売り上げにつながらなければ満たされない自分がいる。だから、よくよく考えてみれば、僕はそもそもクリエイターなんかじゃなかったんだと思う。

オリンピックも、自分で「こんなことをやったら面白い」というアイデアがあるわけではないし、'20年になってもそういうアイデアを思いつくとも思えない。でも、本当のクリエイターたちは、アイデアをたくさん持っているだろう。

僕自身がオリンピックに対して、直接何かをつくるなんてことはできない。それはわかっているんだけど、僕の周りには素晴らしいクリエイターがたくさんいたりする。そういう人たちが、もし素晴らしいアイデアを持っていて、オリンピックに貢献したいというのであれば、実現するために協力してあげたいとは思っている。まあ、どこまでどういうことができるかはわからないけどね。

2014.1 予想外の誕生日パーティ

10月1日は49歳の誕生日だった。でも、もう嬉しくはない。自分では「49歳のおっさんになる」というあきらめがつかずに悶え苦しんでいる中で、「誕生日おめでとう!」と言われるのはつらい。年齢的には完全におっさんなわけで、それをうまく飲みこめない自分がいる。飲みこむためには、いろいろなことをあきらめなければならない。

あきらめてしまえば、好きなものを好きなだけ食べて、太ってお腹が出ても平気になって。でも、一度そうなってしまうと、二度と戻れなくなるだろうなとも思う。

それで、今年の誕生日は、いっさいの予定を入れず、豆腐を買って家に帰って、ひとりで湯豆腐でも食べようと思っていた。侘しい誕生日だけど、50歳を前にして、わざと虚しい誕生日を過ごそうと思っていた。

✦

実は、数年前までは、ものすごく派手な誕生日を過ごしていた。会場を借りて、演出だ照明だと凝りまくる。プレゼントなんかいらない、むしろこちらからプレゼントを渡す。限定40組80名で、男性だけに招待状を出して「素敵な方をひとりお連れください」という着席で豪華なディナーのフォーマルなパーティ。

以前から、クリスマスに男女で行かなくてはいけないコンサートをやりたいと思っていた。でも、なかなか実現できない。だったら、個人的にやればいいと思った。

別に誕生日でなくてもよかったんだけど、その時の思いとタイミングでなんとなくそうなった。すごく限定感があるパーティで、自分から行きたくても行けない。招待されることで、何かの優越感に浸れるというようなパーティに育てたいと思っていた。

日本にはそもそも、そういうプレミアム感のあるパーティがない。それが僕の誕生パーティというのはもちろん大変僭越な話だ。でも、それなりに内容を振り切ったものにして、来てくれた人みんなが心から楽しめるイベントみたいなものにしてしまい、単にそのきっかけが僕の誕生日だったというのであればありかな、と思って'10年からやっていた。

参加してくれた方は、皆さん僕の趣旨を理解してくれていた。ある人はこのパーティに参加することで、連れてきた女性と結婚することになった。ある人は、わざわざ京都から有名な芸妓さんを連れてきて、みんなをびっくりさせた。

40代の前半、4年間、そういうパーティを開いたけど、結局疲れてしまった。自分の誕生日パーティだから、「ありがとうございます」と何度も頭を下げなければいけない。自分は勝手にしているわけにはいかない。それに、ものすごく費用がかかった。

それで、今年は、ひとり侘しく湯豆腐でも食べようと思っていたけど、それでも誰かがサプライズパーティを開いてくれるのではないかと、恥ずかしいけど期待してしまう自分がいた。

✦

誕生日の夕方、EXILEのHIROと対談取材のスケジュールが入っていた。撮影が終わったら、「写真チェックをお願いします」と言われて、別室に移動したら、EXILEのメンバーが揃って、特大ケーキを前に歌ってくれた。サプライズだった。そのままメンバーと飲みに行き「そろそろ帰って湯豆腐でも食べよう」と思っていたら、同行した社員が「もう1軒お願いします」と言う。何でも、他に3つのグループがサプライズで僕の誕生日パーティをやっているという。

人の誕生日を言い訳に飲んでるだけなんじゃないかと思ったけど、本当に誕生日ケーキを用意していて、その写真を携帯に送ってくる。

素直に嬉しい。そういう企画を考えてくれるということは、どこで、誰を呼んで、何をやってと考えなければならない。それは時間もかかるし、大変なことだと思う。しかも僕が行ける保証もないのに。プレゼントのようにお金を出せば買えるものをもらうよりも、気持ちが入っているから、やっぱり嬉しい。

こんなことされてしまうと、期待しちゃうよね。またあるかもと期待しちゃう。

✦

そんな思いで迎えた10月6日。高級レストランでa-nationの打ち上げパーティの予定が入っていた。打ち上げするには時期ハズレ。そして、誕生日当日にサプライズパーティがあっただけに、「おかしい、なんでこんな時期に。これはもしかしたら、打ち上げと称した僕の誕生会なのではないか？」と警戒しつつ期待もしてしまった。

ところが、出席してみたら、僕のサプライズパーティではなく、純粋にa-nationの打ち上げだった。単に関係者が集まれる日がそこしかなかったというだけの話。

あまりにきれいな勘違いだったので、挨拶で「自分の誕生日パーティをやってくれるんじゃないかと思っていたら、違いました。自意識過剰でした。お恥ずかしい限りです」と話したら来場していた皆さんに大笑いされた。まあウケたからいいけど、本当にお恥ずかしい話だ。

でもきっと来年も、誕生日の夜の予定は空けておいて、豆腐も買っておくけど、サプライズはあるのかな？　と、内心ワクワクしていたりするのかもね。

僕はアマノジャクなんだと思う。社長になって10年、自分がいなくなっても、自分が何もしないでも、会社が回っていくようにしようと思い、まだまだのところもあるけど、ほぼそのとおりになった。企業ってそういうものだから。ところが、自分が思ったとおりにしようとしておいて、それが思ったようになると、今度はものすごく不満を感じてしまう。僕の存在っていったい何なんだよ？　と感じてしまう瞬間があったりする。

家庭もそう。「僕のことなんか気にしないでくれ」と、仕事中心の生活で自分がいなくても家庭が回っていくようにしてきた。それでいて、家族が本当に大丈夫になってくると、「僕のことを気にしないのか」と不満になる。そうしたのは自分なのに。

大学3年生の時にアルバイトを始めて以来、その時やっている仕事を自分なしでも回るようにしてから人に任せ、自分は次のことに集中するというやり方を繰り返してきた。社長になってからも、社長業に慣れる、新しい事業をスタートさせる、会社を自分なしでも回るようにするという〝次のこと〟が次々とあった。

上場した時もその瞬間は確かに満足感があったけど、さて次は何を目指そうかと戸惑った。そんな時、僕は自分を責め続けてしまう。

「お前はダメなやつだ。こんなんじゃダメだ」

あまりに責め続けて、腰が痛くなったり、腕にしびれが走ることすらあった。

✦

「君は自己評価が低すぎるのではないか」とある人から真顔で言われたことがある。そのとおりなのかもしれない。少なくとも、音楽に出会う前の僕はダメなやつだった。次のことに夢中になっている時は忘れているけど、それが見つからない空白の時期になると、その記憶が蘇ってきて、自分を責め続ける。

今でも鮮烈に覚えているのが、小学校受験の記憶。幼稚園から帰ると、父親がその小学校に電話をしている。僕は抽選で不合格になったが、誰それが進学を辞退したのだから、僕が繰り上げ合格にならないのか、どうにかならないのかという話をしていたと思う。それはたぶん一度か二度のことだったんだろうけど、僕の記憶に今でもたまに出てくる。

それからも、中学、高校、大学と親の期待にまったく沿うことはできなかった。それで自分はたいしたやつになんかなれないんだという劣等感が強かった。適当に大学を出て、自動車ディーラーかなんかに就職して、数年したら父親の中古自動車店を継ぐ。それぐらいがせいぜいで、父親を超えることなんか永遠にできないんだと思っていた。

今のエイベックスだって、僕は多くの運やタイミングに恵まれてここまできたと思っている。確かに仕事にはまじめに向き合ってきたし、必死に努力もしてきた。でも、自分の実力だけでここまできたなどとはまったくもって思っていないし、ここまでエイベックスが大きくなるとは思っていなかった。

✦

もっと図々しくなればいいのかもしれない。もっと他人に対して威張ってしまえばいいのかもしれない。でも、それができない。僕は、他人に自慢話はしていないと思うし、高圧的な態度もとっていないと思う。初めて会った人からは、「想像していた人と違う。ものすごく謙虚な人だ」と言われたこともある。でも、それは謙虚なんじゃなくて、自分なんかたいしたもんじゃないと思っているから、そうしかできない。

でも、だからこそエイベックスができたのだとも思う。「私なんかの話を真剣に聞いてくれた」とアーティストも集まってきたし、人も集まってきた。僕が「俺は成功者だ、偉いんだ」と威張っていたら、誰も寄ってきてくれなかったかもしれない。

だから、今のままでいいのかもしれないけど、僕自身はこの自己評価の低さをなんとかしなければいけないと思っている。でも、自己評価の問題を解決するということは、今までの自分の人間性を否定すること。それでまた自分を責めてしまう。

✦

「もっとちゃらんぽらんでいいんですよ、まじめすぎるんですよ」と言ってくれた人もいる。僕も、もっとちゃらんぽらんになれたら、どんなに楽だろうと思う。でも、それができない。

公の場での挨拶やスピーチを頼まれると何を話そ

うかと思いを巡らす。もともと人前に出ることは苦手なのでどんなことを話そうかと考えているとどんどん気が重くなってくる。

「気楽に適当なことを話せばいいんです」という人もいる。それができない。聞いている人を笑わせなければいけないとか、起承転結をつけて感心してもらわなければいけないとか、考えてしまう。だって、笑うところもない、感心するところもない、つまらない話をしたら、聞いているほうは面白くもなんともないでしょ?


期待してくれる人がいるのだったら、その期待に応えたい。強い気持ちで僕を頼ってくれる人がいるのだったら、その気持ちに応えたい。そのために努力しても、努力することの辛さや苦しさなんて、時間が経てば忘れてしまう。そしてまた自分はダメだ、まだまだ努力が足りないと自分を責め続けてしまう。

世間では、僕は自信家で、ちょっと怖い人と思われているのかもしれない。でも、これが本当の僕。今までそうやって生きてきたし、これからもきっとそうやって生きていくことになるだろう。

2014.3 ずっと前からの理想が実現できる

'14年の音楽業界は、さらに混沌としていくだろう。CDが売れなくなることは、10年以上前からわかっていて、実際そうなっている。環境も変わってきて、「家にCDプレイヤーがない」という問題も顕在化してきた。パソコンからもCDドライブがなくなり、タブレットにどんどん置き換わっている。「CDを買っても再生する装置がない」状態になっている。

もちろん、「CDがなくなる」ことはないだろう。コアなファンは、プレイヤーを持っていて、CDを買ってくれる。でも、それはごく一部の好きな人の話。今、3000億円強ある市場が、2000億円、1000億円と減り、残ることは残るだろうけど、普通の人向けの市場ではなくなる。普通の人はダウンロードや、一定額を払ってストリーミングサービスやインターネット上のラジオサービスで音楽を聴き始めている。

音楽業界もこのことはわかっていて、協力しようとはしているけど、各社それぞれ事情があって、明確にひとつの意思にまとまって動くのは簡単なことではない。そのうち、時間切れになってしまう。残された時間はもうほとんどない。

✦

この状態が続けば作詞家・作曲家がどんどんいなくなる。アーティストになりたいという人がどんどん少なくなっていく。素晴らしい才能が、みんな音楽以外に行ってしまう。だって、レコード業界は、このままだったら斜陽産業だから。

そういう状況でも、僕たちは新しい才能を発掘して、売っていかなければならない。でも、それも、昔の方法はもう通用しなくなっている。昔は、才能はあるけどまだまだ実力がない新人でも、送り手側である僕らの戦略的な宣伝やタイアップによってヒットに結びつけることができた。それが今は通用しない。送り手側の言葉よりユーザー側の言葉が、リアリティある評価として広まっていく時代だ。

だとすると、これはもう「本物」しか通用しない時代なのかなと思う。今、エイベックスとLDHで「GLOBAL JAPAN CHALLENGE」というプロジェクトを進めている。これは、本物のアーティストを育成しようとする取り組み。オーディションには1500人以上が集まり、そこから今30人に絞りこんだ。この30人をNYに行かせる。3年間NYで本物のレッスンを受けさせる。

NYにはアメリカ全土だけじゃなく、ヨーロッパからもアジアからも、世界的なエンターテイナーになりたい若者が集まっている。そういう中で揉まれて、堂々と渡り合える人材を育成する。休みの日にはNYのストリートで踊らせるし、長期休暇にはあらゆる国を回らせて夢者修行をさせる。

30人のうち何人残るか。5人かもしれないし、ひとりも残らないかもしれない。その3年間を乗り越えたアーティストを、まずは日本の市場でデビューさせる。もう、そういう「本物」しか通用しない時代になったと僕は思う。だから、エイベックスはLDHと一緒にこのプロジェクトに大きな投資をすることを決断した。

✦

10年以上も前から、東京に音楽専用アリーナを作りたかった。ドームやスタジアムなどの会場は、もともと音楽用の施設ではないし、スポーツの試合もあり、準備時間も十分とれない。でも、専用アリーナであれば、じっくりとステージセットを作ることができ、最高のエンタテインメントを提供できる。そういう場所で、10日間とか、3週間とかの公演をやる。

この思いのきっかけはラスベガスで専用シアターのステージを観た時からだ。「アーティストが全国のファンに会いに行く」というのはとても大切なことだと思う。でも「本物」のエンタテインメントは「会いに来てもらう」ものとしても成立すると肌で感じた。そういうことができるのは、「本物」のアーティストだけ。本物のアーティストが本物のアリーナで、本物のエンタテインメントを提供する。ライヴの最高峰は、間違いなく専用ステージ。そこに日本だけでなく、アジア各国からアーティストに会いにくる。周りには音楽アリーナだけじゃなくて、ホテルやショッピングセンター、テーマパーク、あるいはカジノだってあっていい。長期滞在して、あらゆる楽しみを堪能して帰る。僕はそういう形が、ずっと前から理想だった。

✦

今、CDが売れなくなった代わりに、ライヴの売り上げは過去最高になった。みんな、録音した音楽を聞くんじゃなくて、生で感動できるものを求め始めている。だとしたら、ずっと前から実現したかった僕の理想が、だんだん実現できる状況になっているのではないか。

そうなったら、CDの収益が今以上に落ちこんだとしても、コンサート収益と会場での物販による収益がある程度、補ってくれる。インターネットで音楽の流通そのものが変革したことにより、今後、楽曲そのものは無料で配るというスタイルも広まっていくかもしれない。コンサートのチケットを買ったら、音楽が無料でダウンロードできる仕組みなんて、今だって簡単に作れるし、実際にいろいろなところが作り始めている。

本物のアーティストの、本物の音楽を多くの人に聞いてもらって、アジア中のファンが東京の専用アリーナにやってきて、本物のエンタテインメントを堪能する。それが、僕の理想。僕が音楽の仕事をしているうちには、絶対に間に合わせたいことのひとつだ。

2014.4 毎日歩く夜明け前の東京

朝の東京を歩いている。朝4時に起きて、皇居の周りを歩いたり、青山通りを歩いたり、海のほうまで行ってみたり。今日も十数キロ歩いた。カメラを持ちながら、明け方の、まだ人が少ない東京のスナップを撮っている。

帽子を被り、ヘッドフォンをして好きな音楽を聴きながら歩く。ホテルのレストランに寄って、ホワイトオムレツを食べる。自分でも「優雅だなあ」と思う。

僕はどうしても3時間ぐらいしか眠れない。だいたい朝4時には目が覚めてしまう。これでは翌日体力がもたないからと思って、それまで無理矢理にでも寝ていた。

でも、それをやめた。朝4時に目が覚めてしまうんだったら、無理に寝るのではなく、散歩にでも行こうと。

最初の一歩を踏みだしてみると、その一歩で、いろいろなことが変わってくる。ひとりで散歩をするようになってから、街中の店やレストランにも足が向くようになる。街中のオープンテラスで、ワインを飲んだりすることもある。眼鏡を買おうと思って、眼鏡店に入ったら、うちのアーティストと偶然会ったりする。「ああ、街を歩けば、人とも出会うんだな」と改めて思う。

こうして東京を楽しんでいると、いったい今までは何だったんだろうと思う。

✦

去年はずっと気持ちが沈んでいた。以前から、僕は自己評価が極めて低い。エイベックスがここまで大きくなったのだって、かなりの部分「運」にも恵まれたと思っているし、僕なんかは上場企業の社長なんて柄じゃないと思っている。それでも世間の評価は違う。人からほめられたり、尊敬されたりするたびに、自分の評価と世間の評価のギャップに恐れを感じてしまう。それが僕の精神や体調を極度に侵し、そこから抜けだせないでいた。

年末年始をハワイで過ごしたことで、切り替えるきっかけを摑むことができた。ずっと家にこもって、いっさい外に出ない。眠たくなれば寝る、目が覚めれば起きる、お腹がすけば食事するという生活。昼は毎日、庭のハンモックで昼寝をしていた。風がヤシの葉を吹き抜ける音、波が打ち寄せる音、それ以外の音は何もない。年末年始だから、「'14年の松浦勝人」について、いろいろ考えていた。

気分が沈んでしまうという問題は、薬でも治せない、人に頼っても治せない。結局は自分で解決する以外治す方法がない。自分で動きださなければ治らないということがようやく納得できた。

考えてみたら、僕はエイベックスをつくった。僕がつくったアーティストと音楽もある。こういう「自分がつくったモノ」が形として残っていることは否定できない。だとしたら、そういうモノをつくってきた自分を認めて、現実の自分を飲みこんでいくしか、前に進めないのではないか。

✦

昔、僕は口癖のように「最初の一歩を踏みだせ」と言ってきた。最初の一歩が踏みだせず、そこで立ち止まって考えこんだり、不安になってしまう人がたくさんいた。でも、思い切って最初の一歩を踏みだしてみれば、あとは意外に軽やかに前に進めることもたくさんある。人にはそう言っていたのに、いつの間にか、自分がそうできなくなっていた。すべてのことにいろいろな言い訳をつけて、一歩を踏みださない人間になっていた。

前からひとりで散歩をしてみたい、東京を歩いてみたいと思っていた。でも、人目があるとか、睡眠不足になって仕事に支障が出るとか、いろいろ理由をつけては最初の一歩を踏みださないで、自宅のウォーキングマシンを使ったりしてごまかしていた。でも、マシンで3キロ歩くのは大変だけど、街を歩くと3キロなんてあっという間。もう、ひとりで歩いても気にしない、人目も気にならない。

すると、「天気予報を見て、釣り日和なら夜中から午前中にかけては釣りに行き、そこから会社に向かう。それで社長として問題だとか言われるのだったら、僕はいつでも辞める。でも、誰が僕の代わりをできるの？　僕はこの会社にしがみつきたいなんてまったく思っていないし、誰かやれるというなら、喜んで後進に道を譲りたい」と、以前の自己卑下からは対極の、横暴ともいえるぐらいのところまで考えられるようになった。

　そう考えられるようになると、不思議なもので、すごく仕事がしたくなる。たぶん、去年は自分の中でほんの小さなズレがあって、それがなかなか修正できずにいたのだと思う。ハワイで、その小さなズレを少しだけ解消できた気がする。

✦

　たかが散歩の話なのかもしれないけど、最初の小さな一歩を踏みだしてみると、自分の中のズレが修正を始めて、他のこともどんどんうまく回るようになっていく。僕の中で〝物欲〟なんて、ずいぶん前に消えてしまっていたけど、今は散歩用のカメラも欲しいし、釣り用の釣り船も欲しい。昔の物欲はどうしても〝見栄〟があったけど、今の物欲は、自分が心地よくなれるもの。高級カメラじゃなくていい、扱いやすく、ねらった画が撮れるカメラがいい。豪華なクルーザーなんかいらない、しっかりポイントが探せる漁船がいい。海釣りだけじゃなくて、渓流釣りもやってみたい。仕事もがっちりとやりたい。東京の街に一歩踏みだしてみたことで、その先にある道が少しずつ見えてきた。

　そういうわけで、僕は今日も、夜明け前の東京を歩いている。

2014.5　大人も踊るクラブイベント

　仕事でロサンゼルスに行って、久しぶりに向こうのクラブに出かけた。そのクラブはテーブル席は完全予約制で、iPhoneから予約できる。その値段がすごい。ワンテーブル30万円とかする。一番高いDJブース横のテーブルだと70万円。ワンテーブルに10人ぐらいが座れて、それが20卓ぐらいある。もちろん、普通に楽しみたいのだったら、数千円程度の入場料を払って、入場待ちの列に並んでフロアに入ればいい。

　今、DJの世界は10年前とまったく違っている。機材がものすごく簡単に扱えるようになった。昔だったら、曲を切り替えるのに、まずはターンテーブルを操作してそれぞれの曲のテンポを自分の耳と手さばきで揃えるという作業をしなければならなかった。でも、今はボタンをポンポンと押せばいいだけ。簡単になった一方でDJが派手なパフォーマンスをできるようになった。それがかっこいいし、面白い。客がどんどん盛り上がっていく。

✦

　僕はいつもEDM（エレクトロニック・ダンス・ミュージック）のヒットチャート上位曲をサイトからダウンロードして聴いている。でも、日本ではラジオでもテレビでも耳にすることがない。僕がクラブに行かなくなったから耳にすることがないだけで、日本のクラブでかかっているかもわからない。

　ロサンジェルスのクラブでは、普段僕が聴いている曲がガンガンかかっている。クラブの大音量で聴いてみて、曲の本当の面白さが改めてわかった。最近のこの手の曲調の流行りなんだけど、音がダカダカダカ……と上がっていって、ドーンと下がる。「なんでもっと派手な展開にグイグイ上げていかないんだろう?」と不思議に思って聴いていた。でも、クラブで聴いてみてわかった。上げなくていい。ドーンと下がるインパクトがすごい。「こりゃ、すげーや!」と、久々に音楽で感動した。ちゃんと、クラブの音響で聴いて一番効果があるように、曲はつくられている。

　CDの音楽なんかじゃない、MP3の音楽なんかじゃない、生で音楽を楽しむ最高のコンテンツがクラブイベントだと思う。世界的に盛り上がっているのもわかる。

　ところが、日本では、クラブの営業にはいろいろと規制がある。また大きな問題は騒音。住宅地ではクラブはダメ、ビーチでもダメ。外国は中年のおじさん、おばさんでもクラブに来て、踊って楽しんでいる。一方で、日本の中年はクラブに行かないから、「うるさい、騒音だ」ということになる。

✦

　3月28日からマイアミで、世界最大のEDMイベント「ウルトラ・ミュージック・フェスティバル」

が開催される。世界中のＤＪが全員集結しちゃうんじゃないかと思うくらい大きなイベント。トップクラスのＤＪはもう神様みたいなことになっている。曲をつなぐだけじゃなくて、自分で曲もつくり、アーティストと同じくらいか、それ以上に人を集めて熱狂させる力を持っている。トップクラスのＤＪになると、収入も20億円とか30億円とかいわれている。ＤＪというのは基本的にはひとりで、バンドもいらない、楽器もいらない、照明とレーザーとＤＪ機材だけで、6万人、7万人を集めて盛り上げちゃうんだもの。

そのウルトラを'14年の9月に日本に持ってくる。お台場に特設会場をつくってやる。ここも騒音の問題とは無関係ではないけれどもなんとかクリアして、ようやく実現した。日本では、常設のクラブというのは騒音の問題で難しいから、こういうイベントを上手に運営するところが増えるといいなと思う。

✦

本当は、騒音の問題が起こらない場所に、専用のクラブ、専用の音楽シアターがあるのがいいんだけど、日本ではこの「専用」というのが難しい。スタジアムだってそう。日本では必ず「多目的スタジアム」になってしまう。土地が狭いからなのか、いろいろな目的で使えるようにして、毎日使わないともったいないということになってしまう。メジャーリーグが面白いのは野球場でやっているから。ヨーロッパのサッカーリーグが面白いのはサッカー場でやっているから。目の前の近いところで見られて、野球やサッカーが一番楽しめるように工夫されている。

それに、高い席は思いっきり高価に設定してある。格差がすごい。ロサンジェルスのクラブでは、最高の場所が70万円。それでも来る人がいる。お金をたくさん払った人がいい席で見るというのは当たり前のことで、日本のコンサートのように前も後ろも一律５０００円というのもどうなのかと思う。

日本でも、ここのところライヴの売り上げは上向きだ。今年、これ以上売り上げを伸ばそうと思ったら、こういう座席の差別化をしていくというのも一案だと思う。

日本でも、歌舞伎や大相撲といった伝統的なものは、席によって値段がまったく違うというのが当たり前。歌舞伎なんか、「昼食が1万円」とか言われて、最初はとんでもないなと思ったけど、弁当とかじゃなくて、きちんとした席にちゃんと案内された。上品な奥様たちが食事をしていて、歌舞伎と歌舞伎の世界を楽しんでいる。

コンサートやクラブでも、こういう差別化はもっとあっていい。価値がある差別化なんだから、「そこはいくらでもお金を出すよ」という人がたくさんいる。だからこういうことにどんどんお金を使わせたらいい。やっぱり、クラブっていいね。ホント、そう思った。

2014.6　断食の思わぬ効果

この5日間、何も食べていない。ファスティングをやっている。酵素ドリンクを1日に180㎖、適当な時に飲むだけで、それ以外は何も口にしていない。

以前から筋トレは続けていて、最近は早朝のウォーキングもしている。それで、目標とする体重まであと一歩のところまできたから、ここでファスティングをやれば絶対に目標をクリアできると思って、最終兵器を出してみた。思ったよりも辛くない。2日目ぐらいはお腹が減ったと感じたけど、映画を見にいってごまかしたりしていた。でも、映画館ってポップコーンの匂いがするんだよね。

5日で体重は2~3kgは落ちたし、体脂肪も20%ぐらいあったのが15%になった。ただ食べないだけのダイエットだと筋肉だけが落ちて、脂肪は落ちないらしい。けど、僕の場合、筋トレとウォーキングで脂肪が燃えやすい体質になったところでファスティングをしたので、理想どおりに脂肪が削ぎ落とせた。

ファスティングをして、一番よかったのは、酒がやめられたこと。僕はなかなか寝つけない、寝ても3時間で目覚めてしまうという体質なので、寝酒がないと寝ることができない。それもひと口ふた口ではなく、かなりの量を飲まないと寝ることができない。ある人から、「麻酔をかけて睡眠をとらせてくれる医者がいる」と教えられて、それを真に受けて探したこともあったりしたほど。

毎日酒だから、いつもお腹が下っていた。あれだけたくさん食べて、それでもさほど太らずに済んできたのは、酒でお腹がいつも下っていて、栄養が吸収できなかったからなのかもしれない。しかも、毎日2000歩も歩かない生活。そんな生活を何十年も続けてきたという恐ろしい事実を、ファスティングが気づかせてくれた。

✦

5日間のファスティングを終えて、今日からは我慢していた好きなものが食べられるなと。好きなものを食べちゃったら、体重は戻ってしまうのだろうけど、そうしたらまたウォーキングとファスティングをすればいいと気軽に考えている。

そもそも、ファスティングを終えたからといって、急にたくさんは食べられない。食べる気にもならない。ジューサーを会社に持ってきて、ジュースを口にする程度。それに、好きなものが食べられるといっても、よく考えたら、これといって食べたいものが思いつかない。子供の頃好きだったもの、例えばカレーだとかハンバーグだとかしか思いつかない。油ものと炭水化物をひたすら避けてきたわけだから、結局そんな普通のものが食べたくなるのかもしれない。

確かに東京には美味しいレストランがたくさんあって、そういうものは食べたくなる。でも、そういうところは、今日食べたいと思っても席が空いていない。誰と行くかも決まっていないのに、何ヵ月も前から予約を入れておかなければならない。そういう手順が煩わしい感じがして、人気レストランにもあまり行かなくなった。普通のものでいい。意外に思うかもしれないけど、僕は牛丼店にも行くし、ラーメン店の行列に並ぶこともある。

✦

この5年ぐらい、僕は意識的にメディアに露出することを避けてきた。外に出る時は、帽子とメガネ。さらに花粉症の時季ならマスクをして、という格好なので、周りに気がつかれないだろうと。それでも以前は、その格好で道を歩いていても、人とすれ違うと、視線をふっと背中に感じる。振り返って見ると、向こうも振り返って僕を見ているということがよくあった。でも今はそういうこともなくなった。

とても暮らしやすい。

これは一度目立つ立場に置かれてみないとわからないことだけど、もう二度と目立ちたくない。目立つことによるいいこと、嫌なことをさんざん味わってきて、結局、もう目立ちたくない、普通の暮らしがやっぱりいいなと思う。

実際に周りに気づかれているかどうかではなく、街に出ていくと「見られている」という感覚を自分で持ってしまって身構えていた。本当は誰も僕のことなんか気にしてないし、ただの自意識過剰にすぎないのだと思うけど、その自意識過剰が薄れてきたので、気持ち的にもずいぶん楽になった。

✦

今では、夜の10時ぐらいに寝ることも多い。釣りに行く時は朝が早いから、早めに寝るようにしていたけど、釣りの時だけ早く寝て、それ以外は夜ふかしすると生活のペースが乱れてしまう。だから、釣りに行かない時でも早寝早起きで早朝散歩に出かけるようにした。

パーティや会食に行っても、二次会まで付き合うということもあまりなくなった。それで早寝をして、釣りに行って、乗り合いの漁船に乗って、普通のおじさんたちと釣りの話をしている。普通のおじさんたちという言い方も変だけど、釣りの好きなおじさんたちに交じって、普通に釣りをしている。そんな当たり前のことが楽しくて仕方がない。

こういうのを断捨離っていうのかな。自分の人生から無駄なものを削ぎ落として、シンプルな生き方に変えていく。

ただ、僕の場合は30代後半にもいろいろなものを削ぎ落としたいという気持ちになったけど、40歳を超したところでまたガーッと行く気持ちが出てきた。だから、今、こういう気持ちになっていても、50歳すぎたら、またガーッと行くかもしれないし。

でも、今は、普通のことを普通にして暮らしている。普通の生活を楽しんでいる。

最近、ふたつの葬儀に参列した。仕事絡みの葬儀では、焼香を済ませたらすぐに帰るものだけど、今回は妻の親族の葬儀だったので、納棺までいた。

僕の親族は幸い今でも健康なので、こんなに葬儀に長い時間参列したのは初めての経験だった。最後に納棺をする時に、親族が集まって、故人がまだ生きているかのように声をかける。そういう光景も生まれて初めて見た。

故人となったおばあちゃんは83歳で、夫のおじいちゃんは95〜96歳ぐらい。幸い健康で、年相応の物忘れはあるけど、ボケているわけじゃなく、しっかりとしていて亡くなった奥さんの最期の姿を見つめていた。その姿が自分に重なって見えた。きっとそのおじいちゃんは年齢からして「自分のほうが先にいく」と思っていただろう。僕も年齢的に、妻よりも先にいくことになるはずだけど、こういうことはわからない。いずれにしても、残されたほうは大変なんだと思った。死んじゃったほうは残念ながら何も考えられないのだから、どう思っているかわからないけど。

✦

同じ日に、東京プリンの牧野隆志を送る会があった。奥さんは年下で、まだ結婚して12年ぐらい。そのうち5年ぐらいが闘病生活で、子供はまだ10歳ぐらい。残された家族はこれからどうしていくんだろうと、心配になる。

牧野というやつは「ガンになったんや!」と気丈に振る舞うんだけど、気丈に振る舞われれば振る舞われるほど、こちらはどう対応していいかわからなくなっていく。メールをもらってもなんと返したらいいのかわからなくなる。会っても何を話していいのかわからなくなる。

ステージ4のガンだということは、本人はもちろん知っていて、それでガンと闘っていた。それなのに、自分のことよりも他人の心配をしてくれる。生きる時間が決まっているのだから、自分のことよりも、他人の悩みの相談に乗ったり、困ったことの手助けをするのが自分の使命だと思っていたのかもしれない。

彼が亡くなったあと、彼から手紙が届いた。自分が死ぬことがわかっていたから、みんなに手紙を書いていたという。そういうところがものすごくあるやつだった。

彼の生き方を見て、同じ立場になった時、同じことが自分にもできるのかと考えたら、絶対にできないと思った。毎日、暗い気持ちになって落ちこんで、周りの人に愚痴ばかり言って。それとも、残りの時間が限られると、牧野みたいに前向きに生きられるようになるのだろうか。1日1日を大切にして、人に感謝してという生き方ができるのだろうか。彼から見れば、気軽に「死んじゃいたい」なんて口にするのは、とんでもないことに見えるんだろうな。

普通は、死ぬまでの残り時間が計算できない。彼の場合は、正確な日数はわからなくても、宣告されて3年半とか4年とか、残り時間が計算できた。自分でそれがわかったから、自分で死ぬ準備ができたのだろうか。

✦

老後になって苦労したくないから、お金を貯めておいて、困らないようにしよう。誰もがそう思うし、僕もそう思っている。でも、人の死に立ち会ってこんなことを考えるのも不謹慎なのかもしれないけど、死んでしまったらお金なんてまったく意味がないのだなと思った。だったら生きているうちに使ってしまったほうがいいのだろうか。残り時間が計算できれば、割り算して毎月いくらずつ使って、ぴったり使い切って死ねるけど、現実にはそううまくはいかない。

それに使う時期ということもある。老いぼれて、自分の足で歩くのもままならなくなってから、フェラーリでも買うかといったって運転もできない。だから、その年齢でしておいたほうがいいことはしてしまう。その時にお金を使ったほうがいいことには使ってしまう。そういう勇気を持つことも必要なんじゃないか。

将来への不安から、やりたいことを先延ばし、先延ばしにしているうちに自分の人生が終わっちゃったら意味がないということに気がついた。

✦

僕の周りの人たちは、みんな海外の同じ場所にレジデンスを持っている。休暇に集まって楽しんでいる。僕にも「買えばいいのに」と言って誘ってくれる。確かに楽しそうだとは思うけど、今までずっと「なんか違う」という小さな違和感があって、買わないままきてしまった。

でも、よく考えたら、これから新しい友達なんてできない。会う人はみな仕事絡みの人なんだから、親しくはしても友達とは少し違う。むしろ、友達はこれから減る一方になる。誰だって寿命が来れば死ぬしかないんだから。

老人になった時を考えたら、そうやってみんなが集まれる場所があったほうがいいのかもしれない。そこに行けば、みんなに会えるという場所が必要なのかもしれない。みんなが軽井沢に別荘を持つのも、軽井沢に行けばみんなに会えるからなんだということに気がついた。僕にもそういう場所が必要なのかもしれない。

✦

例えば、よく「定年になったら時間ができるから、思いっ切り好きなゴルフを楽しみたい」と言う人がいるけど、今からゴルフをやっておかなければ、定年になっていきなりゴルフを始めたって身体だっていうことをきかないだろうし、そもそも一緒にゴルフをやる仲間だっていない。やりたいことがあるのだったら、先延ばしにしないで、今からやらなきゃダメなんだと牧野の死が教えてくれた。

2014.8 世界を回ってEDMを観る

久しぶりに海外を回ってこようと思っている。まずニューヨークでヤンキース対レンジャーズを観戦する。何度もダルビッシュ有から「見に来てください」と言われていて、ようやく本場で見ることができる。日本のプロ野球とはまったく違った雰囲気だという。特にヤンキース戦は独特だそうだ。

それからベルギーに飛んでEDM（エレクトロニック・ダンス・ミュージック）の大きなフェスティバル「トゥモローランド」を観てくる。EDMの本場であるオランダやスペインのイビサ島にも行こうと思っている。

10年前、社長に就任する直前、同じようにして世界中を回った。ラスベガスに行って、テーマパークに行って、フェスティバルを観て。いろいろな刺激を受けた。あの頃は「青山をディズニーワールドみたいな空間にしてやるぞ！」みたいなことを本気で言っていた。それが思いこみでもまったくかまわない。その思いこみの熱さで、僕は社長業をこなしてきた。

でも、残念ながら、その思いこみは時間とともに冷めてしまう。もう一度、世界の熱さを自分の目で観てきて、それからこの会社が今後どうするべきなのか、音楽業界は何をしていくべきなのか、じっくりと考えてみたいと思っている。今年はそういう年。'14年9月には、東京のお台場で初めて「ウルトラ・ミュージック・フェスティバル」を開く。ウルトラは、EDMの世界的ブームの火付け役となったフェスティバルで、ワールドツアーのように世界中で開かれている。それまでに、世界中のあらゆるフェスを観ておいて、どこがどう違うのか、どこに問題点があるのかを見極めておこうと思う。

✦

そういう熱狂的なフェスティバルでも、僕はいつも冷静に観ている。絶対に踊り狂ったりしない。見なければいけないこと、吸収しなければいけないことを、ひとり腕組みして考えながらその空間にいる。観客はみんな踊りまくって発散している。本当は一緒に弾けたい気持ちもあるが、心が負けないように耐えている。

それでも、もうだいぶ昔だけど東京ドームでジャネット・ジャクソンを見た時は、負けてしまった。彼女のプロフェッショナルさにやられてしまった。整形だなんだといわれても、素晴らしい肉体が、完璧に踊っている。登場するミュージシャンやダンサー、パーフェクトな構成に心底やられてしまった。

✦

今、やられてしまいそうなのが、まさにEDM。世界の音楽産業が衰退する中で、EDMのDJというカテゴリーだけが右肩上がりの急成長をしている。観客の様子を見ながら、リフレインしたほうがいいか、ブレイクしたほうがいいかを臨機応変にその場で判断して、会場をどんどん盛り上げていく。だから、観客が熱狂できる。世界中で熱狂できる。

だいたい10年に1度、ヨーロッパ音楽が世界を席巻する現象が起こる。僕がダンスミュージックに目覚めた30年前、空前のディスコブームでユーロビートが大流行。エイベックスを始めて間もない20年前、テクノが世界中で流行した。エイベックスが急成長した10年前、トランスが大ブームとなった。そして今、EDMが世界中を席巻している。だから、僕にとっては、EDMは原点回帰でもある。ウルトラを日本でやるとなった時、「これをエイベックスがやらなくて、誰がやるんだよ」と思った。

でも、同時に「そんなイベント、日本でやって大丈夫なのか？」とも思った。問題のひとつはドラッグ。ドラッグは国によって考え方がまったく違っていて、合法化されている国もたくさんある。でも、そのまま日本に持ちこまれてしまったら、開催などできない。この問題は、契約の時に大きなテーマになると思っていた。でも、向こう側の弁護士も「日本の規制がとても厳しいことは十分に理解している」と先に言ってきた。日本では完全にクリーンなウルトラに挑戦することになる。

その他、騒音、事故、アルコール。対策を考えなければいけないことはたくさんある。でも、あまりにガチガチにしたらつまらなくなってしまう。スリルがあるとか、ちょっと悪い感じが匂うとかがあるから、若者たちは惹きつけられ熱狂する。

ダンスイベントは受け身じゃない。自分で踊って、自分で歌う。積極的に参加するイベント。多少の羽目を外すことは許されるようにしておかなければならない。そうしなければ、EDMの面白さ、楽しさが伝わらない。かといって、事故が起こったりすれば、次からそのイベント自体ができなくなってしまう。主催者としては、本当に難しい判断が要求される。

ダンスイベントはお祭り。日本は、元来お祭りがたくさんある国だった。普段はまじめに生きていて、年に1度のお祭りですべてを発散する。そういう伝統を持っている国だった。でも、今でも開催されている威勢の良い喧嘩祭りのようなものを新たに始めようとしたり、何らかの理由で継続できなくなった昔のお祭りを今復活させようとしても、絶対無理だろう。だって、昔のお祭りは、みんな「死ぬかもしれない」という覚悟で参加していて、実際死亡事故も起こっていた。

だからといって、「規制を緩めろ」と言うつもりはない。いつの時代も、その時代なりの規制や制約はあったはず。
そういう規制を乗り越えて、熱狂できるイベントをつくっていくのが、僕たちの仕事だから。

2014.9 子供って可愛いのか？

僕に子供ができる前、誰もが「子供が可愛くてねえ」と言う。「だって、家に帰ったら、お帰りー！って、満面の笑みで、抱きついてくるんですよ」って言う。会う人、会う人がみな同じことを言って、「子供なんて可愛くないよ」と言う人にはひとりも出会ったことがない。

で、自分に子供ができてみて、「可愛いでしょう？」と聞かれると、答えはクエスチョン。もちろん可愛くないわけではないけど、「可愛いー！」って抱き締めて頬ずりしたくなるかといえば、そうはならない。

◆

ひとり目ができた時は、まだお腹の中にいる頃から、いわゆる胎教をした。エイベックスのライヴ会場に行くことはもちろん、クラシックからディズニーまで、あらゆる音楽を聴かせた。生まれてからは、塾に行かせ、ピアノ、バレエ、英会話、それに、エイベックス・アーティストアカデミーでフルコースのレッスンをとらせていた。毎月三十数万円も月謝をとられたけど、そういうことをしてあげるのが子供のためだと思ったし、親の務めだとも思った。

当時住んでいた家は独身の時に建てたので、家族が住む間取りではなかった。敷地はそこそこあるのに1LDK。地下にはクラブスペースがあった。そこが子供のバレエの練習にちょうどいい。バレエの講師を呼んで、近所の子供を集めて、自宅でバレエ教室をやった。

その後、幼稚園受験の進学塾に行かせる。そんな塾があるなんて知らなかったけど、そういう世界があるなら挑戦してみようと思った。なぜなら、幼稚園受験というのは親である自分の受験だから。幼稚園側は親を見て合否を決める。だったらやってやろうと思って、塾に行ったら、いきなり「まずは幼稚園にコネのある人を探してください」と言われた。そこからかよ、そういうことかよ、と思った。

そして、受験する幼稚園をいくつか決めて、そこに僕は何回通ったことか。自分の子供が出ているわけでもないのに運動会を見学に行く、お遊戯会を見学に行く。すでに入園している子供の親たちとの懇談会に出席する。そして、幼稚園の先生との事前面談がある。そうしてようやく面接ということになる。なんでこんなに何回も幼稚園の先生に頭を下げなければならないのかと思った。

✦

子供についていつも考えるのは、「こいつら、大人になったらどうやって生きていくんだろう」ということ。〝僕の子供〟という環境では、ろくな大人にならないのが目に見えている。幼稚園から大学までエスカレーターであがり、運転手やお手伝いさんがいる環境で育つ。僕と社員が一緒にいる時、社員たちはペコペコするわけじゃないけど、ものすごく気を使ってくれる。子供たちはそういう大人の姿を見ている。

似たような環境で育った子供を何人か知っている。皆、僕に対しては礼儀を守るちゃんとした子供。でも、部下の話を聞くとまったく違うという。僕に見せる顔と、部下に見せる顔が違う。そういうのを聞くと、僕の子供たちは、僕と一緒にいてはいけないのではと思った。だから、シンガポールに留学させて、家も売り払ってしまった。

こんな特殊な環境に生まれてしまったので、身を持ち崩さず生きていってほしいと思う。僕ができるのは、環境を用意してあげることだけ。「宇宙飛行士になりたい！」と言うのだったら、宇宙飛行士になれる環境を用意してあげたい。でも、こういうのが普通ではないことはわかっておいてほしい。小さい頃から美味しい寿司を食べているかもしれないけど、それは普通じゃない。自宅でバレエ教室を開いてしまうけど、それは普通じゃない。普通とは何かということだけは知っておいてほしい。その後、道を踏み外さず生きていくか、踏み外して転落してしまうかは本人しだいだから。

子供にお金を残して死のうとも考えていない。できれば、僕が全部自分のお金を使い切って死にたい。

お金なんてあってもろくなことにならないし。確かに僕は贅沢をしているかもしれないけど、それまでの努力があったり、ストーリーがあってやっていること。だから、家族で旅行する時に、子供たちがビジネスクラスに乗りたいなんて言ったら、「ふざけるな」って言う。お前は何をしたんだと。まだお金を稼いでいないだろ。俺だって、30歳過ぎるまでビジネスクラスなんか乗れなかったんだから。だから、子供たちはエコノミーに乗せる。僕はファーストクラスに乗るけどね。

✦

僕はいつでも何かに熱中していないと生きていけない。釣りでもいいし、仕事でもいい。熱中することが僕が生きていく拠り所になっている。きっと、僕自身が何かを捨てられないでいるのだと思う。それは夢なのかもしれないし、あきらめ切れないことなのかもしれないし、負けたくないことなのかもしれない。すべてをあきらめて、すべてを捨ててしまって、生活のためだけに働くような生活をしていたら、抱きついてくる子供が「可愛いー！」ってなるんだろうか。僕にはよくわからない。

子供と一緒に歩いていると、歩く歩幅が全然違うんだなと思う。僕の歩幅で歩いていたら、子供たちはついてこれない。子供は、そういう小さい存在なんだとは思う。でも、「可愛いー！」のかと言われると、僕はわからなくなってしまう。これを読んでくれている人は、どうして子供が可愛いのだろうか。素直に聞いてみたい。

2014.10 今後の人生の話？

自分が50歳になって、エイベックスが30周年。僕もエイベックスも区切りの時期を迎えている。僕のことを考えれば、今まで30年、自分の人生というものを深く考えることもなく仕事をしてきて、目の前に起こる問題や障害を自分の頭と行動で解決してきた。結果、エイベックスも世の中でそれなりに認知してもらえるようになった。

でも、僕も、年齢とともに昔のようなパワーはなくなっていき、新鮮味というものも薄れていく。だったら、僕は、音楽とはまったく違ったことをやってみてもいいんじゃないかなと考えることもある。

でも、それはできない。後継者も決めずに会社を去るというのは無責任だし、創業社長が会社を去るというのは日本的な慣習が許さない。創業社長が会社をやめるというのは、そんなつもりがない行動で違法性を指摘されて去ることになるか、自分が死ぬか、会社そのものがなくなってしまうか、だいたいそれぐらいしかない。創業社長が自分の会社を幸せに去るというのは、ものすごく難しい。

✦

この数年、エイベックスのライバルがどこから出てくるだろうかと考えた時、それは自分たちと同じレコード業界からではなく、まったく違うところから出てくるだろうと考えていた。

今後、レコード会社は、デジタルプラットフォームを持っているグローバルな企業とも音楽の届け方を一緒に考え、作っていかなくてはならないと思う。彼らは、自分たちのプラットフォームで音楽をより簡単に自由に楽しめるサービスを始めていくだろう。プラットフォームを握っているところが、どのように音楽を提供していくかは当然僕らにとって重要なことだ。音楽やアーティスト、クリエイターを生みだす側の僕らとしては時には戦わないといけないこともあるかもしれない。でも今は音楽を楽しむ場としてネットやＩＴ機器は不可欠なわけだから、彼らのサービスとうまく付き合っていくしかない。

幸い、日本のヒットチャートは、世界のヒットチャートとはまったく違う。日本人は洋楽よりもJ-POPを聞いている。そこに僕ら自身の存在意義や価値をしっかり作っておかないと、黒船が襲来した途端に、どのレコード会社も撃沈ということになりかねない。

こういう状況になることは、ずっと前からわかっていた。今ではどのレコード会社も気がついているけど、2年、いや1年遅かった。こういうビジネスモデルは、先行している者がどんどん先に行く。こちらがいいものを作っても、向こうもどんどんよくなるから。

✦

もし、音楽業界以外の誰かが作ったプラットフォームが主導権を握り、エイベックスが楽曲を提供するだけになったとしてもエイベックスは存続できる。楽曲はすでに経済的価値がほとんどゼロだと言われているけど、音楽の波及効果は絶大だし、それはこれからも変わらない。だからエイベックスは、すでにパッケージの収益ではなく、波及効果であるライヴとかマーチャンダイズの収益を求める方向にシフトもしている。でも、それでは日本の音楽産業全体は続いていかない。

音楽というのはデジタルコンテンツとしてはデータも軽くて配りやすい。販売商品としてではなく、プラットフォームに集客するためのおまけのような存在として使われていくことになるかもしれない。何かの会員サービスの特典として、音楽は無料で聴けるというものも出てくるかもしれない。

世界的な規模でサービスを提供しているようなプラットフォームにとってみたら、日本の音楽からの収益がさほどでなくてもやっていける。でも、日本の音楽家やアーティストは困ってしまう。

音楽は趣味で作るものになって、たまたまユーチューブでものすごく再生されて話題になる一発屋が出てくるくらいで、音楽家はみんな兼業で、レコード会社は他の事業のついでに音楽をやるぐらいで、誰も音楽で食べていくことができなくなる。このままではそんなことになってしまうかもしれない。

✦

日本の音楽産業の最盛期の売り上げは年間で四千数百億円という規模だった。例えば今僕らがやっているBeeTVやUULAのような、定額でいくらでも楽しめるというサブスクリプションサービスの売り上げでこの金額を補完しようとすると、価格にもよるけど、会員数は数千万人いなくてはならない。数百万人の規模でないことは確か。

これはもう、日本人のほとんどが加入するという話。つまり、「電気、ガス、水道、音楽」みたいな話になる。それはまったく不可能なことなのかというと、ありえない話ではないと僕は思っている。まったく新しい仕組みを作るという話だからそうそう簡単なことではないけれど、それくらいのことをやらないと音楽業界を守ることはできない。

自分だけのことを言えば、今までさんざん戦ってきたのに、また戦うのか、疲れたなという気持ちもある。もう一度、ここから、勝ち目のほとんどない戦いをしなければならないのか。業界がこれだけの危機にあるんだから、なんとか自分だけ逃げだすことができないのかと思ったりもする。

僕の今後の人生の話をするつもりだったのに、なぜか仕事の話になってしまった。僕は、きっとエイベックスと、あるいは音楽と心中するしかないのかもしれないないな。

2014.11 久しぶりに音楽の虜になる

10年ぶりのニューヨークと、20年ぶりのベルギーに行ってきた。ニューヨークでは、エイベックスとLDHが進めている「GLOBAL JAPAN CHALLENGE」の合格者たちの様子を見てくるのと、以前から約束していたテキサス・レンジャーズのダルビッシュ有の試合を見る。それからベルギーに渡って、世界最大規模のEDM(エレクトロニック・ダンス・ミュージック)イベント「トゥモローランド」に参加。再び、米国テキサスに行ってダルビッシュの試合を見るという予定だった。

しかし、急にパリで仕事が入ってしまい、予定を1日早く切り上げてフランスに向かったため、ダルビッシュの試合を見ることはできなかった。

パリでの仕事をすませてからベルギーへ。'14年は「トゥモローランド」の10周年。6万人以上が集まる会場で、合計6日間、40万人を動員する世界最大規模のEDMイベント。実際に自分の目で見て「音楽の力ってやっぱりすごい!」と改めて思った。映像で見るのと、生で目の前で見るのはまったく違う。東京プリンの伊藤洋介も一緒だったけど、会場で柵にしがみついて見ていた。まるで檻に入れられた人みたいな格好で。僕も3日間、昼から夜の1時まで、ずっと微動だにしないで見ていた。あまりにすごくて、目を離す隙がない。久々に音楽の世界にどっぷりと浸りこんだ。

洋介は日本に帰ってきてからも、会う人会う人に「EDM知らないの? トゥモローランド知らないの?」って言って回っている。先日、彼の誕生日で一緒に食事したけど、ひとりで「トゥモローランド」の映像を観てた。普段もずっとEDMのメロディを口ずさんでいるし。もう完全にやられちゃってる。EDMにはそういう人を虜にする力がある。

✦

「トゥモローランド」の音楽以外でものすごく刺激を受けたのはVIPの扱い方が日本とまったく違うこと。ステージセットの奥に1卓だけのレストランがある。そこでは世界的に有名なベルギーのスターシェフが料理を作ってくれる。そのシェフは、世界中から引っ張りだこで、自分の店を開く暇もないという人。ステージ上の観客からは見えない場所にレストランがつくられて、興奮する観客たちを眺めながら食事ができる。その食事が旨い。旨いとしかいいようがないので伝わらないと思うけど、食べたことがない美味しさだった。そこで食事ができるのは、昼と夜の1日2組。6日間で12組だけ。

バックステージにVIPを入れるというのは僕たちもやっていたけど、こういうことは思いつかなかった。僕たちのあとには、イギリスの王室の方たちが食事に来ると言っていた。向こうは王室の人が、EDMを楽しみにやってくる。

観客の空気も日本とはまったく違う。みんな自分の国の国旗を羽織ったり、掲げたりしている。なかには中東のちょっと政治的に問題のある国の人もいたけど、誰もとがめたりしない。戦争なんか関係ない、平和に楽しもうという空気しかない。伊藤洋介は日の丸を掲げていたけど、日の丸って世界の中でものすごく人気があるんだよね。洋介はいろいろな人から笑顔で話しかけられていた。僕は、最初、日の丸を羽織るなんて、ちょっとダサいとか、面倒なことになったらイヤだなと思っていたけど、ものすごく受けがいい。自分の生まれた国である日本に、もっと自信を持ってもいいんじゃないかと思った。

会場も安全そのもので、6万人が集まっているわりには警備の人数は少ない。あれだけの人が集まっているんだから、小さなケンカのようなことはあるんだろうけど、帰り道で飲みすぎたヤツらがぶっ倒れているぐらいしか目につかなかった。

以前、とある政治家とお会いした時に、「あなた方は1万円を払うお客を5万人集められる。私たち政治家は無料でも5万人は集められません。音楽というのはものすごく力を持ってるんですね」と言われた。「トゥモローランド」の中にいると、下手な政治活動をするよりも、音楽のほうが世界で起きているさまざまな問題を解決できたり、平和に貢献できるんじゃないだろうか？　そんなことまで考えた。

✦

もうすぐ「ウルトラ・ミュージック・フェスティバル」がお台場で開かれる。こちらは都市の中でやるEDMのイベントで、「トゥモローランド」とはまた色が違う。このふたつには学ぶことがとても多いけど、やっぱり思うのは、日本も日本オリジナルのイベントを育てていかなければいけないということ。

うちにもいろんなイベントや野外ライヴがあるけど、正直言って僕はまったく満足していない。「トゥモローランド」は3日間、昼から夜中までベタづきで見てしまったけど、ここまでのめりこめるイベントって最近ない。理由は単純。僕に「行きたい」と思わせてくれないから。こういったライヴイベントだけじゃない。僕がよく社員たちに言うのは、例えば社内イベントとか、朝礼みたいなお堅いものまで、人を集めることをやるなら黙っててもみんなが見たくなるような、とにかく面白くてびっくりすることをやれと。面白ければ、言われなくたって行くし、勝手に人も集まるんだから。

「トゥモローランド」のあと、テキサスでレンジャーズの試合を見る予定だった。ところが、飛行機の遅延で結局行けずじまい。「トゥモローランド」は最高だったけど、ダルビッシュとの約束はまだ果たせていない。

2014.12　50歳も我慢しない

9月27日、28日、東京お台場でウルトラジャパンが開催された。世界をツアーのように回っているウルトラを東京でやるというのは、僕ですら最初は「大丈夫なのか？」と心配した。日本では初めての大規模な都市型EDM（エレクトロニック・ダンス・ミュージック）イベント。いったい何が起きるかわからない。どんな事故、事件が起きても不思議じゃない。担当した総責任者は、進退をかけて仕事に向かっていた。それを無事やりとげてくれた仕事ぶりも嬉しい。

僕はよくEDMの話をしているので、それに影響をうけてウルトラに参加した人なら「ウルトラの楽しさ、すごさはこういうことだったんだ」とわかってくれたと思う。ウルトラに行かなかった人には、いくら言葉をつくしても、楽しさやすごさは絶対にわからない。

ある担当者が「EDMイベントは大規模カラオケ大会なんですよ」と言ったことがある。そのとおりで、ウルトラの翌日は、観客もスタッフもみんな声がガラガラ。自然にメロディを大声で歌ってしまうんだよね。叫ぶと言ったほうが正しくて、普段大声で思いっきり叫ぶことなんかないから、僕も久々にいろいろなものが発散されてすっきりした。

観客も、全員が何かから解き放たれた顔をしている。大声で絶叫して、飲んで、踊って、発散している。発散しているから、ケンカやもめごとなんかも起こらない。みんなのそういう顔を見ていたら、30年ダンスミュージックに関わってきて、本当によかったと思う。これこそが僕たちが一番やりたかったこと。僕たちがやらなくて誰がやるんだよという話。

✦

初日の午前中、EDMがわかっていない観客は、昔のジュリアナ東京みたいな踊り方をしていたり、サイバートランス風のダンスをしたりしていた。でも、夜にはなんとなく格好がついてきて、2日目の夜にはちゃんとウルトラになっていた。日本人の学習能力というのはものすごくて、よくわかってない人でも、すぐに「どうすればウルトラで楽しめるのか」ということを学んでしまう。これは、来年はすごいことになるね。

所轄の警察署、消防署も協力的で、大きな事故も事件も特になし。1年目は赤字を覚悟してたけど、思ったより利益を上げることができた。これで東京でも都市型EDMイベントを定着させていける。

災害が続いているのでキャンセルになってしまったけど、それがなければ、日本政府の要人も顔を出す予定になっていた。ダンスミュージックイベントが「レイブ」と呼ばれて20年。ようやく僕たちがつくるイベントに、そういう方々が来るまでになった。ようやく世の中から認められた。

僕はダンスミュージックに不思議な縁、因果を感じている。19歳でダンスミュージックと一緒に生きていくと決めて、29歳でTRFをデビューさせて、エイベックスの社長に就任した。39歳の9月28日に、avex traxをつくった。30年間、ダンスミュージックと生きてきて、'14年の9月27日、28日にウルトラがあって、10月1日、僕は50歳になった。そして、音楽産業がものすごい勢いで変わっていく中、なぜか10年ごとに、ユーロビート、テクノ、トランス、EDMと形を変えて、僕の前に現れては、僕にビジネスのヒントを授けてくれる。

30年前、ダンスミュージックの会社をつくって、今日までよく続けてこられたと思う。それだけでもすごいこと。すべて、ダンスミュージックというものが持っている力のおかげ。

✦

50歳を迎える直前に、ウルトラで発散して、僕も振り切った。小さなことで、悩んでいるのがばかばかしくなった。我慢をしても、その我慢があまり意味がないことはやめようと思った。例えば、きつめだったり、身体にぴったりとした服を無理して着るのもやめた。今までは、さまざまなブランドの洋服に対して自分の体形を合わせてきた。デザイナーがつくるスタイルに合わせるのがかっこいい体形だと思っていたから。体形を維持するための我慢もしていた。だけど、今はそんなことは気にしない。身体のどこも締めつけない、究極にリラックスできる、ラフで楽な格好で会社に来ている。周りに「あの人は、そういう人なんだ」と思わせてしまえば勝ちなんだから。

若いやつと張り合って、今さら音楽をつくってみても仕方がない。こんな50歳のおじさんがいくら頑張ったって、若い人に響く音楽がつくれるわけがない。エイベックスに若くて優秀なクリエイターがたくさんいるんだから、新しい音楽をつくるのはそいつらに任せればいい。今のエイベックスで、今の僕にしかできないことをやるのが、社長としての僕の役目。それは会社のためになることだったり、業界のためになることだったり、いろいろある。

だから、若いやつと張り合うための我慢はいっさいしない。毎日、楽な格好で、もっと太って、白髪も増やしたら貫禄が出て、僕のやるべき仕事がかえってやりやすくなる。

そんなことを言っていたら、ある人からこう言われたんだよね。「今までどこを我慢してたんですか？」って。まあ、確かに、好き勝手に生きてきたから、周りからはそう思われるよね。我慢というのは、あくまでも僕基準だから。とにかく、50歳を超えたら、もう我慢はしない。そういう振り切り方をしようと思っている。

2015.1 日本のカジノに賛成？反対？

カジノ法案がいろいろ議論されているけど、僕は賛成でも反対でもない。賛成する人、反対する人、どちらの言い分ももっともだと思う。莫大な観光収入が得られる。そのとおりだと思う。たくさんのギャンブル依存症の人を生みだすことになる。これも、そのとおりだと思う。

初めてのカジノは、若い頃のアメリカ貧乏旅行でラスベガスにちょっと寄った時。スロットマシンを少しやっただけで、自分の居場所がないように感じ、すぐに帰ってきた。

次が17～18年前。ラスベガスの常連になっている人に連れていってもらった。『華麗なるギャツビー』みたいに、「世の中にこんなところがあったんだ」という驚きの連続だった。

まず、東京からロスまで全員ファーストクラス。6、7人で行ったけど、全部カジノの招待なので、自分では支払っていない。

ロスの空港に着いて外に出ると、目の前に立派なリムジンが3台停まっている。それに乗って国内線ターミナルまで行くのかと思ったら、リムジンは滑走路をどんどん走っていく。「どうなってるんだ、どこへ行くんだ」と思っていたら、目の前にプライベートジェットがあった。

45分ぐらいでラスベガス空港に着く。すると、ジェットのすぐそばに、さっきよりもずっと豪華なリムジンがもう停まっている。まだ若くて、そんな世界を知らなかったから、すっかり勘違いして、自分がギャングのボスにでもなったような気分だった。よく考えれば、僕に対してのサービスではなくて、連れていってくれたカジノの上得意の人へのサービスなんだけど。

着いたのは当時トップだったとあるホテル。でも、リムジンは車寄せに入らず、ホテルの裏側に回る。そこにはドアがあって、両脇にいかついガードマンが立っている。ドアを開けると、戦車が通れるほど広い廊下が何百メートルも続いている。通された部屋でひと休みしていると、カジノの担当者がやってきて、「お部屋で休まれますか、それともゲームをなさいますか」と言う。ゲームをやる部屋は、一般のカジノではなく、僕たち専用の部屋。そこでディーラーが「24時間お待ちしています」と言う。24時間、ずっとスタンバイしている。

泊まる部屋は3LDKだけど、ひとつの部屋が50畳ぐらいある。部屋についている庭に散歩に出てみると、暑さ対策でミストが降っている。ジェットバスがあって、専用プールがある。その当時の僕にしてみたら初めて見たものだから、本当に驚いた。

✦

IR（統合型リゾート）と呼べるのは、やはりラスベガスだけだと思う。モナコ、カナダ、マカオ、韓国はカジノがあるだけ。シンガポールのマリーナベイ・サンズもIRといわれてるけど、ホテルとカジノ、ショッピングセンター、あとは国際会議場のような劇場があるだけ。

ラスベガスはエンタテインメントの質も高い。専用劇場で超一流のエンターテイナーが常時公演をしている。それが5年も10年も、ずっと満席。エンタテインメントに関わる者だったら、絶対観ておかないといけないショーがいくつもある。

だから、僕が社長に就任した時、社員旅行をラスベガスにした。「あのショーのあの場面の……」という話を社内の共通言語にしたいと思った。みんなには遊ぶ暇なくショーを毎晩観られるように設定したから、いくつものショーを観て回っていたと思う。まあ、僕はもう観ちゃっていることもあって、ずっとカジノテーブルにいたけど（笑）。

✦

世界のカジノはそれぞれに文化やルールを持って

いる。ドレスコードがあったり、お酒を飲みながらゲームをするのはお行儀が悪いというルールのカジノもある。ラスベガスではあらかじめデポジットした金額で上限が決められ、大きな金額を賭けたい時は個別に交渉しなくてはならない。でも、シンガポールでは、デポジットなしでもいきなり大きな金額を賭けることができる。それはある意味怖くて、手元にお金を持っていれば最後の大逆転の可能性があるけど、逆転の逆転でやられてしまうこともある。

日本でいきなり本格的なIRをつくろうとしても難しい。ラスベガスのようにエンタテインメント施設をたくさんつくったって、何年間も毎日満席にできるのは、国内のエンタテインメントではほんのいくつかしか思い浮かばない。

でも、ラスベガスだって、最初はマジックショーとかサーカスとか、そんなものから始まった。シンガポールは新興のカジノだけど、街のど真ん中でF1レースを開催したりしている。国をあげて街そのものをエンタテインメントにしようとしている。日本は都市も綺麗で観光資源も豊富なんだから、最初はひとつのカジノから始まったとしても、本格的なIRに育てることはできると思う。今、世界で売り上げ1位のマカオは、中国人客の渡航制限をしているので、彼らが日本のカジノに来てくれる可能性もあるし。

僕はギャンブルが強くないくせに、嫌いじゃない。カジノって本当に不思議で、例えば、初日に小さく勝って、翌日もまた小さく勝って、連日少しずつまあまあ勝って。でも帰る前の晩に大きく負ける、みたいな。運や偶然は必ずそういう風にやってくる。確かなのは、トータルでは負けているということだけ。

まあ、別に熱狂的なカジノ好きというわけではないし、仕事がギャンブルの連続のようなものだったから、わざわざカジノに行かなくてもいいって言えば、そのとおりなんだけどね。

今の僕は本当にお金を使わない。若い頃は、何も考えず、物欲だけに従って、高い物でもどんどん買って集めていた。お金なんて、上場した時にまとまって入っただけで、今より持っていなかったのに。ニュースで「個人消費が伸びない」とか言ってるけど、確かに僕の消費はまったく伸びてなんかいない。

お金を使わない理由は、怖いから。先々が不安だから。お金を貯めて死んでも仕方がないし、持ってるお金はどんどん使ってしまったほうがいいことはわかっている。それでも、将来が不安で使えない。僕はもともと、物欲が出てくれば、お金がなくても買ってしまう人間。そんな僕ですら物を買わなくなっているんだから、普通の感覚の人はますますそうだろうな、これじゃあ消費は伸びないよなと思う。

将来は不安要素しかない。家族は海外で暮らしていて、家にいてもひとりぼっちで、いつか孤独死するんじゃないかとか。その頃には会社だってどうなっているかわからない。破産するんじゃないか、倒産するんじゃないか。ありとあらゆるリスクが頭から離れない。それは、大学4年生で会社をつくった時からずっと続いていて、消えたことのない不安。心配性なのか、神経質なのか、気にしすぎなのか、病的なのか、きっとそれが全部合わさったのが僕の性格なのだろう。

✦

49歳になった時に、「自分はもう50歳」と思うようにしたので、50歳の今、年をとることには対応できているつもりだった。でも、気持ちでは補えないほど急激な変化が、ここ半年でやってきている。「50歳にしては若い」と人からは言われるけど、それでも食事制限では痩せない。基礎消費カロリーそのものが明らかに少なくなっている。残念だなあと思う。

今から3年前の自分の写真を見ると、明らかに若いことがわかる。今の僕に、ああいう顔はもうない。全然僕じゃない顔をしている。それは3年前なんだけど、僕の中ではついこの間でしかない。まあ、人は誰でも年をとっていくんだから、嘆いたって仕方がない。人間なんだから当たり前。いつか死ぬに決まっているんだし、死なないとしたら、人生面白くもなんともない。でも、残念だなあと思う。

20代の頃から自分のキャラをつくってきて、自分では「永遠の30代」のつもりでいても、年々その維持がきつくなってきているということなんだろうね。あるいは、維持できなくなる時がやってくるのが見えてきたということかもしれない。以前は、こんなことまったく考えたこともなかったのに、考えるようになった。それが年をとるということなのかもしれない。残念だなあと思う。

つい最近まで、痩せた身体を維持するためにダイエットしていた。トレーニングもしていた。それを見た妻が「なんでダイエットなんかしてるの？」と言う。「だって、モテたほうがいいだろ」と言い返したら、「あなたのモテるところはそこじゃないでしょ」って言う。なんだろうと思ったら「お金でしょ！」だって。そう言われた時、つくづくそのとおりだなあと思った。

結局、僕は理想的な年のとり方がまだわかっていないということなんだと思う。今まで年のとり方なんて考えたこともなかったから。でも、世の中には、そんなことを考える余裕もなく家族のために働いて、気がついたら年をとっていたという人もいるのだから、贅沢な悩みなのかもしれない。

✦

「若いことは素晴らしいことだ」という前提。この刷りこまれた前提があるかぎり、年をとるというのは悪いことしか出てこない。その前提をひっくり返す価値観の変化が僕の中に起きてほしいと思っている。でも、それは起こそうと思って起きるものなのか、何かに感動したり影響を受けて起きるものなのか、よくわからない。

「40歳すぎてヒット音楽なんかつくれない。おじさんに10代の気持ちなんかわかるわけがない」という思いこみも強すぎるのかもしれない。「じゃあ、秋元康さんはどういうことだよ？」ということになる。そういう価値観も変えなければいけないのかもしれない。

'14年の日経トレンディのヒット商品ベスト30を見たら、1位が『アナと雪の女王』、2位が『妖怪ウォッチ』だった。ふたつともCDはエイベックスが発売し、品切れが起きるほどよく売れた。業界が縮小し、CDが売れなくなる中で、担当者は知恵を絞って一生懸命ヒットをつくりだした。それは素晴らしいと思うし、褒めてあげたい。でも、僕の中に満足しきれない気持ちがどうしても残るんだよね。

◆

「40歳をすぎたら音楽はつくれない」というのは、自分で言い訳しているだけなのかもしれない。「自分はもうつくれないから、若いやつら、頑張ってくれ」と。そしたら、若いやつらが一生懸命やって、『アナ雪』と『妖怪ウォッチ』のヒットを生みだした。それなのに、褒めてやりもせず、満足できないなんて言っている。でも、エイベックスは『アナ雪』や『妖怪ウォッチ』のブームに乗っかるんじゃなくて、ブームそのものを生みだしていかなければいけない。僕は「若いほうがいい」という価値観を変えなければいけないのかもしれない。「あと20年しかないから何をやっても意味がない」から「20年しかないから頑張らなければ」に考え方を変えなければいけないのかもしれない。また1年が終わる。年をとるのは本当に早いよなあ。

2015.3 アクセル全開で仕事仕事仕事!

'15年に入ってからやたらに忙しい。サイバーエージェントとの協業でAWA(アワ)を立ち上げたり、'14年9月のお台場でのウルトラジャパンが大成功だったため、海外からEDM(エレクトロニック・ダンス・ミュージック)関連の人が訪ねてきたり。さらに3月ぐらいまでは海外のEDMイベントが多く、プエルトリコ、メキシコ、マイアミ。16〜17時間はかかる場所だけど、全部見てくる。2月の頭にニュージーランドに行って、帰ってきて1日だけ東京にいて、それからロスに飛ぶ。ロスから帰って1週間、東京で仕事したら、その後も海外の予定がいくつか入っている。3月までは、半分も日本にいないんじゃないかと思う。

◆

この数年、僕は、自分がいなくても会社がうまく運営されていく仕組みをつくりあげてきた。うまく動いているんだから関わらなくていい。自分が忙しくないほうが、突発的な何かが起きた時にうまく対処できるんじゃないか。そうやって、僕が事業に関わらなくていい理由をいろいろつけてきた。でも、サイバーエージェントと協業のＡＷＡはそうはいかない。まったく新しい音楽配信サブスクリプションサービスだから、うまくいくかどうかなんてわからない。でも、サイバーエージェントとやるのだから、藤田（晋・代表取締役社長）とやるのだから、結果がどうなっても後悔だけはしたくない。藤田と気まずくなるようなことだけはしたくない。それを避けるには一生懸命やるしかない。

ＡＷＡの会議には全部参加して、いろいろ指示を出している。僕が何か言えば、みんな優秀だからバーッと動いてくれる。現場に関わるのは本当に久しぶりのことで、自分の中で何かが変わり始めていることを感じる。そして、ＡＷＡは何か、とんでもないビジネスになりそうな予感がする。でも、何かが起きないと、日本の音楽業界の先行きはもうないと思っている。何を起こそうとしているかは、今は話せないんだけどね。いつか「あの時言ってたのはこれでした」と言える時が来ると思うけど、その時、日本の音楽業界は根底からひっくり返っている。そういうことをＡＷＡでやろうとしている。

✦

今、ほとんど寝ていない。もともと睡眠時間は少なくても平気な体質だったけど、それでも事業に関わらないと決めていた時期は、二度寝をしてしまうこともあった。今は4時間ぐらい寝て、自然に起きてしまう。疲れなんか、全然感じない。自宅で新聞を読んで世界経済の勉強をしたり、ネットの情報を見たりしているけど、会社に行きたくなってしまって7時半から遅くとも8時半には出社する。

すぐに社長室に入ってしまうから、ほとんどの社員は僕が来ていることはわからないと思うけど、それでもエレベーターで会うとか、社長室の社員から伝わるとか、自然に広まっていく。それだけのことでも、社員のモチベーションが違ってきているのを感じる。

僕が元気じゃないと、エイベックスは元気にならない。それは単なる僕の思いこみかもしれないけど、僕の行動ひとつで社員の動きが違ってきている。不思議なことに、僕が忙しくしていると株価も右肩上がりになっていく。

忙しくなると、仕事だけじゃなく、遊びもしたくなる。マイアミ出張では、せっかくあんな遠くまで行くんだからと、帰りに3日休暇をもらって、カリブでダイビングをする予定。キャンプにも行きたい。写真も撮りたくてカメラもまた触りだした。釣りにも行きたい。何もかもしたくなる。

しばらく封印していたSNSも再開した。755を12月から始め、インスタグラムを通じてツイッターやフェイスブックに自分の写真をあげたりもしている。こんなに忙しいのに、暇を見つけてはやじコメに答えたり、写真をアップしたりして。こういう場でファンのみんなとやりとりしていると、何もやっていないと情報が入ってこないんだなと改めて気づかされる。

✦

会議をしていても、頭が勝手に次のこと、次のことと回っていって、参加している社員がついてこれないこともある。それでも僕は突っ走る。誰もついてこれないとしても突っ走る。

とにかく時間がもったいない。仕事もめいっぱいしたいし、遊びもめいっぱい楽しみたい。だから今欲しいのは自分用のヘリコプター。木場にヘリポートがあるから、あそこに置いておけば、会議が終わったら名古屋や大阪に飛んでライヴを観て帰ってきたり、ちょっと気分転換に30分で伊豆に飛んで、写真を撮って、また会社に戻ってくることだってできる。

自分でヘリを買おうとは思っていないけど、会社に今「買う」と言ったって決して安い買い物ではないから会社も大変だろう。会社に「買え」と言えるぐらい働けばいい。みんなが「今の松浦さんには必要だよね」と納得するぐらい結果を出せばいい。大きな企業の中には、経営者用のプライベートジェットを保有している会社もある。なのにエイベックスでヘリも買えないということは、僕はまだまだだということだし、エイベックスもまだまだだということ。

プライベートジェットは、機種にもよるけど、遠くに行こうと思ったら、小型機だといろいろと制約もあって、かえって不便なこともある。だから会社にヘリを買わせたら、もっと仕事を頑張って次はボーイング787を買わせちゃおうかな。

　相変わらず、猛烈に忙しい。12月31日は、本当は家族と海外で過ごす予定だったけど、家族には「ごめんなさい」と言って、急遽、ロスに飛んだ。どうしても見たいイベントがあったから。で、ハワイで家族と合流。新年の5日には日本に帰ってきて、そのまま仕事始めを迎えることになった。また、すぐに会議でロスに飛んでラスベガスを回って帰ってきたんだけど、もう、ちょっとマジ無理！　へろへろになってしまった。

　時差のあるところに出張すると、疲労なのか、時差ボケなのか、倦怠感が半端ではなくて、3日ぐらいはまるで仕事にならない。それで、予定してたメキシコとプエルトリコの出張はやめることにした。いくらなんでも、この出張スケジュールはやりすぎだった。

　年齢のせいもあるのかもしれないけど、意外なことに僕は時差に弱い。この倦怠感は、眠いというのともまた違う。時差ボケで眠いから寝られるかというと、やっぱり寝られない。寝ても倦怠感が抜けない。

　僕はものすごく恵まれた環境で海外出張している。ロスの場合は、機材が一番いい飛行機だし、機内は快適このうえない。それでも疲れが残って、仕事にならない。

　これも意外に思うかもしれないけど、僕は普段の生活パターンはものすごく規則正しい。確かに朝方まで飲んでいたり、明け方に釣りに出かけたりと、ものすごく不規則な生活をしているように見えるけど、毎日朝方まで飲んでいるから、それはそれで規則正しい生活になっている。海外出張すると、このリズムが崩されてしまうので、体内時計が狂ってしまうのかもしれない。とにかく、海外出張は少し減らします。無理でした。

✦

　なんでこんなに出張を入れていたかというと、世界の最先端のクラブを視察したかったから。年に何百億円も稼ぐスターＤＪが出演して、ＤＪの隣には1万ドルするVVIP席があって、そこに座る人たちは飲み物に2万ドルも3万ドルも使う。そういう流行の最先端のクラブを日本でもやってみたい。

僕たちは、昔ヴェルファーレというディスコを経営していた。当時は、風営法が厳しくて、夜中の12時にはドアを閉めて、1時には営業をやめなければならない。終電もないのにお客さんたちを追いだせというルール。こっそり営業してたクラブもあったかもしれないけど、僕たちは絶対にそれはやらなかった。

その風営法が改正されて、条件はあるけど、24時間営業できる方向に進んでいる。だったら、最先端のスタイルのクラブをつくってみたい。だから、海外のクラブを見て回っていた。

オリンピックに向けて、新しいホテルなんかも建設されるだろう。そこと組んで、ホテルの地下にもクラブをつくってみたい。カジノ法案もいずれ通過するだろうし、ホテルから見れば、カジノがあって、地下にはクラブがあってと、集客力を強めることができる。その時、クラブ運営のノウハウがありながら上場企業でもあるのはエイベックスぐらいしかない。ホテル側だって、昔違法営業をしていたクラブ運営会社と組むというのは、コンプライアンス的な問題があるはず。

まだ、僕の中で温めているだけのアイデアだけど、サイバーエージェントと協業しているＡＷＡと絡めたら面白いんじゃないかと思う。ＡＷＡは新しい音楽配信サブスクリプションサービスだから、まだ認知度が高くない。かっこいい最先端のクラブを開店して、店名をＡＷＡにしたら、名前が一気に広まることにもなる。

✦

アジアのＩＲ（統合型リゾート）と言うと、シンガポールのマリーナベイ・サンズが有名だけど、ホテルとカジノ、あとは会議場とプールがあるぐらい。僕は、そこにクラブと専用劇場もないとＩＲとは言えないと思う。エイベックスには、世界とは言わないけど、アジア圏では人気のあるアーティストがたくさんいる。例えば浜崎あゆみとか安室奈美恵とかの専用劇場を、ホテルに併設して、毎日ショーをすれば、アジアのお客さんは来てくれるのではないか。

ラスベガスでは、シルク・ドゥ・ソレイユの『マイケル・ジャクソン・ワン』を見た。久々に衝撃を受けた。今までのシルク・ドゥ・ソレイユは、基本的にはサーカスで、そこにバレエや器械体操の要素が加わったものだけど、『ワン』は主役が思いっ切りストリートダンサー。こんな風にダンスが中心のショーは初めて見た。

　これも日本に持ってきたい。シルク・ドゥ・ソレイユを招聘するのじゃなくて、ライセンスをとって日本のダンサーでやってみたい。バレエや器械体操の要素だと、確かに、シルク・ドゥ・ソレイユと比べたらクオリティではかなわない。だけど、ダンス要素であれば今の日本のダンサーたちでも十分同じレベルに到達できる。EXILEが運営するLDHにやらせたら、来てくれるお客さんを納得させるだけの立派なショーがつくれるのではないかと思う。

　2020年のオリンピックに向けて、日本にも本格的なIRが誕生する。カジノがあり、クラブAWAがあり、浜崎や安室の専用劇場があり、LDHが『マイケル・ジャクソン・ワン』をやる専用劇場がある。そんなIRが誕生する、という初夢を見た。書いちゃって大丈夫かなと思ったけど、よく考えたら、こんなことエイベックスにしかできないし、エイベックスがやるべきことなんだよね。

2015.5 飛行機とライヴ、どこが違うの？

　飛行機の座席は、身も蓋もない格差社会って言われてる。エコノミーとビジネス、ファーストクラス、快適さがまったく違っていて、最近はファーストより豪華なスイートクラスやレジデンスクラスを用意している航空会社もある。

　エイベックスを起業した頃は、僕も当然エコノミーで海外出張していた。上場して、役員はビジネスクラスに乗っていいことになった。その後、会社の規定が変わって、一部の役員はファーストクラスに乗っていいことになった。だから、僕はかなり早い段階でエコノミーからファーストクラスになってしまったので、ビジネスクラスにはあまり乗ったことがない。

　でも、いつも思うのは、こんなに恵まれた環境で出張させてもらって、同行する社員に申し訳ないということ。僕はフルフラットシートで寝て行けるけど、彼らはエコノミーでほとんど寝られないだろう。これでニューヨーク出張12時間なんて、ファーストクラスでもつらいのに、彼らは本当につらいと思う。

仕事の話をしなければならないから、同行する社員を横の席に座らせようかとも思うけど、今、ファーストはどんどん個室化しているので、そういうこともできない。

✦

結局、飛行機って、買っているのは空気なんだよね。ここ数年で、ビジネスもフルフラット化してきて、あれでも快適に寝られるので、そこだけ考えたらビジネスでも構わない。でも、自分の空間と言えるものがなくて、隣の人の動きが感じられるし、キャビンアテンダントが通路を歩く。ファーストクラスは個室っぽくはなっているけど、それでもまだ、他人がそばにいるという息苦しさを感じることがある。

自分でもすごく贅沢なことを言っていると思う。僕が神経質すぎるのかもしれない。でも、やっぱり仕事で行くのだから、機内で疲れたくないというのが一番にある。向こうに着いて、疲れてヘロヘロになっていたんじゃ、仕事にならない。

その点、プラベートジェットは快適。社長になってすぐの頃、中国の企業から呼ばれた時、プライベートジェットで迎えに来てくれたことがある。初めてプライベートジェットに乗って、こんなにいいものがあるのかとびっくりした。飛行機のドアから内側は全部自分の空間。わからないけど、シートベルトもしたくない、タバコを吸いたいと言ってもできるんじゃないだろうか。ものすごく自由で、他人に気兼ねしなくていい。

✦

以前、新幹線で出張する時、自分の空間を確保したくて、4席購入して、ボックス席にしてひとりで座ってみたことがあった。そしたら、車掌が来て、払い戻しをするから、そういうことはやめてくれと言う。他のお客さんが座れなくなるからと言うんだけど、その時はガラガラだったんだよね。結局、OKということになったんだけど、僕の「自分の空間を確保したい」という感覚はまったく理解してもらえなかった。それ以来、そういうことはやめたけど。

新幹線は、東京駅で降りて、タクシー乗り場まで延々歩かなければならない。その時間がもったいない。飛行機は国内線でもVIP動線を用意してくれる。出発30分前に羽田空港の専用ラウンジに行って、乗客がほとんど乗りこんだあとに、専用バスで飛行機のすぐ下まで行って、機内に入る。降りる時も、ドアが開いたらすぐに降ろしてくれて、すぐに空港の外に出られる。どうして、僕がこのVIP動線を利用できるのかはよく覚えていないけど、航空会社からの話じゃないかと思う。

でも、これを一度体験してしまうと、もう新幹線には乗りたくなくなるよね。そもそも飛行機のほうが乗っている時間が短いし、それに加えて、新幹線で改札を出てタクシー乗り場に着く頃には、飛行機ではもう空港の外を走ってるんだから。

✦

「飛行機は漂う空気の量に応じて、支払う費用もあがっていく。待遇に応じて費用も増えていく。でもこれって、本当に格差社会なんだろうか。

海外のクラブなんかは、DJのそばの席が何百万円もして、フロアになると何千円という〝格差社会〟になっている。でも、みんな、自分が支払える額と、楽しみ方に応じた席を買って、それぞれに楽しんでいる。

ライヴも最前列の真ん中あたりのいい席は、オークション方式で販売するとかあってもいいんじゃないかと思う。日本のライヴは、前から詰めていくのではなく、バラバラに売っていく方式になってしまった。だけど、一番前のいい席は100万円でもいいし、一番後ろのよくない席は1000円にすればいい。そのほうが理にかなっていると思う。

それができないなら、昔のように行列してチケットを買う方式のほうがわかりやすかった。「なんで、昨日から並んで、一番前で買っているのに、席が後ろなんだよ」って文句を言われちゃうから、いい席から売っていった。それはそれで公平。でも、いい席から売っていくと、「後ろのほうの見づらい席だったらいらない」と言われて、空席が目立つようになってしまうから、イベンターや興行主が今のバラバラに売る方式を変えたくないのもわかるけど。

サービスの質に見合った費用を支払う。これって、本当に〝格差〟なんだろうか。格差と言えば格差なんだろうけど、僕にはある意味、とても公平なことのような気がする。

2015.6 実は人情派のエイベックス

社員旅行でハワイに行ってきた。1000人近くの社員が一斉に移動する。数班に分けての移動だけど、航空会社に増便をしてもらうこともあって、こんな大規模な社員旅行をしているのは珍しいとよくいわれる。飛行機をチャーターして、全員一緒に移動すれば楽だけど、それでもし飛行機が落ちたりしたら、その瞬間にエイベックスはなくなっちゃう。リスクを分散させるためにも、定期便で分散して移動する。

エイベックスが町田で創業して以来、業績が落ちた数年間以外はずっと、社員旅行を続けている。4人で始めたエイベックスの最初の社員旅行は、たぶん近くの温泉だったと思う。社員数が10人ぐらいの時に、初めて海外に社員旅行をするようになってグアムに行った。それからは、一度、香港というのがあったけど、だいたいハワイ。そのまま、社員数が100人になり、300人になり、900人になっても、ハワイに行くのが定番になっていた。

✦

でも、僕の中には、「なんで毎年ハワイなんだろう？」という疑問はずっとあった。よく千葉（龍平副社長）と「どうせ海外に行くんだったら、もっとためになる所に行ったほうがいいんじゃないか」と話していた。それで、僕が社長に就任した年に、ラスベガスに行った。

ラスベガスは世界最先端のショーが連日催されている街。制作の人間で、意識の高いやつは、休暇を利用して自分で観に行ってるだろう。でも、そこまで意識の高くないやつだって、ラスベガスのショーを観ることで、目覚めるとか、何かに気がつくとか、そういうことが起こる。それぐらいショッキングなものがラスベガスにはある。

もっと言うと、制作の人間だけではなく、総務とか人事とか、そういう間接部門の社員も含めて、社員全員でショーを観ることに意味があると思った。社内に「あのショーのあの場面」という共通言語が生まれ、知識が全社で共有される。それが大切。

社長に就任した次の年、今度はフロリダのウォルト・ディズニー・ワールド・リゾートに行った。街ごとエンタテインメントになっている場所が、この世界に存在することを社員に見せたかったし、体験させたかった。ただ、あまりにも遠すぎた。飛行機を乗り継いで20時間だから、移動で疲れてしまう。

その翌年は、「じゃあ、ドバイにしようか」という話が出て、社員を視察に行かせたけど、お酒が飲めない、見るべきレベルのエンタテインメントがあまりないということで、結局その年はハワイになった。さすがに900人となると、受け入れ可能な宿泊施設はラスベガスかハワイぐらいにしかない。

✦

でも、世界には「みんなに見せてあげたい」と思うものがまだまだたくさんある。カンヌ国際映画祭とか、モナコのF1とか。あるいはマドンナクラスのアーティストのワールドツアー。国を挙げてやっているシンガポールの夜のF1、EDMの野外フェス、ブロードウェイ。

ただ、こういうエンタテインメントは好き嫌いがある。全員が感動し、何かを学び取ることができるわけではないし、全員分のチケットを取るのが困難だよね。

✦

エイベックスの創業時から続いている社内イベントは、社員旅行のほかに、家族感謝祭というのがある。年に一度、課長職以上の社員が自分の家族を連れて集まる会。これも最初は町田時代のエイベックスだった。横浜のホテルを借りて慰労会をした時に「全員、親を連れてきなさい」ということになった。いつもお世話になっている親に感謝をする会にするという。それがずっと続いて、「親を連れてくる」から「奥さんを連れてくる」になって、「子供を連れてくる」になった。

この会では、普段見られない社員の姿を見ることができる。クールな印象の社員なのに、顔をほころばせて子供を抱っこしていたり、社内恋愛で意外な夫婦ができていたり。社員の子供たちが年々成長していく様子も楽しい。

ある時、ある社員の子供が難病にかかった。こういう時に会社ができることは本当に少ないんだけど、できるだけの支援をした。幸い、その子は病気を克服して元気になって、家族感謝祭で僕に「ありがとうございました」と挨拶しに来た。「いいことをした」などと言うつもりはない。もう10代の多感な年頃になっていて、普通なら「家族感謝祭なんてかっこ悪くて行きたくないよ」という年齢なのに、わざわざ参加して、僕に礼を言う。それが嬉しい。

✦

全員参加の社員旅行、家族感謝祭というと、まるで昭和の企業みたいだけど、エイベックスにはそういう人情っぽいところがある。僕自身もそういうことは大切だと思っているし。意味のないことなら、多額の費用をかけて続けたりしない。

業績悪化で社員旅行を一時中止していて、復活するとなった時、社員は盛り上がったという。僕の妻も「次の感謝祭はいつなの？」とよく聞くから、楽しみにしているのだろう。僕自身は、社員旅行も家族感謝祭も待ち遠しかったりはしない。たくさんの人に挨拶を返さなければいけないから、疲れるし。でも、それでいい。僕のための旅行でも、僕のための会でもなくて、社員のための旅行、家族のための会なんだから。だから、僕は社員旅行にも家族感謝祭にも毎年参加している。

2015.7　30年前の物語裏バージョン

大学3年生の4月にレンタルレコード店でバイトを始めた時からちょうど30年たった。僕の原点として言われてるのが、そのレンタルレコード店を立て直すべく、ありとあらゆる手段を使って競合店の客を奪ってきたこと。商売というのは敵を潰すこと。そう思ったし、今でもそう思っている。

でも今、振り返ってみると、すべての始まりはミケール・ブラウンの『ソー・メニー・メンソー・リトル・タイム』だったと思う。

✦

大学に入ったばかりの頃、みんなでディスコに遊びに行くことになった。渋谷のラ・スカラ。渋谷に行く電車の中で、音楽好きの友達がウォークマンを聴いていた。「今、この曲がイケてるんだぜ」と、僕にイヤフォンを渡す。それが『ソー・メニー・メン〜』だった。「なんだ、この曲は。こんなサウンド聴いたことがない」と衝撃を受けた。

ラ・スカラでは、今まで聴いたことがない音楽がガンガンかかっている。しかも、当時流行って知っていたデュラン・デュランとかカルチャー・クラブなんかも、ディスコという閉じた空間で爆音で聴くと、僕にはダンスミュージックに聴こえた。それがすべての始まりだった。

それまでロックに夢中になっていたのに、まったく方向性が違うダンスミュージックに夢中になってしまった。でも、学生だからお金がない。1200円の12インチレコードを買うのですら厳しい。たまたまその頃、渋谷でレンタルレコード店を見つけた。たまディスコでかかっている曲ばかりを揃えている専門店。「まじかよ!」と思って、借りまくった。すぐに御茶ノ水と新宿にも同じようなレンタルレコード店があることがわかった。大学が水道橋だったので、講義が終わると、御茶ノ水、新宿、渋谷と回って、大量のレコードを借りて横浜の家まで帰り、テープにダビングして、返しに行く日々。

カセットテープのラベルには、作曲家とかプロデューサーとか細かく情報を書きこんで自分なりに、ダンスミュージックの世界を理解しようとした。そのうち、同級生が僕のテープを貸してくれと言ってきた。オリジナルのダビングテープは大切だから貸したくなくて、ダビングのダビングをしたテープをあげていた。それが友人の間をぐるぐる回されているのは、ちょっといい気分だった。

僕が聴いていたのは輸入盤が多かったから、ジャケットなんか白一色、黒一色で曲名もアーティストもわからない。試聴なんかもちろんできない。だから、ディスコに行ってもDJブースにへばりついていた。今かかっている曲は何だろうと、くるくる回っているレコードのラベルを読み取ろうとした。

当時、東京の有名ディスコには、ブービーだとかいう名前のチャートが置いてあった。新宿ゼノンのベスト20とか、『ニューヨーク・ニューヨーク』のベスト20だとか、誰がつくっていたのかわからない。それを全部目で見て記憶して、忘れないようにしてレンタルレコード店へ行って探す。インターネットもない、専門雑誌もない、ラジオ番組もない。だから、ディスコに行って新しい音楽を探すしかなかった。友達はみんな女の子を探しに行っていたけど、僕にとっては音楽を探す場所だった。

✦

レンタルレコード店でバイトを始めたのも、音楽を好き放題に聴くことができるから。大学を卒業すると、就職もせず、本気でレンタルレコード店を経営することにした。その頃はもう商売が好きになっていたから。店は大繁盛で、3店舗あった近隣の同業店を1年で駆逐した。敵をどう打ち負かすか、そればかりを考えていた。

でも、心の中では毎日怯えていた。大手チェーンが進出してきたらどうしよう。今はいいけど、将来はどうしよう。そんな時、有名企業に就職した同級生が店にやってきてこう言った。

「お前、こんなことやっていて先々大丈夫なのかよ？」

僕は反射的に答えた。

「俺はいつまでもこんなことやっているつもりないから」

でも、何の裏づけも何のプランもなかった。怯えていたから、店を増やそうとしてみたり、ピザ店を始めてみようかと真剣に考えたりした。ピザ店は何度も物件を見に行った。もしかしたら、今、ピザ店の社長だったかもしれない。

✦

大学2年生の時、当時ナンバーワンのお嬢様学校に通っている、レベルの高い女の子を紹介してもらった。父親の中古自動車店から最高級のソアラを借り、僕の中での最高の音楽をかけ、僕の中で最高のレストランに連れていった。当時の僕としてはできる限りのことをしたんだけど、「あんたみたいなくだらない男」とこっぴどくフラれた。まったく相手にされなかった。

たぶんあの子は年上のお金持ちと付き合っていて、バブルな世界を知ってたんだろう。ソアラじゃなくベンツが必要だった。でもその頃の僕には、そんな“敵”が見えなかった。なんでそんなことを言われなきゃいけないのかと怒り心頭。「お前、今に見てろよ」と復讐を誓った。全世界の女性に「見てろよ」という気持ちで、何があっても、あの時のことを思いだしては頑張ってきた。

世の中、起業してうまくいくことなんて、宝くじに当たるようなものだということが今はよくわかっている。でも、あの頃はそれがわかっていないからできた。もう1回同じことをやれと言われても無理。宝くじを当てた人に、もう一度当てろと言うようなものだから。

2015.8　AWAにまつわる裏バナシ

AWAの音楽サブスクリプションサービスが始まった。エイベックスとサイバーエージェントの協業で、エイベックス側が楽曲の調達、サイバーエージェント側がアプリの制作という役割分担をしている。サイバーエージェントとの協業については、始める時に「海外サービスと比較して技術力は大丈夫か」とかいろいろ言ってくる人はいた。でも、そこじゃない。この仕事は、考え方とか感覚とかを共有できなければうまくいかないと思っていた。僕はサイバーエージェント以外にないと思っていた。

結果、ものすごく満足できるアプリをつくってきてくれた。音楽アプリらしい雰囲気があるし、指でヒューッと動かせる心地よさとか、期待していた以上の仕上がりになっている。

もしエイベックスだけでやって、アプリ開発をどこかの制作会社に外注していたら、こんなにいい仕上がりにはならなかった。これだけのものは、エンジニアたちの本気の愛情と気合いがなければできっこない。

AWAは自分と似た好みのプレイリストをつくっている人をフォローする仕組みが特徴で断然面白い。僕もいくつかプレイリストを公開しているけど、「毎晩これです」というプレイリストにはエルトン・ジョンの『Your Song』から始まって、クリストファー・クロスへと続く8曲が入っている。ダンスミュージックのイメージが強いからか、「意外です」と言われる。でも、これは、プレイリストにあげる前からずっと寝る前に聴いてきた8曲で、本当に日頃何千回も再生している曲たちなんだ。プレイリストをつくるのって、コンピレーションアルバムのディレクター気分だよね。僕も楽しいし、僕のプレイリストを聴く人も面白がってくれる。

音楽サブスクリプションサービスは「たくさんの曲が聴けます」というだけではすぐに飽きられてしまうと思う。面白いプレイリストを見つけて聴く。自分でもプレイリストをつくって、それがたくさんの人にFavoriteされる。ライナーノーツも書いて、それがたくさんの人に読まれる。そういうユーザー同士で楽しめる仕組みがないと、サービスは盛り上がっていかない。

✦

僕もAWAの仕事には気合いが入っている。海外の音楽配信サービスと真っ向から戦うことになるから。海外のサービスに本気を出してこられたら、コスト、会員数、収益率すべての面で太刀打ちできない。

ただ、日本のユーザー特性や音楽産業の複雑さは僕らのほうがよく知っている。そういうところで、グローバルサービスをかいくぐって勝負していくしかない。勝つか負けるかなんてわからない。でも、負けると決まっているわけでもない。

いろいろなサービスが成り立って、結果としてアーティストたちが音楽をつくり続けられるだけの収益が得られるようになって、なおかつAWAが黒字になってサービスを継続していけるなら、この勝負は勝ちだと思っている。

それに、子供の音楽教育も激変するんじゃないかと思う。1曲いくらじゃなく定額聴き放題だから、知らない音楽も気軽に試せる。ジャズでもクラシックでも。小さい頃から幅広いジャンルを聴いた子供の中から、もしかすると将来、すごい才能のアーティストが出てくるかもしれないよね。

AWAは、僕が、レンタルレコード店時代からずっとやってきた仕事をデジタル化したもののように感じている。楽曲を調達して、それを店頭に並べるか、サーバーに置くかが違うだけ。

メジャーなレコード会社の楽曲は、僕自身で出向いて、説明をして、説得して、許諾を得た。時間のかかる地道な仕事だったけど、実はこれからがもっと大変。メジャーの中でもまだ揃っていない部分もあるし、マイナーレーベルとインディーズも細かく集めていかなければならない。気が遠くなる。これも、昔からさんざんやってきた仕事。誰も知らない楽曲を見つけて、アナログ盤を買ってくる。ジャケットの隅にディストリビューターの名前だけが書いてあるから、その国の知り合いに聞きまわって、ようやくたどりつく。そこから交渉。そんなことをずっとやってきた。

こんな地道な仕事、今の音楽業界で経験がある人はいないんじゃないかと思う。僕は、たまたまダンスミュージックという狭いジャンルで仕事をしていたから、そういうことを当たり前のこととしてやってきた。だから、ＡＷＡの楽曲調達については、レンタルレコード店時代からのノウハウもどんどん取り入れて実践していこうと思っている。

✦

藤田（普・サイバーエージェント代表取締役社長）とはずっと以前からの友達で、本格的に一緒に仕事をするのは初めて。本当は、個人的な友人と仕事するのは、プレッシャーがあっていいことではない。友達は、やっぱり友達のままでいたほうがいい。

ＡＷＡでは、それぞれの役割分担がしっかりできていた。これが尊重しすぎて遠慮しあったり、互いに我が強くてぶつかったりしたらうまくいかなくなる。けど、藤田とは年齢が9歳も離れていることもあって、変なライバル心もなく、うまくやっていけている。

でも、つくづく藤田は無口なやつだよね。無口なやつだとわかっているから、会話が少なくても苦痛ではなく、むしろ楽なんだけどね。口数は少ないけど、仕事に関しては、これは藤田の口癖「気合いが入っているので、よしとする！」だと思う。

最近のマイブームは、寝る練習。ようやく、ちゃんと眠ることができるようになった。

30歳ぐらいから、仕事のことばかり考えているせいなのか夜眠れないというのが普通の状態になり、睡眠薬や精神安定剤が欠かせなかった。最初は医者から処方してもらって1錠飲み始めたけど、あっという間に処方できる限界の量になってしまった。それでも眠れない。こんな量の薬と残りの人生ずっと付き合っていくのかと思うとゾッとすることもあったけど、翌日、仕事に差し障るのではと不安になって、やっぱり飲んでしまう。「自分は眠るのに薬が必要な体質なんだ。飲むのが正常な状態なんだ」と、言い訳をつくって、睡眠薬&安定剤の服用が20年以上も続いてしまった。

睡眠クリニックに行ってみたこともある。そこの医者が「睡眠薬をゼロにしてあげますよ」と簡単に言う。上から目線のその言い方に腹が立った。「お前、眠れなかったことあるのかよ？　眠れない苦しさが本当にわかるのかよ？」と、帰ってきてしまった。このつらさをそんな簡単に口にするやつに、治せるわけがないと思った。

◆

去年、新しい睡眠薬が発売された。この新しい睡眠薬は作用する脳の場所が今までと違うと医者から説明された。これだったら少ない量で眠れるんじゃないか。そう期待して試してみたら、ひどいことになった。

会食中に居眠りしてしまい、気がついたら自宅の寝室で次の日の朝になっていた。同席していた仲間が家まで送り届けてくれたらしい。もちろん今までにそんな経験は一度もない。記憶がない間に多少の会話もしたようだけど曖昧な記憶しかない。

それまで僕は酒を大量に飲んで泥酔しても、自分を見失うことはなかった。昼間の僕とは別人のように酔っても、本質的な〝僕〟は変わらない。だから、どれだけ酔っていても、右か左かという大きな判断は間違えない自信があった。でも、今回のケースは明らかにまずい。

それで、いきなり睡眠薬も精神安定剤もゼロにした。当然眠れない。昼間はつらく、数日で禁断症状みたいなものが出てきた。肩こりがひどい。こりすぎて激痛が走る。悪寒がする。頭痛が止まらない。

太ももが冷える、しびれる。あまりにもつらくて、精神安定剤を1錠だけ飲んだ。そうしたら、10分ほどでつらい症状がすべてウソのようになくなってしまった。「こいつだったのか！」。悪さをしているのは、睡眠薬じゃなくて、安定剤だったんだとわかった。

同じような悩みを持っている人たちにも当てはまるかわからないけど、僕の場合はそこで、睡眠薬を最低限の量にして、安定剤を1／2錠、1／3錠、1／6錠、1／12錠と飲むたびに減らしていった。身体はつらくて、「こんなにつらいのかよ」と泣きたくなるほどだったけど、思い切って減らしていったら、睡眠薬も安定剤も完全にゼロにすることができた。

✦

でも、あいかわらず眠れない。そこからは睡眠の練習。最初はとにかく酒を飲んで寝ることから始めて、2週間で酒もゼロにした。仰向けの姿勢だと肩がこって寝られないけど、横向きだとうまくいくことを発見した。

自分でも眠れているかどうかがわからないから、睡眠アプリでデータをとると、ちゃんと眠れていることもわかった。自分の意識ではまったく眠れていないんだけど、ときどき確認する時計の時間の進みがやけに速いことがある。あの瞬間に落ちるように眠れているらしい。

今では、毎日3時間から5時間ほどは眠れている。3、4日に1回ぐらい、眠れない日があるけど、それは今後の課題。今は、家族が海外なので僕ひとり。だから、寝室の温度、湿度、明るさなどの条件すべてを一定にして眠ることができている。でも、家族が帰ってきたら、家族と一緒に寝る練習もしなければならない。さらに、出張先のホテル、飛行機の中、車の中で寝る練習。これはまだまだ先になるけど、なんとかクリアしていかなければならない。

✦

睡眠薬や安定剤なしで、少しでも眠れるようになってみると、この20年間はなんだったんだろうと思う。身体はまったく変わったし、顔の筋肉の動きも違う。以前は、人と会う時は顔の筋肉が固まってしまって、厳しい表情しかできなかった。今は違う。ニコッと笑うことができるようになった。談笑ということができるようになった。

酒も少し飲んだだけで酔えるようになった。以前は、嫌なことがあった時に大量に飲むという感じだったけど、今は楽しい時にワインを1杯ぐらい飲んで満足できるようになった。

若い頃は酒と体力で乗り切った。50歳になって、この先、仕事や私生活で何か大きなことが起きた時、体力と酒ではどうにもならないだろうなと思う。精神力と体力のバランスがとれていないと乗り切れないと思う。

僕はあと何年生きるのだろう。50歳になる前からそれをずっと考えて、人生はもう終わったかのように思っていたけど、平均寿命とかに当てはめるとあと30年くらいは生きることになる。

今の仕事にいつまで関わるかはわからないけど、何をするにも、睡眠薬や安定剤で身体のつらさをごまかしているようではダメだと思った。

きっと、残りの人生をリアルに考えるようになったのだと思う。だから、50歳で身体をリセットした。今は毎日がイベント。「今日はうまく眠れるだろうか」というイベントが今日もある。

✦

2015.10 ベッドの中の妄想教育?

宣言したとおり、睡眠薬は二度と飲まない。お酒も1ヵ月飲まなかった。「寝られない」という不安は乗り越えられたと思う。でもベッドに入ってすぐには眠れない。眠れないから、いろいろな考えごとをする。

「僕は今までどんな生き方をしてきたのだろうか」とか「これから僕はどうするのだろうか」とか。もともと僕はネガティブな人間なので、徹底的にネガティブな想像をしてしまう。そんな時には会社なんか来年か再来年あたりにつぶれる想定になっている。そうなったら僕は何をすべきなのか、どうやって生きるべきなのかという、考えごとというよりは、妄想に近いものになっていく。そしていつの間にか寝ている、というか、時間が飛んでいる。

ネガティブな考え方の根本にあるのが、自分はダメな人間だということ。今までの自分を振り返ってもダメなことだらけだし、今もダメだし、だからこれからもきっとダメなんだろう。「すごい実績を残しているじゃないですか、ひとつの時代をつくってきたじゃないですか」とか、面と向かって言われると笑ってしまうんだよね。「それ、俺の話？」って。

じゃあ、自分がダメだというなら、僕は誰をいいと思っているんだろうと、ベッドの中で考える。いろいろな人の顔が浮かんでくるんだけど、出てくるのは、みんな、僕よりお金持ちの人なんだよね。なんだよ、僕の人を見るものさしって、お金だったのかよと。

◆

僕の収入は有価証券報告書で開示されているので、世の中の人は僕のことをお金持ちだと思っているかもしれないけど、あれは本当のお金持ちのものさしではない。開示されるのは上場企業で1億円以上の収入がある人だけだから、非上場企業でもっとたくさんもらっている人はいっぱいいる。

よく雑誌とかで見る役員報酬ランキングがすべてではない。それに上場企業の経営者の中にはその表には現れない莫大な創業者利益や配当金を得ている人たちもいる。そういったこととは関係なくそもそも大金持ちという人もいる。僕なんか、全然レベルが違う。

◆

じゃあ、なんでそういうお金持ちたちが、僕と付き合ってくれているのだろうかと。向こうから見て、僕に何かいい点がないと付き合わないよなと、妄想は続いていく。

あるいは、今、地元でやんちゃなことばかりして勉強もまったくしてない若者が、本気になって何かのビジネスを始めようとした時、僕はどう見えているんだろうかと。ひょっとして、彼らにとって、僕はまだ憧れの存在に見えているのだろうかと。今、ヒットアーティストを自分で直接手がけるわけでもなく、会社経営やプラットフォームビジネスなんかを一生懸命やっている僕は、彼らの期待とは違うんじゃないか。彼らが期待しているのは、僕が30代の時のように、はちゃめちゃなことばかりしていて、「あの人、間違ったほうに落っこちちゃうんじゃない？」という危うい感じでいながら、なかなか落ちない。それを期待しているんじゃないか。

30代の時は、周りに100人いたら、70人が味方で30人が敵だった。でも、僕の目には30人の敵しか見えなかった。味方してくれる70人のことがまったく目に入らなかった。だから、はちゃめちゃに戦って、40代になってから意識して保守的になり、30代の行動を修正して今がある。でも、今の僕は、みんなが期待している松浦勝人なんだろうか。企業の社長としてはそれでいい。でも、今の松浦勝人のまま、みんなの期待とは違ったまま50代、60代を生きていくのだとしたら、なんかつまらないなと思う。

✦

僕は自分に対する評価が低く、自分を褒めない。だから、人を褒めることができない。これは不幸なことだと思う。でも、今の自分をもう少し受け入れないといけないのではないかと思い始めている。

エイベックスという上場企業がある。約1500人の従業員がいる。なぜ、僕はそこの社長というポジションにいることになったのか、そのことについて、理解がなさすぎるのではないか。


それを考えていくと、しだいに70人の味方に目がいくようになった。誰かが僕に会いたいと会社に来ても、今までは忙しさを理由に逃げてきたこともある。でも、僕が会いたいか会いたくないかではなく、相手が僕に会って嬉しいのか嬉しくないのかと考えなければいけないと思えるようになった。

まるで子供だよね。「相手の立場に立って考えなさい」と子供が親に言われるようなことができていなかったんだから。人間関係はビジネスの基本だから、起業した頃はできていたはず。それがいつの間にかできなくなっていた。周りは敵だらけと思いこんで、仕事が終わったら酒に酔って、睡眠薬を飲んですぐ眠りに落ちていた。そういう当たり前のことを考える時間から逃げていたのかもしれない。

まったく恥ずかしい話で、世間の人にとっては当たり前のことに、今、ようやく頭が向くようになった。あまりに当たり前すぎて、わざわざみんなに偉そうに話せることじゃないし、こんな話でみんな喜んでくれるんだろうかと思う。けど、僕は今、そういう当たり前のことをベッドの中で一生懸命考えている。

2015.11 オーディションに再参戦！

オーディションの一次審査に審査員として参加した。avex GIRL'S VOCAL AUDITION。東京、大阪、名古屋、札幌、福岡の5都市すべてに出席した。全部で数千人の応募者の歌を直に聴いた。ひとり30秒、15秒経つと、次の応募者が歌い始める。それを自分の目で見て、自分の耳で聴いてきた。

朝から晩まで、会場に缶詰になるけど、社長業もあるので、電話をかけたりするから、審査員席の後ろに座って、中座できるようにしようと思っていた。でも、考えたら応募者はエイベックスのお客さんでもあるんだよね。一生懸命歌ってる途中に中座したら「何、あの人？」って不信感を持たれる。だから、携帯もアシスタントに預けて一番前で見た。始まる前は、「時間もかかるしイヤだな」と思っていたけど、オーディションが始まると、すっと時間がすぎていく。目が離せない。結局、嫌いじゃないいんだよね。

✦

今は歌手よりモデルのほうが人気。あとはＡＫＢ48みたいなアイドル志望者が多いから、歌手の応募者は以前よりぐっと減っている。その少ない中でアーティストを見つけて、売りだすのは、ものすごく苦しい仕事。10代の女の子と同じ目線で話ができて、相手の心を開かせなければならない。心を開いていない子がそのまま少し売れてしまったら、ますます関係性がつくれない。誰だって、少し売れれば偉そうになるのは当たり前。でも、その時に「お前なぁ～」と僕が言えないと、もう誰も手をつけられなくなる。

そういう関係をつくる過程が苦しい。売りだしたあとの結果を受け止めるのもつらい。若い時はその子と恋愛するような気持ちで、今は親になった気持ちで接して、あらゆる責任を負わなければならない。それを続けることに疲れてしまった。若いアーティストを育てる仕事は、僕ではなく若い世代がやったほうがうまくいくのではと思うようになった。社長に就任して5年目に育成する仕事をやめて、社長業に専念するようになった。でも、今思うと、「若いやつがやったほうがいい」というのは、そういうことにしたかっただけで、すべてあの苦しさから逃げるための言い訳でしかなかったと思う。

◆

音楽業界が昔と同じで、売りだし方の方程式が成り立っているのだったら、「若いやつに任せる」でよかった。でも、CDは売れなくなって、配信だとかストリーミングだとか新しいものがどんどん入ってきている。昔とは違った売りだし方を考えださなければならない。

今は売りだし方の変化の過渡期で、エイベックスだけではなく、業界全体がどうやればいいのかまだ誰もわかっていない。だったら、年寄りだとか若いとかは関係ないんじゃないか。

若い世代は、新しい売りだし方を模索する中で、バラバラなことをやっているように見える。結果、エイベックスっぽくないものがいっぱい出てきた。エイベックスというブランドにしがみついているわけではない。エイベックスっぽさが別のものに生まれ変わるのだったら、それでいい。でも、浜崎あゆみやEvery Little Thingみたいなカリスマが生まれてきていない。

音楽のジャンルや味つけが変わっても「これがエイベックスだ」というものがあった。そこが、エイベックスが好かれる部分でもあり、嫌われる部分でもある。そこが不足している。だったら、その「エイベックスと言えば」という部分は僕が育てようと思う。

◆

僕が直接選んで、育成したからといって、スターが生まれてくるなんて保証はどこにもない。選び方も、昔と同じように「この子は歌はヘタだけど、なんか引っかかるな」という自分の直感を大切にしていく。自分の中のものさしを、急に今風に変えてみたところで、きっと間違ったものさしになるだけ。もし、僕のものさしが今の感覚と合わなかったということになれば、それこそ僕の感覚は本当に違うんだろうなと自分を納得させることができる。

今は、カリスマ的なスターが生まれづらい時代だとよく言われる。ブームの発信源になるようなアーティストを生みだすのは以前にもまして難しくなっていると思う。でも、僕はそこを狙っていく。秋元康さんも、'80年代におニャン子クラブでブームを起こし、今またAKB48を一大ブームに仕立て上げた。でもおニャン子の売りだし方とAKBのとは全然違う。選び方も、存在も、全部がガチ。アイドルでブームはできるのに、歌手でブームをつくることは本当に無理なのか？ 難しいからといって狙わないのだったら面白くない。最初から「そこそこ」を狙うのではつまらない。

昔はCD売り上げが人気アーティストの指標だった。でも、僕が考えるのは例えばライヴの観客動員数も指標に入れないと。そういう時代だと思うんだよね。

正直、できるのかな？ という不安はある。でも、「できる」「やる」と言わなければしょうがない。カリスマ的なスターは今の時代でも生まれるのかどうか。そこも含めて挑戦していきたい。

以前は、頭の中に100人ぐらいのレッスン生がファイルされていて、「あの子とこの子でユニットをつくって……」というパズルをいつもやっていた。でも、アーティストをつくる作業から7年離れていて、そのファイルは空っぽになっている。もう一度、ファイルをつくりなおすところから始めていく。

2015.12 ジレンマと寂寥感と、秋

'15年の夏は忙しかった。夏休みもとっていない。土日もオーディションの審査をしていた。こんなに休めなかったことは最近なかった。それでも夏は楽しめた。うちの会社が神奈川県鎌倉市の由比が浜に海の家「avex beach paradise」を出していた。視察を兼ねて何回か足を運んだ。楽しい。夏だよね。海外のリゾートで過ごす夏休みも楽しいけど、やっぱり日本の夏はこうだなと思う。

9月の19、20、21日には東京お台場で「ウルトラジャパン2015」があった。去年に続いて2回目になった、世界最大のEDM（エレクトロニック・ダンス・ミュージック）イベントの日本版。今年は3日間毎日行って、いろいろなところを回って、アフターパーティも楽しんだ。参加している人は誰もが楽

しそうにしている。会場の外にも人の流れができて盛り上がっている。イベントというよりお祭り。でも、終わって家に帰りひとりきりになると、ものすごく寂しくなる。夏が終わってしまって寂しい。祭りが終わってしまって寂しい。

それは、ただの「祭りが終わった翌朝の寂しさ」だけじゃない。「こんなに自分が楽しんでいていいのだろうか」と考えている自分がいる。

自分から進んで変わりたいわけじゃないけど、自分を変えなければならない。ウルトラで踊っている場合じゃない。もう来年のウルトラは、純粋な気持ちで、何もかも忘れて楽しむことはできなくなっているかもしれない。楽しみながら、そういう寂しさを感じていた。

✦

「松浦は松浦のままでいいんだよ」と言ってくれる人がいる。その言葉はありがたい。でも、「いやあ、そうなのかなあ」と心の中で疑問に感じてしまうことがある。今までの僕は、ものごとのどんなことでも自分の好きか嫌いかで判断してきた。でも、これからは正しいか正しくないかで判断しなければいけないのではないか。そんな風に思い始めている。

人に何かを言う時も、こう言ったら嫌われる、こう言ったら好かれる、という考え方ではなく、正しいか正しくないかで言わなければならない。言わなければいけないことは、言わなければいけない。その結果、相手からどう思われようと、言わなければいけない。

取材を受ける時でも、そのほうがメディアもわかりやすいのか、この仕事は僕がやった、あれも僕がやったなんて話になってしまうけど、それを読んで「社長は何もしてないじゃないか」と思ってしまう社員がいるかもしれない。そういうことを考えると、やっぱり「ちゃんと」しなければならないと思う。今まで人に「ちゃんとしろ」ってさんざん言ってきたけど、自分ができていなかったのではないかと思うことがある。

社長として、人として、周りから頼りにされるとか、「あの人なら大丈夫」と感じてもらえる人間にならなければならない。でも、周りの人にそう思ってもらおうと考えてはダメ。それは結局、そう周りから思われたいという自分勝手な気持ちなんだから。

このことは、ずいぶん前に考えて、社員がいるフロアの真ん中に自分のデスクを置いてみたこともある。でも、その頃はまだ「好き嫌い」で生きていたから、結局置いただけで、1回も座ることはなかった。

かといって、いわゆる「きちんとした経営者らしい経営者」になりたいわけじゃない。きちんとしなくていいから、ちゃんとしたい。「ちゃんとする」というのは、その場に一番合ったことができるということ。極端な話、盛り上がっている宴会では思いっきりバカなことをすることが、ちゃんとしていることになる。ぜんぜんきちんとはしていないけど。

何が「ちゃんと」なのかは、瞬間瞬間で変わっていくんじゃないかな。それを瞬時に判断して、適切な行動をとる、正しい判断をする。それが僕にとって一番苦手なこと。右か左かで振り切っちゃうのが得意だったから。でもこれからは、それではもう通用しない。自分を変えるのであれば、これが多分、最後のチャンスになる。でも、どうすればいいのか自分でもわからない。見本もないし、誰もどうすればいいのか教えてくれない。そこに悩んでいる。

読者は多分、僕が何に悩んでいるのかよくわからないと思う。僕もよくわからない。ただ、今のままではいけない、自分が変わらないと、これから、エイベックスはいい方向に向かっていかないという切羽詰まった危機感がある。

✦

今の社長室は会議室にも直結しているので、仕事中に社員と顔を合わすことはめったにない。だから、多くの社員は会社で僕の姿を見かけることは少ないし、たまに顔を合わせたりすると、うわっとなって逃げだすやつまでいる。会社の中で恐れられている。恐れられていることには便利な点もある。でも、不便なことも多い。

僕は個室のほうが仕事が捗るという「自分の好み」で、社長室をそうしてきてしまった。これからもそれでいいのだろうか。開かれた社長室にして、社員の誰もが僕のところに気軽にこられるようにしたほうが、エイベックスの将来にとってプラスになるのだったら、僕自身は多少仕事がやりづらくなっても、そこは我慢をして、そうすべきなのではないか。

秋に遅い夏休みをとる予定でいたけど、やめた。夏休みなんて言っている場合じゃないという気がしている。

2016.1　音楽業界のターニングポイント!?

「エイベックスがジャスラック離脱」。新聞を開いてびっくりした。日本経済新聞の3面に、エイベックスって何回もでてる。エイベックスのことが大きく日本経済新聞にとりあげられるなんて今までなかったから。

エイベックス・ミュージック・パブリッシング（AMP）が、音楽の著作権管理をしているイーライセンスとジャパン・ライツ・クリアランス（JRC）の2社（現在は合併してネクストーン）の筆頭株主になったというこのニュース。音楽著作権というと日本音楽著作権協会（ジャスラック）を誰もが思い浮かべる。作曲家、作詞家などの権利者の代わりに、テレビやラジオ、カラオケ、演奏などで使われた音楽の利用料を徴収し、権利者に分配するという仕事をしている。著作権管理は、ジャスラックの独占ではなく、'01年から民間参入ができるようになって、イーライセンスとJRCが著作権管理の仕事を始めた。

ところが、やっぱり歴史のあるジャスラックが強くて、新規参入の2社の著作権収入額は合わせても2%とか3%でしかなかった。このままでは、利用者も権利者もよくならない。よきタイミングがきたのでAMPがひと肌脱いだ、というのが今回の報道になった。

✦

ジャスラックが音楽文化、音楽産業に対して果たしてきた貢献は計り知れない。ただ、今の時代、新しく登場する音楽ビジネスへの対応が難しくなっていることも事実。例えば、新曲を売りだすため、サンプル盤というものをつくり関係者へ無料で配布しようとする。無料配布で知ってもらうためのプロモーションなのだから、作詞家、作曲家への支払いはなくてもいいのではないかと思う。アーティストにも当然印税は支払われない。それがビジネスの普通の発想。

でも、ジャスラックの場合は、そういう融通を利かせることが難しい。他の権利者にも関わることだし、他の利用料利率との兼ね合いも考えなければならない。公平公正な統一ルールにしなければいけないので、決定するまでにどうしても時間がかかる。それが新しい音楽ビジネスの展開スピードを遅くしてしまうことが今後でてくるだろう。

そうならないよう、今の時代に合った著作権管理をして、新しい形の音楽ビジネスがどんどんできるようにしたい。エイベックスは、レンタルレコード店から始まって、メーカーになって、音楽著作権にたどりついて音楽出版社もつくった。音楽業界の川下から川上。他の音楽出版社や作家がうちに著作権を預けるのかという問題はあるけど、僕は10年単位で考えている。CDがなくなって、世の中にレコード会社という雰囲気がなくなってくると、賛同してくれるところも増えてくるかもしれない。海外のアーティストが著作権をうちに預ける可能性だってゼロじゃなくなった。ジャスラックがそれを見て、刺激を受けて、新しいことを考える、そしてAMPは吹き飛ばされないように、さらに新しいことを考える。そういう適正な競争をして、最適なサービスをつくっていくという当たり前のことがしたい。こちらは約10万曲、ジャスラックは330万曲で、大きさが全然違う。共存共栄なんて言ったら先方に失礼だと思うけど、その競争が音楽業界全体のためになると思う。

✦

いろいろ報道されたので、よく「がんばってください」と言われる。何をがんばれと言っているのかはわからないけど、僕の中ではジャスラックに対抗しようとか、張りあうような気持ちはまったくない。それに、今すぐ競争できるなんて思っていない。ただ、10年後、20年後に音楽業界がいい方向に変わって、「あの時がターニングポイントだったね」と言われるようになりたい。

そもそも、この話だって、僕の発案というわけではない。AMPから提案があった時「そんなこと、できるの？」と思った。でも、AMPの社長が「できます」と言う。「じゃあ、やっちゃえ」と言ったら、がんばって実現してくれた。

✦

それにしても、日本経済新聞に大きくとりあげられたのは驚いた。エイベックスって、新聞とか経済誌には縁がないものだと思っていたから。僕自身が、経済誌とか銀行とか、そういう難しいのが苦手だから。「経済誌の取材依頼がきてます」と言われても、僕はただ音楽つくってきただけで、難しい経済のことなんか答えられない。「何を聞かれるんだろう」となんとなく構えてしまう。コンプレックスがあるんだよね。

でも、もうそんなこと言っていられないこともわかっている。インターネットが当たり前になって、動画配信のサービス主体が日本企業か海外企業なのかなんて誰も気にしてない。国内のことだけを見ているようでは生き残っていけなくなっている。

「音楽業界は特殊」と言って、業界の人とだけ付き合っていればいい時代はもう終わる。だから僕も我がままを言わず、経済誌の人とも、銀行、証券の人とも会って、海外から入ってくる企業、サービスと戦えるようにしていかなければならない。

そりゃ、僕らがマドンナやマイケル・ジャクソンのような世界的スターをつくることはできないと思う。でも海外から見たら、日本のアイドルが面白いって言われるんだから、むしろ海外の人はアイドルをつくるのが苦手なのかもしれない。日本人にしかつくれない、世界に通用するエンタテインメントというのはきっとあるはず。負けると決まっているわけじゃ、全然ない。

2016.2　LDHの始まり、あいつらの今

EXILEの事務所であるLDHは、一枚の紙から始まった。HIROが自分たちの夢を一枚のコピー用紙に書いて、僕に持ってきた。松本利夫はアパレルをやりたいとか、ÜSAはダンスを追求したいとか、MAKIDAIは俳優をやりたいとかたくさん書いてあった。それで今、ほぼそのとおりになっている。

HIROはZOOで一度人気者になったけど、その後つらい時期を過ごしていた。食っていけなくなっていた。本当に今日のご飯を食べるお金がない。でもHIROはダンスができる。エイベックスのアーティストもこれからはダンスができなければいけないと思っていた時期だから、HIROをダンスの先生にした。そのバイト代みたいなものでHIROは生活を支えていた。

それが、J Soul Brothersというダンサー中心のグループをつくりたいと言いだした。ダンサーをパフォーマーと称し、グループの中心に据えるという。この世界でダンサーはあくまでもバックダンサーでグループのメンバーではないというのが常識。そんな新しいことに挑戦したいと言う。一度売れた人間が、もう一度売れるというのがいかに大変かと話し、「売れない今の時期のことを絶対忘れるなよ」と何度も言った。その言葉をHIROは忘れていないのだと思う。

それからボーカルを入れて、EXILEになり、ヒットが生まれた。今度はEXILEを中心にした会社をつくりたいと言う。HIROはダンサーで、経営なんかやったこともない。でも僕もエイベックスをつくる時に、経営なんてまるでわからなかったし、HIROも挑戦すればいい。でも、あいつらには、会社をつくるお金なんかない。だから貸した。それだけのこと。

✦

それだけのことなのに、HIROは僕に対して「僕は松浦社長の一番の子分」と言い続けている。今でも一緒に食事をすると、僕の前で背筋をピシッと伸ばしている。僕が「こうしたら？」と言うと、そう答えることに決めているんじゃないかと思うくらい、いつも「はい、わかりました」と言う。僕が白いものを黒だと言っても「はい、わかりました」と言う。「お前、本当にわかって言っているの？ できないことだってあるんじゃないの？」とたずねたことがある。そうしたら「できるか、できないかは、後から考えます」って言う。〝いまだに僕に対して緊張するんだ。なんで？〟と思う。エイベックスなんか抜かれちゃうんじゃないかと、こっちがビビっているくらいなのに。

エイベックスのライヴでは、当然のことだけど僕に対する対応がきちんとしている。動線もしっかりしているし、何にでも対応できるようになっている。でも、最初の頃のＬＤＨのライヴはそうじゃなかった。EXILEのライヴを見にいったら、ＶＩＰ席から見るとスピーカーが邪魔をしてステージがよく見えない。「俺はいいけど、高いチケット代を払ったお客さんや影響力のある人が座ったらどうするんだよ」と怒った。次のライヴからはビシッと直っている。それもやりすぎだろうというくらい、一度言うと完璧に直っている。

✦

HIROの僕に対する態度が、ＬＤＨの中でもそのまま活きている。上下関係が厳しい体育会系。パフォーマーが厳しいトレーニングに耐えられるのも、HIRO自身がストイックにトレーニングするから。HIROが率先してやっているから、全員がやらざるを得ない。その上下関係がＬＤＨの独特なブランディングにつながっている。普通、ブランディングというのは、アーティストひとりをひとつのブランドとして考える。だから、Aというアーティストのライヴに、Bというアーティストがサポートで参加するなんてありえない。Bというアーティストのブランド価値が下がるから。でも、ＬＤＨはピラミッドがきちんとできていて、EXILEのライヴに平気で別のグループが登場する。EXILEという名前を残しながら、メンバーチェンジをしたり、派生グループを誕生させたり、複数のグループを兼任したりして、ＬＤＨ全体がひとつのブランドになっている。

エイベックスはレコード会社を中心に周辺事業を派生させて成長していったけど、ＬＤＨはプロダクションを中心にし、レコード会社はやっていない。これは賢い。レコード会社は一番お金がかかる事業だし、今のようにＣＤが売れず、他の配信方法を考えなければいけない時代、レコード会社はないほうが展開しやすい。コア事業を中心に据え、スクールや音楽出版社といった事業を派生させ成長していくという戦略は、エイベックスと似ているけど、それを今の時代に合う形に修正している。

でも、それも最初からやろうと思ってやったことではなく、日々起こる問題をひとつひとつ解決しながら築きあげてきたことなんだと思う。グループだから「方向性が違う」と別の活動をしたいと言うメンバーは当然でてくる。じゃあ、メンバーの補充はどうする、オーディションをやろう。方向性が違うのなら、そのメンバーだけ集め、EXILEブランドの別グループをつくろうと、今のシステムができあがってきている。HIROがピンチをチャンスに変えていくことで、今のＬＤＨができてきた。

HIROが見せてくれた一枚の紙、ＬＤＨの設計図には、実現してない夢もたくさん書いてあった。あいつらがやることは、まだまだ残されている。

2016.3 齢51にして宿題に追われる

今、学校に通っている。僕だけでなく、役員を中心にしたメンバーで、経済や経営について勉強している。経営者なのに今さら経営学を勉強しているなんて、恥ずかしくて人に言えたことではないけど、勉強は面白い。学生時代にもやったはずなんだけど、当時はまったく興味を持っていなかった。授業よりも音楽を聴いているほうがはるかに面白かったから。

だから自分でレンタルレコード店を開き、エイベックスをつくった。わからないままに会社の経営もやらざるを得なくなった。まだ社長になる前の38歳ぐらいの時、半年間、経営の研修をやったことがある。経理だ、財務だ、人事だということを専門家に教わる。その時、経営学ってものすごく面白いと思った。一度、社会にでて、いろいろな経験をし、そこから学び始めると、これはこういうことだったのかとわかる。今回はその時以来、13年ぶりの勉強だ。

さすがに社長と副社長、役員、主要メンバーが揃って授業にでるのは珍しいことらしい。講義をするほうも、最初は「本当に社長もいらっしゃるんですか？」と驚いていた。僕は面白くて先生の話を真剣に聞いているんだけど、僕となかなか目が合わない先生もいる。もしかして、やりづらいのかなぁと思ったりもする。経営者に向かって、経営とは何かって講義するんだから。

✦

週末は毎回、役員たちと合宿。講師を招いて話を聞いたり、議論をしたりして学んでいる。僕はエイベックスをつくって以来30年間、企業理念とか企業ミッションというものを深く考えてこなかった。もちろん、会社や自分の中にその時々であったのだけど、それより目の前にやらなければならない仕事がたくさんあって、理念を言語化して、会社全体で共有するということがきちんとできないでいた。

でも、よく考えてみると、従業員数が約1500人にもなっているんだから、エイベックスって何をする会社なのかをはっきりさせなければならない。この事業はエイベックスらしいからやる、らしくないからやらないという根本の考え方を全員で共有しなければならない。

今でもエイベックスの企業理念というものは一応ある。〝感動体験創造企業へ〟という理念。悪くない。よく人から「エイベックスのあの曲を聴いて人生が変わりました」と言われる。そういう体験を提供するのがエイベックスのミッションだと思う。でも、この言葉だけでは、どこかぼんやりとしていてピンとこない。ピンとこないから、外の人にも社員にも自信を持って言えない。

一度エイベックスという会社の考え方や社会の中での役割をバラバラに分解して考えて、組み立てなおして、それを社員全員で共有できるものにしたい。だから、会社の幹部で、学校に行ったり、合宿をしている。みんなで汗をかいて苦労してつくった理念、ミッションだったら、自信を持って人に言える。そこが重要だと思っている。

ちゃんとした企業は、こんなことはとっくにできていることなんで、今更やっているというのは恥ずかしいことなんだけど、これからこの業界の環境は今以上に厳しくなっていく。そうなったら、学校に通う余裕すらなくなってくるだろう。恥ずかしいけど、やるなら今しかない。

✦

理想の経営者とは、見返りを求めず、質素に暮らし、会社と社員のことだけをひたすら考えるのだという。企業のやるべき事業とは「経済的原動力になるもの」「情熱を持てるもの」「世界一になれるもの」この3つの輪が重なるところにあるのだという。勉強するほどに、今の僕には到底できていないことばかりだとわかってくる。

でも、ふと思いだしたのは、「昔の俺はできてたじゃん」ということ。ダンスミュージックと出会って、24時間聴きまくることが全然苦痛じゃなかった。好きだからずっと聴いていたい、この音楽をみんなにも聴いてほしいという情熱を持っていた。自分はダンスミュージックに関しては、世界一詳しいと思っていた。それがビジネスになることもちゃんと発見した。

昔はできていたのに、なぜ今はできていないのか。社長になって、うるさく言う人がいなくなって、甘えて「まあ、いいや」で来てしまったのだと思う。だから今、僕は自分で自分を追いこんでいる。学校と合宿のほかに、英会話のレッスンも始めた。ビジネスの場では、流暢に英語を話せる社員が同行するし、僕なんかが今更英会話力をつけることに意味はない。でも、話すことを人に任せっきりでいいのだろうかと思った。

TOEICの試験も受けに行った。ひどい点数になることはわかっていた。でも、今の自分がどれだけできないかを、自分に教えてやりたかった。受験票を持って会場の大学に行った。社用車で送り迎えしてもらってるから、どうしても目立ってしまう。社長にもなって、51歳にもなって、TOEIC受験だなんて、恥ずかしくて仕方ない。でも、今のままでは社員に「英語を身につけておけ」なんて言えない。勉強しているという事実に意味がある。

〝忙しい。今更役に立たない。もっと大事な仕事がある〟。やらずに逃げるための言い訳なんか、いくらでもつくることができる。でも、今更であっても、やらないよりやったほうが全然いい。逃げずにやったほうがいい。明日は朝7時から6時間ぶっ続けで、英会話のレッスンをする。仕事が終わったら、寄り道せずにまっすぐ家に帰る。宿題が山ほどでているから。

2016.4「10年」という時間の流れ

この10年間、僕はほとんど寝ていたから、何をしてきたか覚えていない。年をとると、時の流れが速くなるというけど、ほんとうに短い時間にしか感じられない。僕の人生は、僕のために生きているはずなんだけど、この10年は、会社のため、家族のため、人のために生きてきた。「毎晩、楽しそうに大騒ぎしているじゃないですか」と言われそうだけど、あれだって自分の時間じゃない。10年前、社長になって、不祥事は起きる、下方修正はある、それ以外にもここでは絶対に話せない嫌なことが続けて起こる。早く忘れてしまいたいことばかり起こる。それで、大騒ぎをしてお酒に逃げる。大量のお酒を飲んで忘れて、気絶するように寝る。それを繰り返してきたら、10年が経っていた。

✦

僕の人生には、10年ごとにきつい波がやってくる。自分を追いこまなければ乗り切ることができない大きな波。30年前はエイベックスを起業した。20年前は会社を上場させた。10年前は、いろいろな問題が起きて、僕が思いがけないタイミングで社長をやることになった。起業した時は、とにかく会社を軌道に乗せるため、ぎりぎりまで働くしかなかった。上場した時は、ずっといろいろなことを我慢してきて、上場したら楽になるのかと思ったら、上場企業ゆえ余計に我慢をしなければならなくなった。社長になった時は、アナリストから「会社の運営は本当に大丈夫か」と散々言われた。

この波は、襲ってくるたびに高さを増していく。僕も経験を積んで強くなって、波を乗り切れるようになっても、次の10年には大丈夫じゃない高さの波がやってくる。

だから、今の波が、人生の中で一番きつい。それも、今までと違って正体がよくわからない。解決法もまったくわからない。確かにエイベックスのこの10年の経営数字のようなものを見れば、そんなに悪くない。でも、僕には数字の向こう側にある将来のことが見えてしまう。10年前からCDがなくなることはわかっていた。会社がよくなる要素が見えない、音楽が盛り上がっていく要素が見えない。このままでは、エイベックスどころか、音楽業界が、あるいは音楽がなくなってしまうのではないかと不安になる。

嘘だと思われるかもしれないけど、本気で無一文になることを心配していた。家もない、仕事もない、家族もない、路上に寝るしかなくなるんじゃないかという心配すらしていた。死ぬことだってもちろん考えた。でもその勇気はないって自分でわかっている。確かに僕の収入は普通の人よりも多い。でも、そのぶん出ていくお金も多い。平均寿命は延びて、ひょっとしたら僕は90歳まで生きてしまうかもしれない。あと40年もある。長く安定して生きていくには本気で、遠洋のマグロ漁船ででも働こうかとすら考えた。

✦

この波にのまれて、どん底まで落ちていって、それで勉強を始めた。経営学の勉強を始め、英語を練習し、コンサルティングファームの人とも話すようになった。もう僕はダメなのかもしれない、でも本当にダメになる前に、今の僕にやれることはすべてやってみて、それでダメだとなったら、あきらめる。自分はここまででしかなかったのだと納得できる。僕は、自分を追いこむために勉強をしている。だから、1日8時間英語をやるとか極端なことをしている。

最初は、勉強すればするほどネガティブになっていった。コンサルの人なんかは、初めに、会社の今の問題点をあぶりだしていく。ここが問題、あそこができていないと。それすべてが僕自身へのダメ出しをされているようにしか聞こえなかった。

それを乗り越えて、勉強を続けていくと、少しずつポジティブに反転していった。経営学の教科書に書いてあることは、難しい言葉を使ってはいるけど、僕が今までやってきたことだと気がついた。自分で考え、実行してきたことを、ただ難しい言葉と言い回しで表現しているだけじゃないかと思えるようになってきた。経営学は過去の事例しか教えてくれず、将来をつくるのは自分でやるしかないと思えるようになってきた。

英語を勉強したこともいい方向に作用した。僕の性格に英語は合っているのだと思う。気持ちがポジティブになれる。海外へ出かけた時、今まで以上にたくさんの人たちと直接会話して、仲良くなることだってできるかもしれない。自分とはまったく違う価値観やものの見方を直に感じるだろう。この世にはまだ僕が触れていない世界がたくさん残されていることに気づいた。

✦

今、南青山の本社ビルを建て替えていて、現在は六本木に一時移転している。本社ビルは'17年の12月に完成するけど、そこに戻るかどうかも、もう一度じっくり考えてもよいと思っていたりする。僕の中では南青山は東京のど真ん中だった。周りに音楽関係の企業は多いし、どこかに出かけるのも便利だ。それに、南青山で、青山通りに面した正方形の千何百坪の土地なんて、もう一生出てこない。そんな場所があれば、本社ビルを建てるなんていうことは、10年前の僕にとっては、考えてみるまでもない当たり前のことだった。

でも、今は、いろいろ勉強してみて、少し考え方に幅が出てきた。例えばの話だけど、ビルは何百億かで売ってしまって、そのお金で将来性のあるベンチャー企業を買収してしまったほうが全然いいんじゃないかなんてことへも思いが巡る。売ってしまって、賃貸で入ってもいいし、別の場所に入ったっていい。本社が南青山にあるかどうかは大きな問題じゃないと思えるようになった。

自分の世界が広がって、考え方も一気に広がった。10年ごとに僕を襲ってくるきつい波。今、ようやくその波の向こう側が透けて見えはじめている。

2016.5 いつか実現させるべき使命

今、本社ビルを建て替えている途中だ。このビルを取得したのは'02年。その当初から南青山をエンタテインメントのシリコンバレーにしたいと思い描いていた。僕の中では、南青山は東京のど真ん中。その場所をいつかエンタテインメントのど真ん中にしたい。

このエリアに来ると、最新の音響設備、最新のIT機器が揃えられていて、ものづくりをやってみたい人は誰でも自由に使える空間になっている。そこからいろんなエンタテインメントが世界中に発信されていくような場所。

昔から自社スタジオの中やハワイの別荘の中に小

部屋をつくって、そこに音づくりの設備をすべて揃え、作家たちが自由に音楽をつくれるように提供してきた。今までは音楽をつくる作家たちだけだったけど、これからはもっと視野を広げていろいろなクリエイターであってもよいのだろう。

そういうクリエイターが集まってきたら、超ハイレベルなパーティも定期的に開きたい。毎回、世界で活躍するクリエイターを呼んで、集まってきたクリエイターの卵たちが、そういう一流の人とつながれる場。海外からアーティストも呼んで、よそでは見ることができないパフォーマンスもやる。ただし、ちょっとやそっとではそのパーティには参加できない。実績はなくてもいいけど、すごいアイデアを抱えているやつでないと参加できないという、参加者超限定のパーティ。そこに参加できたらアーティストとして一流だねと言われるようなものになればいい。

✦

更地になった南青山の本社跡を見て、ずっと前から温めてきた僕の夢がリアルに、明確になっていくのを感じる。

今の日本には、〝夢〟が少なすぎる。「ひと旗揚げる」という言葉も死語になりかけている。中卒とか高卒の若者が、ひと旗揚げようとしてもできる仕事なんて、限られていると思っているはず。世の中に幻滅して、不良っぽくなってしまう若者もたくさんいる。でも、僕の経験では、なぜかそういうやつほど、とびきりかわいい彼女をつれているんだよね。だったら、南青山に来て、彼女をアイドルにでもアーティストにでも育てる挑戦をしてみたらいい。そいつが社長になって、芸能事務所をつくればいい。やり方がわからないというのだったら、僕が教えてやる。

そういうくすぶっている不良っぽいやつの中にも、地頭のいいやつは結構いる。やると決めたら、死ぬ気でやる。単純に、チャンスがないだけで、誰かがちょっと手を貸してあげれば、成功する可能性が高い。そういう若者にとって、芸能界というのはものすごくチャンスがあると思う。だって、学歴なんかまったく関係ないし、芸能事務所だって、ほとんどが新卒採用をするような大企業ではない。もちろんリスクだってある。敵も多いし、ちょっとしたことで一瞬でダメになることもある。だけど一発あてれば大きい、成功する時はあっという間に大きくなれる。夢が存分に残っている。だから、この業界には夢を追いかけている人がいまだにたくさんいる。

✦

音楽業界が斜陽産業だなんて思ったら大間違い。そりゃ、ＣＤの売り上げが下がっていくのはどうしようもない。でも、著作権ビジネスは伸びているし、根本のものづくりというところは基本的には変わらない。

音楽業界や芸能界は、世間から比べたらＩＴ化が遅れている。でも、それはＩＴ化することによる伸びしろがたくさん残されているということ。やれることはたくさんある。

音楽も遠くない将来、人工知能が作曲するみたいなことが言われている。ノラ・ジョーンズの楽曲なんかは、人工知能がヒットを予測して、実際そのとおりヒットしたと言われている。でも、音楽は何でもかんでもＩＴではないと思う。だって、人工知能が作曲して、ロボットが歌って、それがどれだけいい曲であっても、人は感動できない。１００％アナログでもない、１００％ＩＴでもない。限りなくＩＴなんだけど、リスナーと接する最後の部分はアナログみたいな感覚。きっと、ＩｏＭ（インターネット・オブ・ミー）みたいな感覚が、エンタテインメントには必要なんだと思う。そのうまい組み合わせ方を発見するクリエイターが南青山に集まる。それってすごくいいと思うんだよね。

最新の設備が使い放題で、自由に遊べる場所に集まっているうちにそこで自分の彼女をスターにしたい不良っぽいやつと、ＭＢＡ（経営学修士号）をとるような頭のいいやつや才能のあるクリエイターが出会って、今まで誰も目にしたことがないようなエンタテインメントが生まれてくる。

シリコンバレーでは、ほとんどのベンチャーが共同創業になっている。ひとりでは何も起きないけど、異質な才能を持った者が出会った時に、何かが起きるのだと思う。そういう爆発的なマッチングがたくさん起きる場所があればいい。

✦

昔の自分がそうだった。不良っぽいこともしていたし、夢なんかなかった。でも、不思議なことに、その時その時に応援してくれる人、導いてくれる人が現れた。こういう人が今いてくれたらいいのになと思うと、本当に次々と現れてきてくれる。気がついたら、大きな夢を描くようになっていて、その夢を実現することで生きてきた。だから、次は僕が応援するほうに回らなくてはいけない。

僕の個人的な夢なので、実現できるかどうかなんてわからない。でも、ずっと前から自分の中にあった夢を実現したいと思うようになった途端、自分がやるべきことが見えてきた感じがする。自分は、ここで勝負すべきなんだという気さえする。

一部の若い人は、ブラック企業だったり非正規雇用だったり、生活するわずかなお金を稼ぐのにもたいへんな思いをしているという。もし、本当にそうなのだとすれば、南青山に来て、派手で楽しくて夢のある仕事に挑戦してみればいい。そういう場所をつくるのが、今の僕の夢。絶対に実現してやるから。

2016.6 考えることをサボってないか

新幹線の中で、生まれて初めて、スマホゲームというものをやった。エイベックス・ピクチャーズなどが製作委員会として参加している『おそ松さん』というアニメのゲームだ。このアニメがヒットしていると聞いて見てみたら、面白くて腹を抱えて笑ってしまった。いろいろなアニメ作品のパロディがちりばめられていて、何が元ネタなのかわからないのもあるけど、わからなくても面白い。わかる人が見たら、もっと面白いのだと思う。

だから、スマホゲームの『おそ松さんのへそくりウォーズ〜ニートの攻防〜』の内容も知りたかった。リリース後、あっという間に、App Storeで1位、１００万ダウンロードだという。ありえないと思った。アニメの人気があっても、ゲームの内容が面白くなければ、1位はとれない。本当に面白いのか確かめたくて、新幹線の中でやってみた。

僕はゲーム初心者だから、ゲームのことを全然わかっていない。ゲームを始めると、アイテム購入とか、ガチャとかが目立つ場所にあって、知らないものだから、どんどんアイテムを購入して、どんどん使って、ガチャを回してしまった。課金というのはどのくらいするのが普通なのかわかっていないから、どんどん課金してしまった。

ガチャを回して、珍しいキャラクターがでてきたから、ツイッターで「こんなキャラがでてきた」とつぶやいたら、みんなびっくりしている。相当な回数ガチャを回さないとでてこない、レアなキャラクターなのだという。ツイッターで「6面がどうしてもクリアできないんですけど。どうやったらいいですか?」と質問されるんだけど、答えられない。どんどん課金して、どんどん強いキャラクターを使って、何も考えることなくクリアしてしまったので、答えようがない。

「なんで、こんなにスイスイ進むんだろう?」と思って、ゲームに詳しい人に聞いたら、「それは一番ダメなゲームのやり方」と爆笑された。普通はできるだけ課金をせず、工夫して進めていく。そこがゲームの面白みなのだという。僕は、課金という方法を知ってしまったので、どんどん進めてしまった。

ゲームの課金は、何千円の話だから、お小遣いの範囲だけど、お金の力というものを考えさせられた。この『おそ松さん』のゲーム開発は、普通のスマホゲームと比べたら低予算。今、スマホゲームの開発費は、本格的なものだと数億円かかるとか耳にする。それに比べたら全然低予算だけれども、大人気で、課金収入が結構あるという。限られた予算の中で、面白くするにはどうしたらいいかと、頭をひねって工夫したから、人気ゲームになれたのだと思う。

エイベックスも最初はそうだった。音楽をつくりたいという情熱はあったけど、お金がなかった。小室哲哉さんに海外に行ってもらうのに、「エコノミーで行ってもらえないかな」と考えるほど。もちろん、小室さんは当時からすごく売れていたのでファーストクラスが普通。でもその運賃を払える余裕がなかった。それでみんなで知恵をだし合って、「ファーストクラスのない航空会社の飛行機に乗ってもらおう」と考えた。これだったら、小室さんもなんとか許してくれるのではないかと考えた。

それがだんだん会社が大きくなって、お金に余裕がでてきて、ファーストクラスだ、プライベートジエットだと言い始めると、工夫というものをしなくなる。面倒なことはお金の力で解決しようとする。頭を使ってプロモーションの作戦をあれこれ考えていたのが、テレビCMをばんばん打てばいいんでしょ、と考えなくなっていく。

✦

だけど今のエイベックスの社員は、頭を使って工夫をせざるを得なくなっている。有望な新人アーティストを発掘しても、マネタイズの方法がない。以前は、CDが売れたから、新人アーティストでもすぐマネタイズできたけど、今はできない。ライヴなどでマネタイズをやるしかない。そのためには、ライヴにお客さんが来るようにしなければならない。どうしたらいいのか必死で考える。ライヴにお客さんが集まるようになっても、ライヴはCDビジネスと比較して利益率が低いから黒字にするのも容易ではない。物販とかけ合わせようかと工夫をする。この、考えるということが大事。

　僕はいつの間にか、考えない頭になっていた。だから、経営学だ、英語だと、今まで使っていなかった脳に刺激を与えて、考える頭を取り戻していった。

考えることって、とても面倒な作業だ。考えることをサボって、「適当にやっといて」「お金はだすから」と言っちゃえばものすごく楽になる。でも、それではダメなんだと自分に言い聞かせている。考えると、ものすごく疲れる。でも頭は回るようになる。この状態でいなければいけないんだと思う。

　スマホゲームをやってみると、音楽だって、まだアイデアはあるんじゃないかと思う。スマホゲームは、無料で配布し、後から課金させ、高収益を上げる。

　思い切って思考を切り替えるなら、音楽だって、無料で配布して、あとから課金をしてもらう方式だって、あってもいいのかもしれない。握手会とか、リアルに会えるとかいうのも、そういう新しいやり方だし、音源を無料で配布して、アーティストを育てるのに課金という形で応援してもらうというやり方だって、でてくるかもしれない。今のはあくまでもたとえ話だけど、音楽の分野ではそういう発想に挑んでいる人はまだいないと思う。

✦

頭が回っている。アイデアを早く実行したいと、前のめりになる。まだまだ、考えられることはたくさんある。アイデアはたくさん眠っている。

2016.7 会社見学ツアー敢行！

米国のシリコンバレーに行ってきた。以前から、主要なメンバーで勉強会や合宿を続けてきて、会社の将来の方向性を議論し合っている。将来を考えると、どうしてもIT技術、デジタルというものが外せない。そこで、勉強会の総仕上げのような意味合いで、グーグル、アップルなどを訪問した。

どの企業も、見学者にはいいところばかりを見せるんだろうけど、1日目のグーグルには圧倒された。とにかく敷地が広大で、いたる所にカフェがある。40だか50ヵ所あるという。しかもすべて無料。会社というより大学のよう。社員の服装や雰囲気も、社会人というよりは学生っぽい。彼らが会社を「キャンパス」と呼ぶのもわかる。

お昼の時間になったら、アテンド担当者が「今日はガーデンでハンバーガーの日です」と言って、カフェの前にある庭に連れていってくれる。好きな食材を選んで、グリルで肉を焼いているシェフからハンバーガーを受け取り、西海岸の青空の下で食べる。楽しい。

お土産もくれた。スマホに装着すると再生した動画が3Dになる装置だ。なんかもう、働くには最高の環境だなと思った。シリコンバレーは外に出ると、遊ぶ場所なんかなんにもない。キャンパスの中には楽しいものがいくらでも用意されている。自然に、仕事を中心に生活を考えていくようになる。日本で同じようなことをやっても、あの感じにはならない。窓から、六本木の街とかいろんな誘惑が見えちゃうから、どうしても外に行きたくなる。

✦

翌日、アップルにも行った。グーグル同様に手厚く歓迎され、1日かけてあらゆる説明を受けた。当たり前のことだけど社風がまったくグーグルと違う。アップルという会社とスティーブ・ジョブズへの愛と誇りに満ちていて、どこを切ってもその雰囲気に溢れている。

　グーグルと違って僕らが行けるのは限られたスペースで、写真撮影も基本NG。見聞きした内容や情報の取り扱いには注意を、と厳重だ。でも、あれはひとつの演出なのではないかと感じた。本当に重要な場所なんかそもそも見せないのだから「アップルとはこういう企業」というのを見にきた人に印象づけたいのだと思う。

✦

　グーグルやアップルは、見学にきた経営者のやる気を失わせるために、見学を受け入れているのではないかと思うほど、日本企業とのスケールの違いを感じた。

　あれを見てしまうと、経営者としての自信を喪失してしまう。こんなのつくれるわけない、下手に真似しようとすると、無料の社員食堂をつくって、単にそこだけで自慢するようなことになってしまうかもしれない。

　どこなら真似できるかと考えると、〝世の中が必要としているモノであれば、なんでもつくってしまおう〟というマインドの部分だと思う。エイベックスにも企業ドメインという考え方がある。僕らの場合で言えば、音楽を中心にしたエンタテインメントになる。

　そのドメインの中の事業は手がけるけど、外れるものはやらないという判断基準になっている。グーグルを見ていると、ドメインという考え方そのものが古臭いものに思えてきた。エイベックスだって、世の中が必要としているものであればなんでも考えてみていいんじゃないだろうか、エンタテインメントという軸さえ通っていればいいんじゃないか。そうすれば、自然と数字もついてくるかもしれない。先に数字、数字で行ったら、縮こまって、思い切ったものがつくれなくなってしまうんじゃないだろうか。

✦

　アップルはアップルで、グーグルはグーグルで、それぞれに「らしさ」がよく表れている。アップルは「すべては製品のために」、グーグルは「すべてはエンジニアのために」というのがよく伝わってくる。

　グーグルでは、エンジニアが優れた創作をするための最高の環境づくりをしている。僕も、自分の部屋を快適にしたり、クルマの中を自分好みにカスタマイズするのが好きなので、僕らしい部屋、僕らしい車内環境をつくっている。

グーグルは、それを大がかりにやっているのではないか。それならグーグルの見た目だけ真似して、でかい無料社員食堂をつくるのでなく、エイベックスらしい職場環境を追求していけばいいのかもしれない。

エイベックスは、都内某所に福利厚生施設を持っている。外からはなんの施設であるかはわからないけど、中では食事ができて、クラブスペースがあって、ワインもひと通り揃っている。重要なお客さんとの会食、アーティストとの打ち合わせ、パーティ、昨年からは、新入社員の入社式でも使うようになった。音響設備にも、内装にも、食事の内容にもこだわっている。

みんなでこうしよう、ああしようと考えてつくっている。僕たちには、ヴェルファーレなどを手がけた経験があるからできることで、普通の企業だったら、つくれないと思う。

毎日使うわけではないけど、いつでも使えるように、専任のスタッフが常駐している。無駄と言えば無駄。でも、エンタテインメントをつくる僕たちには無駄ではない。

重要なお客さんをお連れすると、皆さん「エイベックスらしい」と驚いてくれる。エイベックスの感覚を肌で感じてもらえる。

でも、僕はもう慣れてしまって、ちょっと物足りなくなってきて、さらに改良したいと思い始めている。

きっと、グーグルも、創業者たちがそんな感じで改良を続けて、今のキャンパスができあがったんじゃないかな。

まあ、僕たちの施設はシリコンバレーの西海岸の爽やかな雰囲気ではなく、無機質で、健康的じゃなさそうで、ちょっと危険な香りのするクラブのような雰囲気だけど。でも、それが僕たちらしければ、それでいい。

'15年秋から、'16年の5月12日を目標に行動してきた決算説明会。アナリストや投資家、マスコミの前で、決算を報告し、今後のエイベックスの戦略を発表する日。そのために、幹部役員たちと学校へ勉強にも行った。週末には泊まりこみの合宿で議論を交わしてきた。英語のレッスンもやった。シリコンバレーにも行ってきた。それで「成長戦略2020」という中期経営計画を発表することができた。

確かに音楽パッケージの業績は厳しさを増している。でも、映像、音楽のデジタル配信やライヴ、アニメは伸びている。全部を合わせると、音楽業界トータルではプラス成長している。まだまだ成長できる。さらに、具体的な計画として「海外展開」「クリエイター天国」「ベンチャーキャピタルモデル」の3つを発表した。

✦

これから、エイベックスは北米を中心に本気で海外展開をしていく。音楽の中心はどう考えてもアメリカ。米国でヒットした音楽は、世界でヒットする。米国では、アーティストが絶対的に強い。アーティストが頂点にいて、マネージャーや弁護士やプロモーターを雇い、レコード会社に出版の権利を与える。しかし、米国もCDが売れなくなってきていて、一部のスターを除き、旧来型のビジネスモデルは崩壊してきている。

一方、日本では、プロダクションがマネージメントをやる。配信、ライヴ、グッズ販売などすべての戦略を考える360度ビジネスをやっている。アーティストはクリエイティブなことだけに集中できる。今であれば、米国でも、こういう日本的なやり方を選ぶアーティストもいるのではないか。アーティストは米国人でもカナダ人でもいい。米国で通用するなら日本人でもアジア人でもいい。そういうアーティストを北米で発掘し、北米でヒットさせ、その後日本や中国、アジアに波及させていく。

無謀な計画だと思う。いきなり日本のやり方で参入したら、北米のプロモーターやマネージャーは反発するに決まっている。でも、エイベックスは北米にしがらみがいっさいない。ないからできるかもしれない。28年前エイベックスがレコード会社としてスタートした時も、さんざん無謀だと言われた。無謀でも、音楽業界にしがらみがないからできた。北米ハブの計画も無謀だとは思うけど、しがらみがないから、ひょっとしたらひょっとするのではないか。逆に言えば、今しかチャンスがない。そういうぎりぎりの挑戦になる。

✦

クリエイター天国は、音楽に限らずあらゆる才能を持ったクリエイターをマネージメントしビジネスに換えていく。'17年に完成する南青山の本社の一部もそのクリエイターたちに開放、チャンスを摑もうとする人たちに自由に使ってもらおうと思っている。そこで出会いがあって、何かが起こることを期待している。アイドルになりたい女の子が来てもいいし、伝統工芸品の職人でもいいし、ケーキのパティシエでもいい。いろいろな才能が集まってくる空間にしたい。アイドルやモデルになりたい子は、原宿を歩いて、声をかけられるのを待っている。そういう子たちが、原宿ではなく、青山にやってくる。そういう熱気のある場所にしていきたい。

僕たちの得意技は、街を歩いている普通の子を人気者に育てることだと思う。それもただの人気者ではなく、若者に大きな影響力を与えるカリスマを育ててきた。クリエイター天国に集まった才能を発掘して、世に出る支援をしたい。エンタテインメントの業界で、起業して、挑戦をしたいという人たちには、資金面、業務面を支援するベンチャーキャピタルもやっていく。

✦

今の時代、エンタテインメントにはデジタル技術が欠かせない。特にVR（仮想現実）とAI（人工知能）はどうしたって絡んでくる。だから、その道のオーソリティーを自分で探して、会いに行って話を聞いている。刺激的なデモをいくつも見せてもらったけど、それをどのように活用するか、どのように商品にするかは、開発者はわからないのだという。その先生は、専門が脳科学の研究者なので、そういうものなのだろう。どう活用し商品化するかを考えるのは、僕たちの仕事。安直にVRでプロモーションビデオをつくる、ライヴ映像をVR化するということなら誰でも思いつく。そうではない、みんなが驚くような使い方を考えだすのが僕たちの仕事。近々、AIの研究者にもお会いする予定だ。

✦

こういう話を5月12日の決算説明会では、アナリスト、投資家、マスコミの前で、自分の口で1時間以上かけて説明した。人前で話すのは苦手だし、緊張する。ある人から「演説口調でなく、普段の話し口調にしたほうが伝わる」というアドバイスをいただき、語りかけるようなつもりで説明をした。創業時から僕らがどんな挑戦をしてきたか説明し、中期経営計画の内容だけでなく、僕らの思いを伝えようと心がけた。うまく伝わっていればいいと思っている。

しがらみのない北米市場に挑戦する、街を歩いている若者の中から才能を発掘して育てる、やる気のある挑戦者には資金面、業務面で支援する。これは実は、僕たちエイベックスが創業当時からずっとやってきたこと。ただのレンタルレコード店が音楽制作に挑戦した。怖いもの知らずだからできた。街の中から才能を発掘してたくさんのアーティストを育ててきた。

EXILEを始める時には応援をして、その後、彼らは大成功した。僕たちが今までやってきた挑戦を、今の時代に合わせた形で、もう一度やろうと思っている。簡単ではない。無謀だと思う。でも、僕たちだから挑戦できる。

2016.9　大企業病を治せ！

今、会社の健康診断をしている。全社員に、無記名の満足度アンケート調査を行った。会社に対する不満、問題点を洗いざらい書いてもらった。すると、ありとあらゆる不満ができてきた。健康診断をすれば、いい話なんかでてこなくて、悪い話ばかりでてくるとは思っていたけど、それにしても予想以上の結果だった。

特に多いのが直属上司に対する不満。自分の古臭いやり方を下に押しつける。下から提案しても、新人は黙っていろと言われる。仕事は下に任せきりで自分は楽ばかりしている……。半日かけて、2700を超える回答をひとつひとつ読んでいる間に、すべて僕個人に対する文句であるかのような気持ちになって、胃が痛くなってきた。

中には「日本全体が腐っている」という厳しい意見もあった。僕は他の会社の実情を知らないから、日本全体が腐っているかどうかまではわからない。でも他の会社がダメだから、ウチもダメでいいということにはならない。

不満を書けというアンケートなので、この際言っておこうと思って書いているのだろうし、無記名なので思い切って書けるということもあるから、そこは割り引いて考える必要があるにしても、このアンケートに真剣に向き合おうと思った。

でてきた結果をどう考えたらいいのか、ある人に相談をした。すると、まだ最悪の状態ではないという。会社や仕事に対するロイヤリティはみんなもっていて、同時に不満も抱えている状態にあるのだという。もし、仕事に対する情熱すらなくなっていたら、このようなアンケートに不満は書かない。何も言わずにみんな、ただ会社を辞めていく状態になるという。そうなってしまう前に、ガンは切除するしかない。

✦

このアンケート結果は僕個人にとっても、つらい内容だった。大学4年生の時、僕は店を始めた。小さな店だったけど、それでも気をつけていたのは、お客さんに対して最高のサービスを提供すること、それにアルバイト従業員が楽しく働ける環境をつくることだった。従業員が活き活きと働いていれば、お客さんにも最高のサービスが提供できて、それで売り上げも上がっていく。そう考えていた。だから、アルバイト従業員が大学を卒業すると、僕の店に残りたい、エイベックスに就職したいと言ってくれたのだと思う。もし、僕が自分のやり方を押しつけるだけで、従業員の話も聞かないという店長だったとしたら、だれも店に残らなかったかもしれない。

社員教育、社員の仕事環境というのは、僕が一番気をつけていたことなのに、いつの間にか、大企業でもないのに大企業病みたいなことになっているのが悔しい。会社が大きくなって、みんながどんな気持ちで仕事をしているのかがわからず、いつもそこが不安だった。だから今回、こういう調査をして、不満がでてきたのはよかったと思っている。でも、わからないから不安だったのが、わかったらわかったで不安になる。

✦

エイベックスは、部長の下に課長、主任がいるという部課制。今、改めて考えると、いつの時代の会社なんだと思ってしまうほど、重厚長大企業みたいな組織構造になっている。でも、そうなってしまったのも、すべて僕の責任。上場し、社長に就任し、まず思ったのが、世間から〝やんちゃ〟に見られているエイベックスだからこそ、〝ちゃんと〟しなければということ。そこで当時の優良企業の仕組みを取り入れていった。でもそれは、体裁を取り繕っただけなのかもしれない。

自分のやり方を押しつける、僕もそうじゃなかったとは言い切れない。でも同時に、音楽に情熱を注ぐ、そのためにつらくても仕事をする、ということもしてきた。今の中間管理職の一部の社員は僕の姿から、楽しそうなところだけを真似してしまったのかもしれない。

✦

部課制という組織論が時代に合わなくなっているのは明らか。というより、組織論という考え方そのものに意味がなくなっているのかもしれない。

じゃあ、どうするのか。それは考えなくてはいけない。けど、イメージはある。大部屋制。大部屋といっても、実際にそういう部屋をつくるわけではなくて、人材プールのようなもの。社員は普段はそのプールの中にいる。業務はすべてプロジェクト制で、発案者がリーダーとなって、プールの中から人材を選んでチームをつくる。そして、プロジェクトが完了すると、チームは解散し、また人材プールの中に戻っていく。

若い社員が自分で発案したならリーダーになってもいい。年齢や入社年数なんか関係ない。僕だって21歳で、小さいとはいえ、社長をやっていたんだから。経験不足なら、先輩社員に「ここを手伝ってください」と声をかけてチームをつくればいい。その先輩が先輩風を吹かせるのであれば、チームの人事権を握っている若いリーダーは「あなたは外れてください」と言える。何も発案できない、協調性もない社員は、いつまでもプールの中にいて、お呼びがかからないということになる。

　そういうイメージは僕の頭の中でできあがっている。でも、本当にそれで、日常業務まで含めてうまくいくのか、社員の評価をどのような仕組みにすればいいのか、そこがまだわからない。でもこのまま放置すれば、ヒットが生みだせない会社になる。そんなエイベックスはエイベックスじゃない。怖くても、つらくても、今、大手術をするしかない。

2016.10 ―― あの時を、取り戻す ――

　社員全員に実施した無記名アンケートの結果を、全社員の前で発表した。約2700件の自由回答がまとめられた140ページの書類を手にして、結果を説明した。書類は手にしていたけど、何度も読み返したので、ほとんど頭の中に入っている。上司が仕事をしない、無責任、自分のやり方を押しつける。上司に対する不満が圧倒的に多かったことをみんなに説明した。

　説明するだけでなく、僕たち経営陣にも問題があったことを率直に伝えた。このような不満があるということに、気がついてこれなかった。4人代表制という珍しい仕組みを採用して、役割分担をしたので、社内の人事や評価ということは僕の仕事ではないと思い、敢えて口を挟まないようにしてきた。

　でも、異常値を出している。最近、勤務時間が安定している管理部門などへの異動を希望する社員が増えていると聞いた。もちろん、管理部門というのは会社になくてはならない大切な存在だけど、エイベックスのようなエンタテインメント企業に入社して、管理部門に異動したい社員が増えるというのは健全なことだとは思えない。

　経営者として、社員のみんなと約束をした。'17年4月を目標に、人事システム、評価システムの大幅な変革を検討している。一部の企業が採用しているような部下や同僚が上司を評価できる360度評価のような仕組みはどうだろうか。社員のみんなが何に不満を持っているかはわかったので、今度はその不満をなくすことが、僕の宿題だと約束した。

現在、現場で事業に携わる社員をランダムに呼び、ヒアリングを行っている。毎回時間をかけ、問題点の洗いだしをしている。僕の中には、社員のモチベーションを上げるにはこうすればいいのではないかという仮説がある程度できてきている。面談を進めると、管理職の社員もほぼ同じ意見を持っていることがわかってきた。僕が想像した仮定が、実際にほぼそのとおりだという確信を得始めている。

✦

でも、大きくなった会社のシステムを変えるのは、簡単なことではない。最初は、大いに混乱することもあると思う。反対する人もでてくるだろう。社員だけじゃなく、幹部クラスにまで痛みを伴うかもしれない。いっそ部長や課長という肩書もなくしてしまうのはどうだろう。

肩書、序列を気にするというのはサラリーマンの習性。僕が出席する会議では、だれがどの席順で座るのかも決められているそうだ。僕は肩書、序列なんか気にしてなくて、会議をしている最中にもどっちが部長で、どっちが課長だったかわからなくなってしまうことがある。

僕自身が、序列社会から出世競争を生き抜いて社長になったわけじゃないので、肩書や序列を気にするという人の気持ちがわからない。それはそれでよくないことがあるのは自覚もしているけど、やっぱり仕事に必要なのは肩書なんかではない。

✦

これから目指すのは、組織図がないような会社組織だと思っている。経理や総務などの管理部門以外は、すべての仕事がプロジェクト制。それには部長、課長、主任というヒエラルキー構造が邪魔でしょうがない。

アーティストを担当するのでも、他の事業でも、それを一番やりたいという人がやるべきだと思う。情熱を注げる人がやらなければ、ヒットなんか生まれるわけがない。新人が自分で発掘してきたアーティストを育てたいというのなら、そいつに担当させたほうが絶対にいい。経験不足だというなら、経験豊富な先輩がサポートすればいい。

エイベックスが急成長していた時期は、ずっとそうだった。僕が後ろを振り向いて「おい！　あれをやるぞ！」と言えば、社員全員が立ち上がってついてくる。あの頃のエイベックスを取り戻したい。従業員約1500人という組織であっても、当時の感覚で仕事ができる仕組みをつくりたい。

そのために、会社のあらゆるものを可視化していく。僕からも社員の顔、動きが見えるツールも導入していく。社員もみんながどんなことを考えているのかわかるように社内SNSのようなツールも導入した。役員で行われる経営会議の内容も、外に出してはまずい重要事項以外はどんどん見える化していきたい。

僕は社員と積極的に対話するということをあまりしないできた。苦手だから逃げてきた。それも変えようと思っている。僕と他の役員で、社員みんなの前でくだけたフリートーク、いわゆる座談会なんかもやってみようと思っている。僕ひとりで、VRだARだと言っていても、社員に伝わらないので、役員が今どんなことを考えているのか、気軽に話す機会をつくりたい。

僕からも社員がよく見える、社員からも上司や経営陣がよく見える。ITも使ってそういう環境をつくり、あの頃のエイベックスの機動力を、大きくなった組織で再現したい。エイベックスって、そもそもどんな会社だっただろうか。そういう疑問を考えるところからこの半年、僕たち経営陣は勉強会、研修に始まり、エイベックスのあるべき姿を模索してきた。それがようやく見えてきた。

✦

気のせいかもしれないけど、その感じは社員にも少しずつ伝わり始めていると思う。だって、以前は僕がエレベーターに乗っていると、社員はだれも乗ってこなかった。怖がられていたんだと思う。でも、ここのところ、挨拶をしてくる社員が増えてきた気がする。僕も社員の顔が見えるようになってきた気がする。社員も僕のことが少しずつ見えるようになってきたのかもしれない。

2016.11 お盆休みは会社に必要？

1年半ぶりに、まとまった休みをとった。海外に行って、ひたすら寝ていた。何もしない。食事をとりに外出するぐらいで、それ以外はずっと部屋の中。ただただ寝ていた。

エイベックスは世間と同じようにお盆休みが全社一斉にある。でも本当は世間が休みの時は、ライヴやイベントの格好の時期。世の中が休んでいる時に働いて、世の中が働いている時に休むというのがエンタテインメント企業であるはずなのに、なんで世間並みにお盆に休むのだろう？　とふと思った。ダンスミュージックをやっている会社が、グローバル展開をしようとしている会社が、みんなで決まった時期に「お盆休み」ってどうなんだろう？　変なところが古風なんだよね、エイベックスは。

正月も基本は年末に仕事納めをして、三が日を世間並みに休む。ライヴの担当などは年越しライヴがあったりするから、大晦日から元日にかけて働いて、それから休みになる。でも新春ライヴがあったりすると、正月も休めない。アーティストのマネージメントやライヴの現場などは1年中忙しくて、休みをとるタイミングを見つけるのが難しい。だとしたら、お盆に数日とはいえ、全社一斉に休みというのは、社員にとってありがたい仕組みなのかもしれない。だけど本当の理想は、社員が分散し、それぞれ好きな時期に休暇をとれるという形。でも、その理想が実現できていない状況があるので、お盆休みという古風な習慣が続いている。

✦

エイベックスを創業した頃は、レンタルレコード店の仕事もあり、そっちは年中無休だったから、僕には休日自体がなかった。エイベックスも、土曜日は休みではなく、半ドン。それが隔週で土曜日を休みにするようになったのが1990年前後じゃなかったかと思う。社員数が100人ぐらいになった時。その数年後、完全週休2日制になった。上場する前のいつ頃だったか記憶は定かではないけど、夏休みという制度もできた。社員数が200人とか300人ぐらいの時だったのではないかと思う。

そういう休暇制度がいいと思ってそうしたわけじゃない。世の中がそうしているから、歴史のある企業がそうしているから、疑問も持たず、マネをしただけ。初期のエイベックスはやんちゃな会社に見られていたから、ちゃんとしようという思いが強すぎて、そうなってしまった。それを今、もう一度ちゃんと疑問を持って考え直して、本来どうあるべきなのかを考えるという社内改革をしている。

✦

現実的な条件をいっさい無視して、理想だけで考えれば、社員みんなが1ヵ月ぐらいの長期休暇がとれたらいい。趣味を思いっきり追求するのもいいし、海外に行っていろんな経験をしてみてもいい。エイベックスの仕事とは全然違うことを体験してほしい。それが仕事にいい影響を与えることになるというのが、理想的な休暇のあり方。休暇と言うことに問題があるなら研修という名目にしてもいい。

僕だったら、ニューヨークかラスベガスに行く。そして毎日ショーを観る。今までも、何度も観には行ったけど、2泊とか3泊がせいぜいなので、ラスベガスのすべてを見たという感覚までは持てていない。1ヵ月休めるなら、毎日ショーを観て、ラスベガスやブロードウェイのすべてを見つくしたい。

✦

でも、すべてを理想どおりにするというのはほんとうに難しい。それが社内改革の一番の壁になる。部長や課長といった役職なんかいらない、そんなことで仕事をするわけじゃないというのが理想だけど、では、ただ役職を廃止しただけだったら、協力会社や取引先が、重要なことを社内の誰に相談したらいいのかわからなくなる。対応も違ってくるだろうし、仕事がかえってしづらくなることもでてくるだろう。理想どおりにしようと思えば、現実的な問題がでてくるし、戸惑う人も多くなる。かといって、現実的すぎる改革ばかりでは、「なんだ、何も変わってないじゃないか」という話になって、社員のマインドも切り替わらない。

エイベックスの改革は、まだ始まったばかり。むしろ今から佳境を迎える。問題把握はほぼ終わり、現在、項目ごとに分科会をつくって議論を始めている。その結果もでないうちに、僕ひとりで考えても堂々めぐりになることはわかっているので、敢えて何も考えない、何もしない夏休みを過ごした。

✦

でも、ほんとうに何もしないということはできない。どうしても、人のことを考えてしまう。社員のこと、知人のこと、家族のこと。千葉（龍平 Avex International Holding Corporation 代表取締役社長）が今、仕事の拠点をロサンジェルスに移して、ストレスがまったくない状況で働いていると言っていた。それが羨ましくてしかたがない。ストレスというのは人のことを考えることから生まれてくる。千葉は、ロサンジェルスで新しい人間関係をつくっている最中だから、まだ人のことを考えることが多くはなく、それでストレスから解放されているのだと思う。

あの人はどういう気持ちでいるのだろう、どうすれば気持ちにかなった行動をとれるのだろう。人のことを考えるのは嫌いではない。でも、ストレスにはなる。だから、休暇は環境を変えて海外に行く。そうしないと、僕の中のスイッチをオフにはできない。

でも、遠い所に行ったからこそ、余計考えてしまうということもある。だから、ひたすら寝るしかなかった。寝て、オフにするしかなかった。それでも大切な人のことは、夢にでてきたりするんだよね。

2016.12 ─ 若い世代が感じる〝面白さ〟─

シルバーウィークにウルトラジャパンのイベントがあって、そこから10月1日の僕の誕生日までの間、打ち上げや誕生日パーティで飲み、自宅に帰ってからも飲むというお酒三昧の日々。それでも、考えてしまうのはエイベックスのこと。「音楽がなかなか売れない」と、ある作曲家にぼやいた。その人は、脳天気と言ってもいいほど楽観的な人で、「大丈夫ですよ。風が吹きますから」と言う。確かに、一昨年は『アナと雪の女王』と『妖怪ウォッチ』、昨年は『おそ松さん』という風が吹いた。「風が吹くなんて、そんな虫のいいこと起こらない」と思って休みの日に朝から酔っ払っていたら、「ピコ太郎」の風が吹きまくっていた。

ピコ太郎のプロデューサー（笑）はエイベックス所属の古坂大魔王。彼はエイベックスに来て10年近く頑張ってきた。

自分のライヴなどでプロデュースしてつくりあげてきた「ピコ太郎」をユーチューブにアップしたところ、ものすごいことになってしまった。

9GAGという米国の面白動画を集めているサイトに転載され、それがフェイスブックで拡散されていった。ジャスティン・ビーバーがツイッターでとりあげた瞬間、世界的に火がついた。CNNやCBSといった報道番組までがとりあげ、グラミー賞に2度ノミネートされたジョナサン・バトラーまで、孫娘と一緒にピコ太郎のPPAPを踊る動画を公開している。

✦

長い間頑張ってきた古坂大魔王には、このチャンスに大成功してほしいと思う。でもピコ太郎が拡散していくスピードがあまりにも速くて、ビジネス化やいろんな整備を、拡散の後を追いかける形で全力で対応している状況。音源配信や関連グッズ展開なんかも至急調えている。

僕もこの現象を会社全体で盛り上げたくて、社内のあちこちに「PPAPを応援しろ！」というメッセージを送って、ハッパをかけた。もうすぐハロウィンだから、社員にピコ太郎のキンキラの衣装を着させて、街に繰りだそうとか、妄想している。

これからのヒット、ブームというのはこういう形で起きていくのだと思う。ほんとうに面白いものを発掘し、インフルエンサーが拡散することでブームが起きる。その拡散を追いかけてビジネス化するのはすごく難しいけど、それが今っぽいのかもしれない。ピコ太郎に関わっているスタッフは皆楽しみながら必死で現象を追いかけている。

でも拡散されるには、たくさんの人が同時に「面白い」と感じなければならないので、ほんとうに面白いもの以外はブームにならない。たいして面白くないものを「面白い」と言い張って、影響力のありそうな人にツイートしてもらう、そんな古臭いやり方は通用しない。

✦

ピコ太郎の動画を見ていると、自分とはまったく違った世代が登場してきているんだと感じる。ピコ太郎がなぜウケるのか理解はできる。でも、本質的な面白さが、恥ずかしい話だけど、僕はよくわかっていない。

例えばの話、社員がピコ太郎の動画を持ってきて、「これを押しだしていきたいんですけど」と相談しに来たら、「何考えてんの?」と否定してしまっていたかもしれない。いや、たぶん全否定していたと思う。でも、結果は、世界中の若者が面白いと夢中になっている。

若いスタートアップ起業家と話をしていても、そういう世代の違いを感じる。彼らの中には事業内容に価値を感じるというよりもマネタイズができそうなシステムやサービスを構築して、ある程度成長させバイアウトして、お金ができたらしばらく遊んで暮らすみたいな生き方に価値を感じている人もいる。僕なんかもう古い人間だから、事業を始めたら続けなければならない、途中で売ってしまうのは無責任だとか考えてしまう。

そういうお金目的のスタートアップ起業家を、世間はたぶんよく思わないだろう。でも、僕には悪く思えない。話をしていて刺激的だし、熱さも感じるし、発想も面白い。むしろ彼らが持つ、IT世代特有の感覚みたいなものに対して追いつけていないことを恥ずかしく感じさえすることもある。インターネットが普及したのは、僕が30歳ちょっと前のこと。僕が生きてきた時間の多くは、ITが存在しない世界の中だった。でも彼らは生まれた時からインターネットがあった。

僕にとってのITは外国語のようなもので、学んで身につけることはできても、彼らデジタルネイティブのように感覚で使いこなすことはできない。グーグル検索ひとつとっても彼らは検索語をうまく組み合わせて、ユニークな情報をどんどん見つけてくる。だからこそ、ピコ太郎が発見されて、世界的ブームになる。昔の人間みたいに、常識と教養が大切だと言って、新聞やニュースばかり見ていたら、ピコ太郎の存在に気がつくこともできない。

✦

ITとグローバル化は、僕にとって頭では理解し考えることができても、感覚や身体で反応していくのがネイティブよりも一歩遅れる。この違いが大きい。

藤田（サイバーエージェント代表取締役社長）は、若手中心の年齢別会議というのをやっているのだという。若い世代だけで、上司を入れないと、自由に発言するようになる。すると、誰が優秀なのかがわかるのだという。エイベックスでもやってみようかと思っている。30歳以下の社員だけ集めて、社内改革をどのようにしたら実現できるかを議論させる。次回は、優秀で積極的な社員だけ残して、消極的な社員は入れ替えていく。その会議に残り続けることが、その社員の評価にもなり、会社に対する発言力も強くなっていく。その場には、昔話ばかりしている中年のおじさん、おばさんなんかいないほうが、いい発想が生まれてくる。だから、僕なんか会議の場にはいないほうがいい。僕の仕事は、そこじゃないところにあると思う。

2017.1 グローバルとITの権化

ピコ太郎のおかげで、今までだったらありえないことが、毎日起き続けている。海外の子供たちが、ずっとPPAPを歌い続けている。世界的に有名なミュージシャンが、踊った動画をネットにあげている。アフリカのウガンダのヒットチャートで1位になったとか、インドでは爆発的に流行して、インド風にアレンジされたPPAP動画が大量にアップされている。世界中から、ピコ太郎へのオファーが舞いこんで来ている。英語圏だけじゃなくて、さまざまな言語の国からも出演依頼がきている。ピコ太郎は、もう、一生仕事があると思う。一度売れたタレントが、ブーム後も地方営業をするという話はよくあるけど、彼の場合は地方といっても国内じゃなくて、地球規模の地方営業だから、一生かかっても回りきれない。こんなことは、エイベックスにとっても僕にとってもまったく初めての経験。

ピコ太郎のおかげで、ネットの拡散から地球規模のブームが起きるとはどういうことなのかはわかった。でも、じゃあ、次にどうすれば、こんなブームが起こせるのかということはまったくわからない。

以前は、一度ブームが起きれば、そこから学んでヒットの方程式を描くことができた。次は、その方程式を新しくしていくことで、次のブームにつなげることができた。でも、ピコ太郎の方程式はまったく解けない。

✦

だけど、わからないじゃなくて、なんでなのかと考えていくのが僕の仕事。ちゃんと検証をしておかなければならない。ピコ太郎がなぜブームになったのか、いろいろなことが言われている。簡単な英語だったからよかった。確かにそう。英語じゃなかったら、世界の人は動画を見ようともしないから。45秒という短さがよかった。確かにそう。あっという間に終わってしまうので、物足りなさが残って、もう一度見てしまう。繰り返し見ることで、PPAPのフレーズが頭に残ってしまう。

でも、いちばん重要な要素は「いじれる」ということ。メロディも単純、踊りもシンプルだから、簡単に真似ができる。だから、みんなただ真似をするだけでなく、勝手にアレンジして、原型とはまったく違う歌と踊りを動画に撮って、ネットにあげる。これが次の大きな拡散につながっている。面白くて簡単に覚えられる。簡単なら簡単なほどいじれる。ピコ太郎本人がどこまで意識してつくったのかはわからないけど、結果的にすべてが絶妙になっている。

でもこれらはすべて後づけの理屈。だからこそすべてのデータを収集して、解析をして、そこから方程式を導きだして、それに従って何かやってみるということはしてみてもいい。もちろん、それだけで簡単にピコ太郎のようなブームがもう一度起こせるなんて思っていないけど、チャレンジし続けることは大事だ。

✦

ずっと前から、これからエイベックスが目指すのはグローバル化とIT化だと言ってきた。1年前からは、それを具体化して、米国に拠点をつくり、IT に強い人材も育てようとしてきた。グローバル化とIT化をするために必要なことはすべて整えてきた。でも、ピコ太郎以前は、どうやって具体的に世界にでていくのかと言われると、もやっとした手探り状態だった。それが、こんな形で世界への道が見えてきた。

ピコ太郎のおかげで、どの国にどのような会社やサービスがあって、その国のエンタテインメント業界がどういう仕組みになっているのかが見えてきた。エイベックスという名前も、世界中のエンタテインメント業界で知られるようになった。まあ、ピコ太郎みたいなものばかりつくっている会社だと勘違いされているとは思うけど、それで全然いい。ピコ太郎のおかげで、世界への道が、向こうから姿を現してくれた。

✦

ピコ太郎の件では、僕は反省をしている。つい、習性みたいなもので、自分で動こうとしてしまった。これはやっちゃいけないことだった。僕なんかがやらなくても、現場のチームはちゃんと考えているし、やっている。これが普通のアーティストだったら、「今だ！　ここだ！」と僕が動くことで、ブームを加速させることもあると思う。でも、ピコ太郎の場合は、僕が変に動いてしまうと、一気に消費されて、ブームが終わってしまうかもしれない。現場のチームだって、知らないところで僕が動いていたら混乱するだろう。

彼らがピコ太郎を生みだしたのだから、いちばんピコ太郎に愛情を持って考えているのだから、最後まで彼らにまかせなければいけなかった。僕はせいぜい、情報を共有しておいて、彼らから何か頼まれた時だけ動けばいい。生みだしたチームが、最後まで責任を持って担当する。そういうプロジェクト制を導入する改革をやっているのだから、僕がそんなことをしてはいけなかった。でも、こういうことが起こると、やっぱりうずくんだよね。

エンタテインメント企業の経営者の仕事ってなんだろう？　会社の仕組みを整えて、社員を管理するのが経営者なのだろうか？　クリエイターと会えば、いろいろなアイデアをもらう。「それは面白い。やってみよう」ということにもなる。僕自身が手がけることはなくても、適切な社員に担当させる。これは経営者の仕事ではないから、僕はやってはいけないことなのだろうか。現場感がなく仕事をしているのは、やっぱり寂しい。そこも含めて、会社の新しい形を考えていかなければならない。ピコ太郎は、ほんとうにたくさんのことを教えてくれる。

エイベックスは、今のままだったら、エイベックスである必要はないし、存在する意味すらなくなってしまうかもしれない。エイベックスっぽいアーティスト、エイベックスっぽい音楽というのがわからなくなってきて、何でもありになってきている。最近うちからデビューしたエイベックスっぽいアーティストと言えば、もはやＬＯＬ（エルオーエル）ぐらい。時代が変わって、エイベックスっぽい音楽なんかもう必要なくなったのだろうか。僕は、絶対にそんなことはないと思っている。

　僕がやってきたエイベックスというのは、Every Little Thingとか浜崎あゆみとかポピュラーな音楽もやりながら、その反対側ではテクノとかジャングルとか最先端の音楽もやる。そのギャップがエイベックスだった。マニアから見れば一般うけしそうなダサいことをやっている一方で、ものすごくクールで最先端なこともやっている。そういう振り幅の広さがエイベックスらしさだった。例えば、当時最先端のユーロビートをガンガンつくっている一方で、安室奈美恵の『TRY ME～私を信じて～』をプロデュースする。ジャングルという当時最先端のサウンドをやりながら、浜田雅功さんと小室哲哉さんでＨ Jungle with tというユニットをつくる。最先端を手がけながら、そのエッセンスをポピュラーな形に変えてヒットを生みだす。これがエイベックスだった。

✦

　今はこの振り幅がなく、両端に点があるだけ。コアとポップの両方を理解している人間が社内にまったくと言っていいぐらいいない。

　50億円売り上げるアーティストと、2億円売り上げるアーティスト。エイベックスにとってはアーティストが事業にあたるから、経営学の原則で言えば、50億円のアーティストに資源を集中させるために、2億円のアーティストからは撤退すべきだということになる。僕は、エイベックスにおいては、この経営学の基本原則はまるで間違っていると思う。2億円のコアなアーティストが生みだしたものの影響力が、50億円のアーティストを生みだし、さらには100億円のアーティストへ育てていく。今、EDM（エレクトロニック・ダンス・ミュージック）が世界的に流行している。エイベックスもEDMを手がけてはいるけど、それをポップに変えたEDMっぽいアーティストが生まれてこない。ほんとうだったら、エイベックスがまっさきにやらなければいけない仕事なのに。コアを手がける人はコアなものだけ、ポップを手がける人はポップなものだけやって満足していて、点と点をつなげる努力を誰もしていない。

✦

一方で、仕掛けやプロモーションは上手だったりする。メディアに露出するには、こういう方法がいいとか、そういうことはとても上手だし、一生懸命やる。でも、それも音楽がいいから成り立つことであって、根本である音楽がダメなのに、いくらそういう仕掛けをやったところで、今の時代では、ヒットにはつながらない。クリエイティブこそ一番根本なのに、そこを忘れている社員が多い。

今の新入社員に朝まで音楽について語れるやつはいるのか。音楽が好きでエイベックスに入ってきたというより、イベントや派手なことが好きで、〝ちゃらい感じ〟に憧れて入ってきているのではないか。それは僕にも悪いところがある。アーティストと飲んだりする姿を社員に隠さずに見せていた時期があったから。でも、その陰でずっと仕事のことを考える。遅くまで飲んでも朝早く会社に行く。エイベックスの曲をかけてくれないラジオ局に毎週足を運んで、エイベックスの音楽はこうだからと説明して回る地道な努力だってしていた。さすがに社長になってからは、先方の担当者が恐縮してしまうのであまり行かなくなったけど、専務時代は普通に回っていた。そういう部分は学ばず、楽しそうなところばかり、僕から学んでしまっている。

✦

勘違いしてる人は一般社員だけじゃなく役職者にもいる。例えば子会社の社長は、社長という名前はついているけど、ホールディングス制をとっているから子会社の社長になっているだけの話。本来だったら事業部長のようなもの。〝社長〟という肩書だけに舞い上がってしまっているのであれば、ダサいったらないよね。今回の改革を機に子会社も整理統合して数を減らしてしまおうと思っている。

他の役職者もそう。例えば宣伝なのにテレビ、ラジオ局を回っていないやつ。テレビ局に行っても、特定の名前以外、うちの役職者の名前が出てこない。音楽を広めなければいけない立場の人が、会社にじっとしていて、どう仕事をしているのか。

✦

日本では労働基準法に守られていて、簡単に解雇することはできない。でも海外の企業だったらとっくにクビになってもおかしくない人が紛れこんでいる。だから、給与体系を大きく変えようと思っている。パフォーマンスの悪い社員は、どんどん降格させ、給与も法で定められた範囲でガンガン下げられるようにする。一方で、実績をだした社員の給与はどんどん上げ、上限なんか考えない。結果として社長である僕の給与より多くなってもいい。それだけ会社に大きな貢献をしたということなんだから。過去にも、大きな貢献をした社員には、多額のボーナスを支給したことがあるけど、それをもっとはっきりとルール化していく。だから、エイベックスは社内格差がものすごい会社になるよね。それでいいと思う。

欲しいのは、振り幅の広い人。MBA（経営学修士号）をもっているのに、なぜかアニメについてものすごく詳しいとか。「なんでそんなこと知っているの?」という人が欲しい。ネットで調べてもわからないようなことばかり知っている人が欲しい。コアな音楽とポップな音楽の両極端を理解できる人が欲しい。コアな音楽を理解し、それをポップの世界に活かせる人材が欲しい。振り幅の狭いやつは、もういらない。

2017.3 枠組みは、整った

もうすでに発表になっている社内構造改革案。その発表を、1週間後にひかえている。それは'16年の仕事納めの日。今これを読んでいる社員は、発表を聞いてからどんな気持ちで年末年始を迎えたんだろう。

個社利益を優先するのをやめてコラボレーションが起きるように、重複した機能や会社は統合してプロジェクト志向の体制にする。縦に深くてスピード感を失っていたり、若手育成の障害になっていた組織の階層をひとつ減らす。360度評価を取り入れて、上司も部下から評価されるようになる。実績を出した社員の給与はどんどん上げていき、実績が出せない社員の給与はどんどん下げていける給与体系にする。すべてこの4月から実施する。

✦

改革というのは、案を出しただけでは何も変わらない。僕が社長になってから、中規模の改革は2度やっていて、社員にしてみれば「またか」という感じがあるかもしれない。「どうせまたたいして変わらないんでしょ?」と思われるかもしれない。そう言われることは、わかっていた。

だから、というわけではないけど、この会社の一番の問題点を解消する主要人事も同時に発表する。さらに抜擢人事は今後もある、とする。この会社の最大の問題点、それは古株の社員たちの中に、全体最適を忘れて、部分最適ばかりに懸命になってしまっている者がいるということ。自分の部署の利益ばかり考えて、他の部署と手柄の奪い合い、利益の奪い合い、そんなことばかりに時間を使っている。僕の目には、それは〝仕事〟を全然していない社員にしか映らない。

✦

コーポレート執行役員19人全員とも個別面談を進めてきた。その中では「君の問題点はここだ」と詰め、辞めるのか辞めないのか決断しろと突きつけた場面もあった。

こんな残酷なこと、僕はしたくない。だって、みんなずっと一緒にやってきた仲間たち。こういう冷たい仕打ちは、僕にとっては一番やりたくないことだし、苦手なこと。でも、古い社員たちの意識が変わってくれないと、エイベックスはもうどうやっても生き残っていけない。

春に社員アンケートを取った時からそれはわかっていた。組織や人事制度をいくら変えてもそれぞれの組織のリーダーの顔ぶれが変わらなければ社員は希望を持てない。エイベックスの上層部の人事はもうそんなところまで来てしまっていた。だから本当に辛いことだったけど、未来のエイベックスのために決断をした。

✦

'17年に青山本社が落成する。新しい青山本社は完全フリーアドレス、ペーパーレス、2階をコワーキングスペースにして、誰でも入れるようにするなど、働きがいがあってコミュニケーションも生まれるようにする。

ビル全体をIoT化してセキュリティを担保したり、社員にいろんなサービスを提供したりもする予定だ。フリーアドレスにするということは、無理に会社に来なくてもいい、つまり働き方も多様化するということ。スタジオで音楽を制作する、ライヴ会場の現場で仕事をする、自宅で仕事をする。

どこにいても、ネット環境さえあればSlack（スラック）などのツールを使って、仕事に必要なコミュニケーションがとれる。でも、今はそういうリテラシーが十分でない社員もいるので、青山本社に移ってからは、そういう働き方に慣れていってもらう。

日本では、労働関係の法律によって、社員を簡単に解雇することはできない。でも、青山に移ってからは、努力をしない社員は、周りにまったくついていけない、したがって社内プロジェクトにもお呼びがかからない。結果、仕事がなくなって、給料が激減し、居場所がなくなってしまう。そんな会社になる。

✦

なぜ、こんな改革をするかというと、エイベックスが目指すのは「IT×エンタテインメント」企業だから。エンタテインメントを扱うにはITがもはや切り離せないのだから。そのため、ITエンジニアを大量に新規雇用しようと思っているし、社員にもプログラミングを学んでもらって、アプリやシステムがつくれるぐらいになってもらおうと思っている。もちろん、実際にアプリ開発の仕事をするのは、どこか得意な会社に任せてもいい。だけどITを本当にわかっていないと、交渉ができない。

僕たちは、人任せにせず、音楽を自分たちの手でつくってきた。だからいいものができて、リスナーが受け入れてくれた。音楽だって自分たちでつくれたんだから、ITだってやる気になれば自分たちで絶対つくれるはずだ。

これからはゲームにも進出したい。キュレーションサイトにも進出したい。世間では、ゲームもキュレーションもピークを過ぎたと言われている。だからこそ、僕たちはそこに進出したい。だって、音楽コンテンツを持っているから。

音楽ゲームだったら、貧相な打ちこみ音源を使うんじゃなくて、僕たちは原盤そのものを使うことができる。映像もアーティスト本人のものを使える。芸能界の情報もよくわかっているのだから、僕たちが音楽、芸能ニュースを発信すれば、世間の信用度が違う。信頼されるメディアがつくれる。ということは、広告クライアントは安心して広告をだせる。広告ビジネスモデルがきちんと成立する。

✦

改革の枠組みはできあがったけど、一番大切なのは、それがきちんと運用され、活用されること。せっかく組織の仕組みを大きく変えても、今と変わらない感覚で、今までどおりの働き方では、まったく意味がない。'17年4月からは、改革の仕組みがきちんと運用されていくようにしていかなければならない。

だからこれはゴールじゃない。スタートでしかない。どう運用して成果に結びつけていくか。それができなかったら、僕の負けだ。僕もエイベックスを去るしかなくなる。僕の戦いは、今、始まった。

2017.4 青山本社ビル建設現場へ！

青山本社ビルの建設が進み、外観がほぼできあがってきた。地上18階、地下2階、高さ102m。青山通りでは一番高い建物になる。シリコンバレーの主要なIT企業を視察して、どの企業も働く環境としては素晴らしいと感じた。ひとりあたりのスペースが広く、食堂や娯楽設備も整っている。エンジニア天国だなと思った。でも、それを実現するには広大な敷地が必要で、東京で同じことをやろうとするのは無理。だったら、縦にシリコンバレーを展開するしかないなと思った。それで、青山通りでは一番高い建物になった。

以前の青山本社ビルは、自分たちで建てたのではなく、すでに建っているビルを買い取ったもの。だから、ゼロから自分たちの好きなように建てるのは初めて。よく、「1店舗という小さなビジネスから始めて、自前のビルを建設するところまできました。感慨深いものがあるんじゃないですか？」と聞かれるけど、申し訳ないが、そんな感慨みたいなものはいっさいない。それどころか、僕は青山本社ビルの次をどうするか、次の次のことを考え始めている。

✦

今、'20年に2500億円の売り上げという目標を掲げている。いくかいかないかは別として、目指していかなければいけない。この目標を達成しようとすると当然社員数も増えていくことになる。ひとり1億円の売り上げという計算が正しいかどうかはわからないけど、そうだとすると社員数は2500人になるはずで、青山本社ビルには入りきらなくなる。'20年の東京五輪に向けて、東京にはいろいろな建物が建ってくるだろうから、いい物件があれば、そちらに引っ越すことだって考えておかなければならない。そうしたら、青山本社ビルを貸すという選択肢もでてくる。

今、投資家の中では、大型の不動産を所有しているのであれば、お金に換えて、もっと効率のいい運用をすべきだという話もある。まあ、どうするかは、その時々で、適切な判断をしなければならないけど、自社ビルというものに、こだわっていてもしょうがない。

だからこの青山本社ビルの設計は、流動性が高くなるように気を配った。加えてフリーアドレス、ペーパーレスの働き方を基本とした。まだ、昔ながらの固定アドレス、紙書類の会社は多いけど、ここ数年の動きを見ていると、急速にフリーアドレス、ペーパーレスに移行している。いつでも貸しやすい、そして僕らも動きやすいオフィスビルにするなら、そういう働き方がベースに必要だ。青山本社ビルは、各オフィスフロアを半分に分割できる設計にもしている。いざとなれば部分賃貸だってできる。

✦

僕は建物自体に対しては、愛着とかそういうものはあまり持っていない。でも、南青山という場所にはそれなりにこだわりがある。エイベックスが南青山にあるということに、特別な意味があると感じている。

エイベックスは東京都町田市で起業をした。ビジネスが拡大し、都内のテレビ局やラジオ局、関係企業との交流が深まるにつれて、町田はやっぱり遠いということになり、都心への移転を考えなければならなくなった。その時に、候補に挙がったのが、渋谷、青山、代官山だった。代官山は環境はいいけど、勝手のいい物件がなかった。渋谷には当時、あまりいいイメージがなかった。どうせ都心に移るならやっぱり山手線の内側がいいと思った。当時は、青山通り沿いに音楽関係、芸能関係の会社が多かったので、最終的に青山に移転することになった。

もう、これはイメージだとしか言いようがないけど、エイベックスはやっぱり南青山だと思う。もう少し、外苑のほうにずれて、北青山になると何か違う感じがする。北青山の何が悪いということもないんだけど、あくまでも僕の中のイメージ。でも、そういうイメージというのはエイベックスのようなエンタテインメント企業にとってはとても大切なものだと思う。学生の頃、溜池にある東芝EMIの軍艦ビル（旧・芝パークビル）を見て、その大きさに驚いて、「こんなところで働いてみたいな」と思ったことがある。若い時というのは、そういうイメージで憧れをもってしまう。だから、エイベックスも南青山という場所にあって、青山通りで一番高くかっこいいビルであることが、これからアーティストになろう、タレントになろう、エンタテインメントの仕事をしようと考えている若者たちにとってとても重要なことだと思う。

本社ビルの2階は開放されたコワーキングスペースにして、原則誰でも、利用できるようにしようと考えている。スタジオもあるから、アーティストや練習生もそこを通って社内に入ってくる。それに憧れて、アーティストになりたい若い男の子、女の子がうろうろするかもしれない。それを狙ってスカウトもうろうろするかもしれない。そういうスカウトとタレントの卵を組み合わせて、新しいビジネスを起業しようとする若者もうろうろするかもしれない。お金がない、ノウハウがないというのだったら、エイベックスが資金を提供して起業させたっていい。

こちらとしては真っ当な投資なんだから大歓迎。

本社ビルは、そういういろいろな人が集まってくる場所にしたい。タレント志望の女の子に「今は、原宿じゃなくて南青山がイケてる」と言わせたい。

✦

'17年は4月に大きな組織改革、構造改革が控え、冬には完成した青山本社ビルに移転をする。最初は変化の大きさにみんな戸惑って問題も起きてくるだろう。大変だとは思うけど、エイベックスが変わっていくことを考えれば楽しみな1年でもある。

2017.5 僕が投資すべきビジネス

スタートアップの若手経営者と毎週のように会っている。投資会社エイベックス・ベンチャーズを立ち上げたため、有望なスタートアップには積極的に投資をしていく。僕も、30年前に町田のマンションの一室からエイベックスをスタートアップした。だから、彼らの話がよくわかるし、こちらも刺激を受ける。僕なんかには考えつかないような発想をどんどんだしてくる。

でも、話をしていて感じるのは、時代が完全に変わったなということ。若い経営者は、やることがスマートだ。まだ誰も目をつけていないブルーオーシャンを探し、起業し、価値を高めて大手企業に事業を売却するか株式公開をして大金を摑むという、エグジットするまでを最初から考えている。起業の資金も自分で用意するのではなく、最初から投資資金をあてにしていたり、この仕事が好きだから一生やっていくなんて感覚が特にない経営者もいる。

僕の時代はそうではなかった。起業の資金だって自分で用意しなければならなかった。エイベックスの起業資金は、ひとり40万円、4人で160万円から始まった。それしか用意できなかった。自宅を抵当に入れて親にお金を借りてもらうとか、ギリギリのところで起業した。起業をしても、運転資金を調達するために、国民金融公庫（現・日本政策金融公庫）とか信用保証協会とか、そういうところを回らなければならなかった。ジャスダック市場なんてない時代だから、上場するというのは今よりもずっと大変で、夢物語でしかなかった。今日を黒字にし、明日も黒字にするということを繰り返して、少しずつお金を貯めていって、それでようやく事業を拡大することができるというものだった。

たまに大金を投資してくれるというエンジェル風の人が現れるけど、よく調べてみたら、会社の乗っ取りが目的のデビルのような連中ばかり。そういう中を潜り抜けて、ようやく上場に成功した時、ある人から、「なんで株を全部売ってエグジットしないの?」と聞かれた。反射的に僕は「そんな無責任なことできない」と思った。僕にとっては、それが当たり前の感覚。

✦

でも今の若手経営者の感覚は、僕とは全然違う。違うからって、否定するつもりはない。それが〝今〟なんだと思う。それどころか、正直羨ましいとすら思う。

でも、変わっていないのは、〝人〟が重要だということ。投資先を決める時に、事業内容や将来性はもちろんだけど、それと同じぐらい重要なのが、経営者の〝人〟。なにがなんでも期待を裏切らないという骨のあるやつに投資したくなる。

例えば、僕が電話で呼びだした時、なにをおいてもかけつけてくれるやつ。いろいろ忙しいはずなのに、時間をつくって会いに来てくれる。別に僕にとって都合のいい子分をつくりたいわけじゃない。そういう気持ち、僕のことを気にかけてくれている気持ちが信じられる。向こうが僕に賭けてくれるんだから、僕だって彼に賭けてみようという気になる。なにがなんでも事業を成功させてくるだろうなという熱さを感じる。何人かそういう若手経営者と出会えたので、近々エイベックス・ベンチャーズから、さらにいくつか投資案件の発表ができると思う。

✦

エイベックス・ベンチャーズの投資分野は、エンタテインメントに関連する、テクノロジーと人材の2分野が中心。人材ではすでに発表になっているけど、ロックバンド「感覚ピエロ」への投資が決まっている。一般的なアーティスト契約ではなく、彼らの会社に僕たちが投資をするという形。彼らはずっと自分たちで音楽をつくり、ライヴをやり、楽曲やグッズを売ってきた。自分たちがやりたい音楽をやりたいから、自分たちだけで自由にやってきた。

感覚ピエロのメンバーは〝人〟も信頼できる。見た目は一見しっかりしてなさそうなんだけど、なにを聞いても答えが淀みなくでてくる。僕と会うために、前の日に考えて徹夜で暗記してきましたというのではなく、常日頃から考え続けている感じ。なにかすごいことをやらかしてくれそうな連中だと思った。

ロックバンドにとってメジャー契約や事務所との専属契約は、やれることの幅を大きく広げる。一方で、会社の方針や意向が入ってくることもある。感覚ピエロに限らず、自分たちだけで運営をして利益がでているんだったら、メジャー契約や事務所契約なんかしたくないと考えるロックバンドはたくさんいる。

僕らは出資をするといっても、経営を握ろうなんて考えていない。感覚ピエロの場合は、自分たちの好きにやっていいよ、必要な時は協力もする。その代わり、ライヴをする、ファンクラブをつくる、グッズを販売するという時は、エイベックスのインフラを使ってねと、それだけ。感覚ピエロは音楽に集中できて、今までとは規模の違う挑戦もできるようになる。僕らにもインフラを使ってもらうことでメリットがある。

感覚ピエロへの投資がうまくいったら、ライヴハウスで頑張っているロックバンドも、アーティスト契約じゃなくて、投資契約を結びたいと考えるようになるだろう。ひょっとしたら、日本の音楽界の流れを変える投資になるかもしれない。

✦

エイベックスは、レコード会社が中心になり、著作権を管理するため音楽出版社をつくり、ライヴをやるためにライヴ運営会社をつくりというように拡大し、自前の音楽インフラを築くところまできた。すべてはレコード会社を支えるためだった。ところが、音楽を取り巻く環境の変化に対応していくにつれ、レコード会社中心の構図から変化して、自社の音楽インフラが強く、大きくなっていった。社長に就任して以来、どこに出口があるのか、いつも考えてきた。

だったら、音楽インフラを開放して、骨のあるやつを見つけて、資金を支援し会社をつくらせ、新しい音楽をどんどん世に送りだしてもらう。アーティストを抱えるのではなく、投資をする。これが、僕の〝エグジット〟なのかもしれない。

2017.6　働き方をもう一度考える

デジタルがどんどん進化をして、行き着くところまで行き着いてしまったら、どこかでアナログへの揺り戻しが起きるんじゃないかと最近感じ始めている。今どきの女子高生は、大切な話はLINEではしないという話を聞いた。LINEだと残ってしまうので、画面を撮影されてばら撒かれたら大変だから、重要な話は会って直接するという。

今、アーティストのオーディションに人工知能が使えないか、ということも考えている。エイベックスのアーティストの顔写真を学習させると、顔の骨格を解析して、「エイベックス黄金比」みたいなものが抽出できる。それでルックスを判定する。個人のフェイスブックに「いいね！」がたくさんつけられているかどうか、SNSのフォロワー数が急激に増えているかなど、周囲の人がどう見ているのかという他薦の度合いも測定でき、人気者になる要素があるのか判定できる、そんな仕組みだ。

でも、どんな性格の人なのか、どんなことを考えているかまでは、人工知能にはわからない。プロデューサーが直接会って、膝を突き合わせて話をしていかないと、アーティストを育てていくことはできない。何度会っても「初めまして」みたいなそっけない感じでは、アーティストの隠れた才能を引きだすことはできない。最後の最後は、人間の感覚じゃなければわからないことがある。僕らの仕事にとっては、この「生身の感覚」こそが一番重要だったりする。

✦

会社も同じ。エイベックスも在宅勤務、フリーアドレス、ペーパーレス、そしてSlackのような社内SNSを取り入れていくけど、デジタルな働き方が進むほど、生身のコミュニケーションが大切になってくる。

　フリーアドレスというのは、最終的にはどこで仕事をしてもいいという働き方になる可能性があるということ。自宅にいてもいいし山手線に乗ってぐるぐる回りながら仕事をしてもいい。でもだからといって生身のコミュニケーションをなくしてもいいというわけじゃない。働き方や場所が変わっても、根底にあるのは人と人の「生身の感覚」。

　その瞬間、その表情などからにじみでる情報をないがしろにするといい仕事はできない。

　僕自身もデジタルに振り回されているところがある。LINEやSlackのアイコンに出る赤い未読のバッジ。あれが出てくると、「早く返事をしなければ」と焦ってしまう。バッジを残したままにしているのは気持ちが悪い。スマホに振り回され、仕事に集中できなくなる時もある。

　だから、飛行機で移動する時が一番仕事が捗る。邪魔電話もつながらない、ネットもつながらない。邪魔するものがないので集中できる。難しい考えごとをしなければならない時は、飛行機の中だと発想が次々と出てくるし、頭が整理できる。僕にとってはすごくいい環境。と思っていたら、最近Wi-Fiサービスとか始まって、ネットにつながってしまうんだよね。

✦

　今、頭の中にずっとあるのが、働き方改革の問題。世の中は、残業をできるだけしない方向に動いていて、そこは僕も大賛成。長い時間働いた人が偉いという考え方なんてもうナンセンスだし、仕事は早く終わらせて、プライベートを充実させてほしい。休む時はしっかり休んでほしい。しっかり休まないと、いい発想なんか出てこない。

　だから、方向性には大賛成なんだけど、じゃあ、それを現実の会社の中でどう実現していくかというと、それがものすごく難しい。例えば、スタジオワークをする社員なんかは、自分が納得する完成度に達しないと、帰れと言っても帰らない。

「自分がやりたくてやっているんだからいいじゃないですか」と反論されてしまう。楽曲の完成度を高めたいというプロフェッショナルな自負心とルールに、どう折り合いをつけていけばいいのか。でも彼らは、オンオフがはっきりしていて、3日スタジオにこもったら、3日休むみたいなことができるから、まだ方法はあるのかもしれない。

他の社員に関してもそう。就業時間中にテレビをチェックする、フェイスブックに何かを書く。僕らにとっては、音楽番組やワイドショー番組を見るのも仕事のひとつ。フェイスブックに書きこみをするのも仕事に関係している。でも、そんなことをやっていると、帰る時間は遅くなってしまう。じゃあ、時間内にテレビを見るな、フェイスブック禁止、早く帰りなさいと強制したら、多分エイベックスの業務はおかしくなってしまう。この矛盾をどう解決したらいいかずっと考え続けている。

✦

僕の時代は、「24時間戦えますか」というCMが流れているような時代で、本当に睡眠3時間とかで働いていた。だから、まったく発想を変え、今の時代にうまくあてはまる働き方を考えろと言われても、自分ではなかなか思いつかない。でも聞けばわかる。「あ、そういうやり方をすればいいのか」と教えてもらえれば、理解することはできる。

だったら、僕が考えるより、働いている本人に考えてもらったほうがいい。若手社員に「こういう風に働きたい」と言ってもらったほうがいい。彼らは、僕とは根本から感覚が違っている。

そういうこともあって社内にジュニアボードというプロジェクトを設置した。20代、30代の若手社員を中心に、会社のことを議論するプロジェクト。働き方だけではなく、新規ビジネスについても、僕なんかには思いもつかない発想が出てくることを期待している。

デジタルとアナログ。古い世代の感覚と若い世代の感覚。ルールと現実の現場。場合によっては矛盾するいくつもの要因が絡み合う方程式を解いていくのは僕だけでは難しい。僕にできるのは、方程式を解くため新しい組織や仕組みを用意し、若い人にできるだけ裁量権を与えて、意見をよく聞くことだと思う。複雑な働き方の方程式も解けかかってきている。

これからは、新しい組織が始まり、まもなく人事制度も変わる。エイベックスが変わっていく、最初の一歩が始まった。

平井大のツアーファイナルを見に行った。いやぁ、すげーよかった！　彼の音楽と出会えたのは、AWAのおかげ。ジェイソン・ムラーズが好きで、彼の曲が入っているプレイリストを聴きまくっていた。その中に、平井大の曲も入っているのがあった。「これいいじゃん！」とすぐに気に入った。心地いいウクレレの音と優しい彼の歌声に魅せられてしまって、すべての曲を聴いてしまった。

ちょうど、ツアーファイナルがあるというので、生で見たいと思って行った。僕が行くコンサートは、アリーナやドームといった大きな会場が多いので、いつも双眼鏡を持っていくことにしている。東京ドームシティホールは、ステージと観客の距離が近い。双眼鏡で見ると、ギタリストの指の動きまではっきりと見える。それが面白くなってしまった。メンバーがアイコンタクトを取りながら、プレイをしている。平井大が誰とアイコンタクトを取るのか、それを観察していると、誰がバンドマスターなのかがわかってくる。メンバーの関係性が見えてきて、息を合わせて隙のないプレイをしているのが伝わってくる。バンドが、心臓があって、脳があって、手足がある、ひとつの生き物に感じられてきた。今更だけど、バンドって面白い、生演奏ってすごいと思えた。

平井大は、10年以上一緒にやっているメンバーもいると言う。彼は20代半ばなんだから、子供と言ってもいい頃からやってきたことになる。仲間というよりももう家族。だから、あれだけの素晴らしいバンドになっているのだと思う。

✦

僕は、ずっとデジタル音楽を追求してきた。バンドや生音よりも打ちこみを追求し、音をまったく空気に触れさせないフルデジタルを追求してきた。楽器の音をマイクで拾ってはダメ。すべてMIDIでつなぐ。CDのサンプリング周波数44・1kHz、DVD Audioがマルチチャンネルで96kHz、それをどこまで超えたらどんな音になるのかという実験もした。

そしてデジタルのままスピーカーまで持っていき、

そこで初めて空気を震わせて、観客の耳に音を届ける。そういうフルデジタルのライヴをglobeでやってみて、アナログではありえないサウンドになった。人間の耳には聞こえない領域の音なんか、出す必要はないんだけど、身体で感じる音がまるで違う。

だから、平井大が見せてくれたバンドの面白さは、余計に新鮮だった。僕が忘れていたアナログ、生演奏の面白さを再発見させてくれた。

✦

僕の音楽体験もバンドから始まっている。中学1年生でギターを始めて、中学の文化祭でバンドをやった。当時流行っていた、かぐや姫とか風、松山千春をやって、そこから洋楽に興味が移り、ビートルズ、ウイングス、ローリング・ストーンズ、ディープ・パープル、レッド・ツェッペリン。小さくて、狭っ苦しい貸しスタジオで、みんなで集まって練習をするのが楽しかった。

それが、大学に入ってミケール・ブラウンの『ソー・メニー・メンソー・リトル・タイム』に打たれてしまい、ハイエナジーに夢中になる。バンドの仲間とも話が合わなくなっていった。僕はデュラン・デュランをやりたいのに「誰だそれ？　やるならツェッペリンだろ」と言われてしまう。それ以来、僕はずっとダンスミュージックを追いかけてきた。

それが今、平井大のようなオーガニックなサウンドが心地よく感じられるようになり、高校生の頃に楽しかったバンドプレイの面白さを思いだした。「年をとったから」だとは思わない。僕が感じている音楽の魅力は、きっと子供の頃から変わっていないのだと思う。

僕の音楽の原点は歌謡曲。子供の頃に聞いていた野口五郎とか西城秀樹とかピンク・レディーだと思う。それが、かぐや姫になり、ビートルズになり、ツェッペリンになり、ハイエナジー、ユーロビートになっても、僕が好きなのはメロディがある曲。

ユーロビートは、歌謡曲と基本的な構造はほぼ同じ。コード進行が同じだし、Aメロ、Bメロ、サビという構成まで同じ。歌謡曲と同じ構造を持っているユーロビートだから、日本人にも理解できたし、日本でもブームになった。ユーロビートからメロディを抜けばテクノになるし、ユーロビートからトランス、EDMと進化していっても、歌謡曲と似た構造を持ったメロディがある音楽というところは変わっていない。だから、日本でも流行る。

音楽の楽しさというのは、時代やサウンドが変わっても、その一番根っこのところに、変わらないものがある。平井大は、その不変の楽しさを、僕が思ってもみなかったアナログなバンドプレイで見せてくれた。

◆

いくら世の中が変わっても、キャベジンはキャベジンなんだと思う。ITが進化してAIの時代になっても、胃が痛くなったらやっぱりキャベジンを僕は飲む。世の中が進化しても、人間の内臓は進化しないし、変わらないから。

先日、子会社のエイベックス・ベンチャーズで、スタートアップを集めピッチイベントを開催し、7社がプレゼンした。皆、面白いビジネスプランをプレゼンしてくれたけど、何よりよかったのは、7社とも、好きだからやっているということ。「好きだからやる」。これは、ものづくりをする人にとって昔から変わらない、不変の資質だと思う。

「世の中がこうだから、この分野に投資資金が集まりやすい」と考えて起業して成功するのもありだけど、やっぱり好きなことをやっている人を応援したい。だって、ビジネスの目的は資金調達じゃない。その資金を使って、ビジネスを拡大し、利益をあげることなんだから。

バンドは、好きだからプレイをする。アーティストは、好きだから音楽をつくる。スタートアップは、好きだからビジネスをする。世の中が変わっても、ここは変わらない。僕らが人間という生き物である限り変わらない。

2017.8 巨大エンタメ街、出現!?

5月27日に、東京・お台場海浜公園でSTAR ISLANDというイベントを開催した。ウルトラジャパンを仕掛けているチームが企画した、花火と3Dサウンドとテクノロジー、そして東京湾に浮かぶロケーションを組み合わせた未来型花火エンタテインメントだ。今までにあった花火大会というのは自治体が主催し、入場料は無料というものが多かった。でもこのチームは、もっと内容を価値あるものにし、入場料をきちんと取るイベントにしようと考えた。

基本になったのは「花火エンタテインメントを多種多様な視点で体験しよう!」という考え方。一般席のSTAR SEATは８０００円で、実質的な指定席。ゆったりと見ることができ、席取りの必要もない。さらに、寝そべって見ることができるＢＥＤ席、食事やお酒を楽しみながら見ることができるDINNER席、そして限定席のBIG CUSHION席を用意した。さらに、ウルトラジャパンで好評だったVVIP席のような限定席を、STAR ISLANDにも設けた。チケット代は高価にはなるけど、それ以上に価値のある環境でイベントを楽しんでもらえる。もちろん、花火なので、会場の外から見ることもできてしまう。外から見るのだったらタダ。でも、そっちは混雑してぎゅうぎゅう詰めだし、道端にでも座りこむしかない。自分のクルーザーで海浜公園近くまでやってきて花火を見物したり、ヘリコプターをチャーターして空中から楽しんでいた人もいたそうだ。

でも、外から見たら、STAR ISLANDの本当の楽しさはわからなかったと思う。会場に約２３０台のスピーカーを配置して、３Ｄサウンドを流し、音楽とパフォーマンスと花火をシンクロさせた。会場の外では、音楽が聴こえないし、花火の音にかき消されてしまう。会場の中にいる人だけ、完璧なパフォーマンスを楽しめる仕掛けだ。

イベントは、入場料とスポンサーシップで採算が成り立つようにしたので、会場の外にタダ見の人が何人いても関係ない。むしろ、「来年は会場の中で見たい」と思ってくれただろう。それでいい。

✦

最初に企画ができた時は、「お台場海浜公園を丸ごと借り切るなんて、無理じゃないか」と思った。周辺への騒音対策が不可能なんじゃないかという話があったからだ。でも、無理、ダメと言っていたら、何も新しいことはできない。無理なことをどうやれば可能にできるかと考えていかなければいけない。やってみれば、簡単ではなかったけど、STAR

ISLANDもこうして成功させることができた。

このイベントはまさに、エイベックスの企業理念「Really! Mad+Pure」を表現してくれていたように思う。ものすごく好評だったので、毎年恒例の息の長いイベントになっていくと思う。それだけじゃない。僕は、STAR ISLAND inドバイとか、inマイアミとかをやりたいと思っている。ウルトラジャパンも大成功だったけど、これはあくまでも海外から輸入したイベント。でも、STAR ISLANDは日本から世界に輸出できるイベントになる。花火の技術だったら、日本は頭抜けているんだから。

✦

今、僕はスポーツチームを丸ごとブランディングできないかと考えている。プロスポーツは、本来エンタテインメントなんだから、もっとエンタテインメントに振り切っていいのではないかと思う。例えば、テレビCMに出演しているプロスポーツ選手は、意外に少ない。出演しているのは、世界的に活躍しているアスリートばかりで、国内のプロスポーツ選手からももっと人気者がでてきてもいいのではないかと思う。

そして、スタジアムの建設にも関わりたい。最初から、そのスポーツに特化し、なおかつ音楽イベントにも使えるような設計にすれば、観客は、そのスポーツ、音楽の神髄を楽しむことができる。近隣への騒音問題も、最初から防音を考えた設計にしておけば問題ない。

コンサートでもそうだけど、野球などのスポーツエンタテインメントでは、9回の表ぐらいから観客が帰り始めたりする。帰りが混雑するなどというのが嫌なのだと思う。その気持ちはわかる。でも、エンタテインメントをつくっている僕たちからすれば、残念だし、悔しくもある。むしろ、早く帰ったらつまらないと観客に感じさせなければいけない。

イベントが終わっても、さっさと家に帰る必要がないように、例えば近隣にホテルも建てればいい。夜遅くまで遊べるクラブをつくればいい。昼間は、別のイベントを楽しめる小劇場をつくればいい。レストランをつくればいい。テーマパークもつくればいい。そうやって朝から夜まで楽しめるエンタテインメントタウンをつくりたい。

そんな街をつくるのに、いったいいくらかかるのか。僕たちの財力では到底無理な話だし、無謀な発想だとは思う。でも、無理だと思ったら、絶対無理になる。どうしたら実現できるのかと考えたら、そういう施設をつくれる企業や自治体と組めばいい。彼らは施設はつくれるけど、中身についての発想をあまり持っていない。僕らは、施設はつくれないけど、中身をどうするかについてはノウハウがある。どっちが上とか下ではなく、対等なパートナーシップを築けるのではないかと思う。

世界から見ると、日本のナイトライフは充実しているとは言えない。'20年に向けて、ひとつの課題になっていると思う。今、話題の「働き方改革」だって、仕事の時間を短くすることが最終目的ではなく、余暇の時間を増やし、充実した人生を送ることが本来の目的。だとしたら、のんびり、ゆったり遊べる場所が少なすぎる。

地方都市の郊外にエンタテインメントタウンを建設して、その地方の特色を打ちだしていくようにすれば地方創生にもなる。

プロスポーツチームとブランディング契約を結び、それに合わせてスタジアムを建設し、エンタテインメントタウンを建設する。全然無理じゃない。全然無謀じゃない。実現に向けて、僕はもう動き始めている。

2017.9 次の10年をつくる場所

いろいろ考えた末に、冬には建築中の青山本社ビルに移転することに決めた。このビルの設計を考えたのは'15年のこと。その時、僕は「青山通りで一番高い建物にしてほしい」と注文をした。青山通りのランドマークになるような建物にしたかった。内部は自由度の高い設計にし、どんなオフィスレイアウトにも対応できるようにした。その当時としては、最先端のオフィスになると思っていた。

でも、そうではなかった。この2年の間に、働き方や人の意識がどんどん変わった。「2年前の最先端」のオフィスに入ることが今のエイベックスのためになるのか。青山本社ビルが完成したら売却して、自分たちは「今の最先端」のオフィスを借りたほうがいいのではないか。そうも考えた。

✦

　米国での事業を行うAvex International Inc. のオフィスをまだ見たことがなかったので、ロサンジェルスのオフィスを見てきた。驚いた。これが本当にオフィスなの？　と思った。ドアを開けると、広いリビングにソファとローテーブルがあって、社員が何人か話をしている。奥にはキッチンまである。広々とはしているものの、間取りはごく普通の3LDK。ひとつは完全なベッドルーム。エイベックスの取締役でニューヨークを拠点に動いてもらっているリチャード・ブラックストーンが、ロスに来た時にはそこに泊まる。パソコンを開いて仕事をするようなワークデスクは1台もない。リチャードがそういうオフィスにはしたくなかったのだという。

　オフィスというよりも、休日に友人の家に遊びに来た感じ。キッチンにはお酒が並べられ、午後3時をすぎたら、飲みたい人は飲んでいいのだという。

　そのオフィスビルには、ホテルのような広いロビーがあって、ラウンジがあって、居住者なら誰でも自由に使える共用の会議室も用意されている。ワーキングスペースに関しては、ほとんどが共用になっている。社員は、皆近くに住んでいて、自宅で仕事をしている。何かあれば、Slackみたいなものでメッセージが飛んで、オフィスに集まってミーティングをする。

　ロスを拠点に動く千葉龍平COOの自宅も同じ建物の中にある。詳しくは聞いていないけど、おそらくオフィスには行かず、普段は自宅で仕事をしているのだろう。会議がある、誰かと話す必要があるという時は、ビルの中の会議室やラウンジやオフィスに行く。そういう仕事の仕方をしているのだと思う。

　これは、究極のフリーアドレスだなと思った。オフィスというのはどんどん溶けていってしまって、最終的にはなくなってしまうのかもしれない。会社という場所はなくてもいいんだな、何かでつながっていれば場所はいらないんだなと感じた。

　考えたら、そのオフィスは僕の自宅にそっくりなんだよね。僕の自宅も、マンションで、ベッドルームとリビングがあって、自分が集中したい時に使う書斎のようなものがある。1階には来客の応対ができるラウンジがあって、会議ができる共用の個室もある。自分の家をオフィスにしたっていいんだと気づかされた。

まあ、こういう形のオフィスは、Avex International Inc.がまだ社員十数人という小さな世帯だから成立するのだと思う。日本人に向いているのかどうかもよくわからない。でも、スタートアップなんかだったら、これでもいいのではないかと思う。というより、こちらのほうがいい。少人数だったら、密なコミュニケーションがとりやすいと思う。

✦

じゃあ、翻って、青山本社をどうしたらいいだろうと考える。すでに1フロアあたりの面積が狭いと感じている。理想は、1000坪のフロアを6層ぐらいにすること。そのほうが、レイアウトの自由度が高くなり、いい仕事環境を作りやすくなるかもしれない。それが、青山本社はオフィスフロアが17層になってしまっている。2年前は、建築関係の規制なども考えると、それが最適解だった。でも、2年後の今から見ると、やはり狭いと感じる。

だったら、青山本社ビルが完成したら、売却してしまって、自分たちの働き方に合うところを探し、そこを借りて入ればいいのではないか。実際に物件を探してみたところ、すぐ近くにうってつけの場所も見つかった。本社ビルがいくらで売れるかはわからないけど、売却した資金を投資に回して活かすことができる。毎年投資益も生まれてくる。オフィスを借りたとしても、その家賃は投資益よりも小さくなるはずで、そのほうがずっといいのではないかと考えた。大型の投資を行って、新たな事業を興すことができて、自分たちは快適なオフィスで仕事ができる。数百億円にもなる大型資産を眠らせておいて、ビルの名前に「エイベックス」という冠をつけて「自社ビルです」と自慢げに言うことには、なんの価値もない。

でも、青山本社ビルには、「僕たちだけの建物」という魅力がある。例えば、外壁にプロジェクションマッピングをあてるとか、共用スペースでイベントを開催するとか、いろんなことが自由にできる。今のオフィスは、他の企業も入居しているので、共用スペースでなにかしようとすると、手続きがものすごく大変で、自由にはできない。青山本社ビルでは、1棟丸ごとでしかできないことが自由にできる。それはものすごく大きな魅力だと思うし移転まであと少しだけ時間があるから、今の働き方に合わせたオフィスにできるだけ作り変えることも可能だ。

それで、冬に青山本社ビルに引っ越しをして、とりあえず10年間ぐらいはそこにいることにした。ただ、途中で大きな投資案件が出てきたら、その時に売ってしまう。売って、そのまま買主から賃借してもいいかもしれない。

本社ビルの完成が近づいてきているのに、僕がどのようなオフィスにするかをなかなか公表しないから、社員の間ではザワザワしていたようだ。でも、もう決めた。10年は青山で仕事をする。冬から、エイベックスの次の10年が始まる。

2017.10　社長と秘書。アーティストとマネージャー

僕の周りには、秘書、社長室のスタッフ、運転手といつもたくさんの人がいて、僕の活動を支えてくれている。少し大げさなんじゃないかと思うこともあるけど、いつの間にかこうなってしまった。

秘書にお願いしているのは、スケジュール管理や出張の手配などいろいろ。誰にでもできそうな仕事だけど、実は誰にでもできる仕事じゃない。僕の交友関係を把握し、相手の顔と名前を覚え、さらには僕とどういう関係であるのかまで理解して、それに適した時間や場所でスケジュールを組んでくれる。すごいなと思うよね。

だから、ついつい、秘書に頼りすぎてしまう。仕事で人と会って、僕が「わかりました」「やりましょう」と言ったら、それは絶対に忘れてはいけない重要な決定事項。でも、あまりにも数が多すぎて、僕はすべてを覚えていられない。それを同席している秘書が全部覚えてくれている。

しばらくしてから、「そろそろこういう時期なんですが、この件はいかがいたしましょう」と絶妙のタイミングで思いださせてくれる。今、秘書がいなくなったら、僕は何でも次から次へと忘れてしまうダメな人間になってしまうと思う。

アーティストにとって、秘書の役割をしてくれるのがマネージャー。スケジュールを管理し、身の回りの世話のようなことまでしてくれる。でも、マネージャーというのは、本来はマネージメントをする人のこと。そのアーティストをどうやって売ろうかという戦略を考えるのが本来の仕事。

でも、アーティストもマネージャー本人も、業界全体にも、マネージャーは付き人みたいなことが仕事だと勘違いしてしまっている部分がある。

確かに、アーティストは有名になればなるほど、気軽に外を歩けなくなる。ちょっとコンビニに寄って日用品を買うということもなかなかしづらくなる。だから、身近にいるマネージャーに頼んで買ってきてもらうというのは仕方がない。

でも、それはマネージャーの本来の仕事ではないのに、どんどん付き人のようなことになってしまっている一面もある。

会社としてもそれはとても困る。せっかく戦略立案能力を持っていると思われる優秀な人をマネージャーとして採用しているのに、現実には身の回りの世話だけに追われてしまっている。それでは人材の無駄遣いだし、本人も自分の能力を発揮することができない。

アーティストは、音楽や映像という作品を作っているのだから、「5時になったので帰ります」というわけにはいかない。夜中になろうが、朝になろうが、キリがいいところまでやってしまうしかない。

それはいい。でも、それを支える業務のスタッフがどうしても長時間労働になってしまっていた。

今、これを変えていこうとしている。マネージャーには、本来の戦略立案の仕事に専念してもらう。アーティストに24時間付き添う必要もない。必要な仕事が終わったら、さっと帰れるようにする。そのための体制を整え始めている。

もちろん、簡単には解決できない問題もたくさん出てきている。長い時間一緒に働いていれば、コミュニケーションが深くなり、信頼関係は築きやすい。それが、仕事が終わったらすぐ帰るというやり方で、信頼関係が築けるのか築けないのか。時代にそぐわない古い考え方なのかもしれないけど、時代がどうなろうとも変わらないというものも絶対にあるはずだ。

働き方改革というのは、ひと筋縄ではいかないけれど、生産性を上げて、労働時間を短くするという、その考え方は僕も大賛成。まず、やってみて、山ほど出てくる問題を解決していく以外にないんだと思う。

✦

僕は朝から晩まで誰かしらスタッフがついてくれていることに、もうすっかり慣れてしまって「ひとりになる時間が欲しい」とは全然思わない。でも、いろいろなことを周りのスタッフに頼ってしまっているので、日常的なことができなくなっているのは確かだ。

飛行機のチケットなんか、もう長い間自分で手配していないから、もし自分でやることになったら、すごく手間取ってしまうかもしれない。世の中の人が普通にできることができないと、世の中が何を欲しているのかということが感覚的に理解できなくなってしまう。自分が一般的な感覚をどのくらい理解しているのか、世の中というものからどのくらいずれてしまっているのか。それがわからなくなってきていることに対して「まずいな」という気持ちはある。

でも、結局日常的なことは誰かに頼っちゃう。飛行機のチケットの手配を自分でしたからといって、必ずしも一般的な感覚が理解できるというものでもないと思うし。

今は、僕の周りにたくさんの人がいてくれているけど、僕もいつかはリタイアするわけで、そうなっても周りに頼れる人がいるかどうかはわからない。将来のことなんて誰にもわからないんだから、ひとりぼっちになってしまうことだってあるかもしれない。

そうなったら、その時に日常的なことを覚えていけばいいかな。どうなるかわからない将来のことを心配して、今から練習しておくこともないと思う。

自分をよく見せたい、大きく見せたい、そういう〝見栄を張る〟ということは、もうほとんどなくなってしまった。必要がなくなったからだ。

昔の僕は何も持っていなかった。だから、高い時計も欲しかったし、速いクルマも欲しかった。大きな家も欲しかったし、お洒落な服も欲しかった。何もかもが欲しかった。何かを手に入れたいから頑張る。それは、ずっと僕のモチベーションにもなっていた。

それが、仕事がたまたまうまくいって、若い段階である程度のものを手に入れることができた。高い時計も、お洒落な洋服も、海外に別荘も買った。でも、ある程度のところで、自分に本当に必要なものが何か、というのがわかるようになってきた。

何百坪もある広い家に住んでいたこともある。でも、全然必要じゃなかった。何かを取りに行くだけでも、わざわざ歩いて、別の部屋まで行かなければならない。ありえない額の光熱費の請求がきて、いつもどこかの部屋の掃除をしている。「携帯電話をどこに置いたんだっけ?」と年中、ものを探し回っていた。部屋もやたらにたくさんあるから、家具を入れて、ゲストが泊まれるようにしたけど、結局最後までなんのためだかわからないままの部屋もあった。

そのあと、どうせひとりで暮らすのだから、小さなマンションでいいと思って、１ＬＤＫに住んでみた。40平米ぐらいの、ごく標準的な広さの１ＬＤＫだ。仕事の都合で、立地やセキュリティ、プライバシーは考慮したので、家賃は少し高めだったけど、それでも驚くような値段でもない部屋。そこは本当に便利だなと思った。必要なものにすぐ手が届く。ソファから立って、数歩踏みだすだけで冷蔵庫に手が届くし、座ったまま、必要なものすべてに手が届く。「これで十分」というのではなく「これが一番使いやすい」という感覚。

広い家に住んだこともないのに、１ＬＤＫが一番いいとか、フェラーリに乗ったこともないのに、フェラーリなんていらないとか言うのとはちょっと違う。すべてやってみた結果、１ＬＤＫが一番いいというところに行き着いた。

✦

でも、僕にも〝見栄のようなもの〟がまだ残ってはいる。人から「これはいいですよ。買ったらいかがですか」と勧められると、内心「いらないいな」と思っても買ってしまう。それは勧めてくれた人の期待を裏切りたくない、相手をがっかりさせたくないという気遣いのような気持ちに近いんだと思う。

レストランや飲み屋でもそう。僕が数人を連れて飲みに行くとなったら、向こうでは「今日は売り上げが立つ」と期待をしているのがわかる。それに応えないと、申し訳ないと考えてしまう。「今日はあまり飲みたくないいな」と思っていても、ソフトドリンクではなく、ワインやシャンパンを注文してしまう。

レストランが用意してくれた席が8人用だったら、必ず8人で行く。7人で行くというのは、僕の中ではありえない。わざわざもうひとりを探して連れていく。いったん予約を入れたら、キャンセルするというのもありえない。急に仕事が入って行けなくなったとしても、代わりに誰かに行ってもらう。

これも見栄と言えば見栄。気遣いと言えば気遣い。でも、きっと気遣いにしても度がすぎる。店からも「そこまでお気遣いなさらないでください」とよく言われる。何より自分でもそう思う。でも、身体にそれがしみついてしまっているので、もうどうしようもない。

他人が見栄を張っている姿を見て、かっこいいことだとは思わない。でもそれを強く否定するような気持ちもない。それがその人の自分をアピールする方法なんだなと思うだけ。

その点では、僕はものすごく恵まれてきたと思っている。自分がどういう人間で、どういう仕事をしているのか、いちいち説明する必要がなかったから。音楽に関わる仕事をやってきて、それは本当に幸せなことだったと思う。

30歳以上の人だったら、浜崎あゆみや倖田來未を、多分いくつになっても忘れないだろう。70歳、80歳になって、記憶力が衰えても、きっと音楽を聴けば思いだすはずだ。人生の最も多感な時期に、心にグサッと刺さった音楽は一生忘れない。その人の人生、経験、そして時代に根づいた特別な記憶になっている。僕はそういう仕事をしている。音楽があるから、僕自身は、見栄を張って、自分を大きく見せる必要があまりなかった。

こういう仕事に関われたことは、どんな仕事で成功するよりもよかったと思う。他の仕事で、今の10倍お金持ちになれたとしても、こっちのほうがよかったと僕は思っている。ま、世の中には、僕より何十倍もお金持ちの経営者がたくさんいるから、負け惜しみでそう言っている部分がなくもないんだけど(笑)。

この仕事は全然安定していない。会社も、僕の人生も、上がったり下がったりがとても激しい。だから、他の経営者を見ていて、安定していていいなといつも思う。僕みたいに上がったり下がったりしていると、いつも不安の中にいなければならない。

一方で、安定していたらつまらないだろうなとも思う。僕の今までの生活は、いい時と悪い時の振り幅が大きすぎて、摩擦が起きて、熱を発していた。その瞬間は本当に辛い、本当に疲れる。でも過ぎてしまえば、やっぱり僕は絶対にこっちがいい。

「幸せな人生だったのか」と問われると、それはよくわからない。仕事だけじゃなくて、家族のことか、人間関係とか、そういうのも含めて人生だから。それに、これからだって、きっと上がったり下がったりを繰り返していくのだろう。それを考えると怖くなる。でも、僕は、そうじゃなければ退屈なんだろうなと思う。

僕の仕事は毎日がイベント。いいことも、悪いことも、毎日何かが必ず起きる。きっと〝普通の感覚〟ではないのかもしれないけど、そういう毎日が僕にとっては幸せなことなんだと思う。

2017.12 生活必需品の見つけ方

買い物に行く時間がほとんどとれない。移動の合間に、たまに家電量販店に寄る程度。結局、必要な買い物のほとんどはECサイトを使ってしまう。

いろいろなECサイトを使っているけど、最近はアマゾンフレッシュが面白いなと思って、いろいろ試しに買ってみている。フリーズドライのネギだとか、水だとか、お酒だとか、さらにはティッシュにトイレットペーパーといった日用品まで買っている。

僕には、ほとんどの日用品に、「これ」という指定がある。一度気に入ったものは、ずっと使い続ける。例えば、今飲んでいる水はあるメーカーの水素水。普通のペットボトルのミネラルウォーターよりは少し高いけど、ごく普通に売っているもの。初めて飲んだ時に、まったく雑味がない純粋な水を感じた。それが気に入って、もう何年もずっと飲んでいる。

✦

最近は夜中に自宅のキッチンで、即席ラーメンを作って食べたりしている。そのためにアマゾンフレッシュでフリーズドライのネギを買った。このラーメンにも僕のお気に入りがあって、そればかり食べている。

ある時、なんとなく別のメーカーの即席ラーメンを試してみて、麺は気に入ったけど、スープの味はいつものほうがいいと思った。結局、こっちの麺と最初のスープを組み合わせてラーメンを作って食べたりしている。そうすると、当たり前だけど食べないほうの麺とスープの組み合わせが余ってしまう。だから、社員が自宅に来た時に、余ったほうの組み合わせで作った「裏ラーメン」を振る舞ったりしている。

✦

何か新しいものを探す時は、例えばシェーバーならシェーバーをいろんなECサイトで検索をして、それから高いもの順に並べ替える。そして、高いほうから、その商品がなぜ高いのか、その理由を見ていって、気に入ったものを買ってみるというやり方。別に、高級品じゃなければ嫌だということでは全然ない。本当なら、僕だって安くていいものを見つけられればいいと思っている。だけど、それはものすごく手間と時間がかかることだ。一方で高いものには、それなりの理由があって、高いものから選んでいけば、いいものを手にできる確率が高くて、探すのにかける手間と時間が少なくて済む。

だから、うっかりすると、高くて悪いものを掴まされてしまうこともあるのかもしれない。だとしても僕にとっては、これが一番効率のいい、現実的な買い物のやり方だ。そうして気に入ったものが見つかると、しばらくの間はずっとそれを使い続けることになる。

こんな風に自分の身の回りにあるものやパターンが決まってくると、もうなかなか変えられない。自分のパターンが崩れると、どうも調子が出なくなる。でも海外出張などでどうしても変えなければいけない時だってある。僕の好きな釣りに行くことだって、夜に出て小さな船で過ごすから、自分のパターンを崩す一因。

だから、そんな時もどうにかして普段の自分の生活にできないかを考えている。例えば、釣りの場合は、そのために釣り船を変えてみたりした。釣りをするのが目的の船なんだから、トイレは当たり前だけどごく普通。きれいに掃除はしてあるけど、僕はウォシュレットがないと調子がよくないほうなので、船長にお願いをして、ウォシュレットをつけさせてもらった。もちろん、費用は僕が負担するのだから、船長は「どうぞ、どうぞ」って喜んでくれた。

冬の釣り船はものすごく寒いので、時々船室に入って、身体を温めなければならない。でも、ベンチが固くて、僕には寛げない。それで、ソファクッションを入れさせてもらった。もちろん、費用は僕が負担するから、船長は「どうぞ、どうぞ」って喜んでくれた。

平日に行ける時は、釣り客も少ないから、貸切にして、ウォシュレットを使い、ソファを使って釣りを楽しんでいるけど、休日やシーズン時期にはそんな風に貸切にするわけにはいかない。人数分の料金を払えばいいという問題ではなく、せっかく釣りを楽しみに来た人が釣り船に乗れなくなってしまうので、そういう時期は僕も相乗りをしている。そうすると、僕が設置したソファに、知らない人が寝そべっていたりする。「それ、僕のだから」と言うわけにもいかず、仕方ないから、甲板で寝袋にもぐりこんで寒い思いをしていることもあるけど。

✦

多分、僕が「これ」と決めてしまって、ずっと同じものを使い続けるというのは、「こだわりがある」なんていうことではなくて、僕の中で、そこまで真剣に好きなわけじゃないということなんだと思う。「ワインはこれに決めている」と言うと、ものすごくワインにこだわりを持っているかのように聞こえるかもしれないけど、僕にしたら、お酒は美味しければいいし、酔えればいいのであって、ワインの味を極めようなどという強い想いまではないのだと思う。そこに時間を費やしたくない、別のことにもっと時間を使いたいという気持ちがどこかにあるのだと思う。

仕事でも、自分でやらなくてもいいことはできる限り人に任せている。思いついたことは自分ではメモを取らず、スタッフや秘書に伝えて覚えておいてもらう。私生活でも同じで、掃除や洗濯といった家事は、お金はかかるけど、マンション付属のサービスを利用するほうが時間を有効に使える。誰かにお願いできることは、やってもらって自分の時間を少しでも多く確保したい。

✦

別に楽をしたいというわけではない。自分にしかできないこと、考えなければいけないことがたくさんありすぎて、そのことにもっと時間を使いたいと思うからだ。

時間が全然足りない。特に最近はそういう想いがどんどん強くなっている気がする。

2018.1 僕の最大の投資

今までに、数え切れないほどの投資をしてきた。会社をやりたい、バーを始めたい、レストランを出したい。そんな相談をもらって、出資する。事業の内容や収益性というよりも、その人との人間関係の中でお金を出しているので、正直なところ最初からリターンは期待していなかったし、実際ほとんどなかった。結局、僕の人生の中で、もっとも成功した投資はエイベックスだった。エイベックスを始めた時、僕の記憶では資本金が160万円。それを4人で、40万円ずつ出してエイベックスを始めた。その40万円が、今では何千倍、何万倍かになっている。こんなに効率のいい投資は、普通はない。

そうなると、もうお金の心配なんかしなくてよいのではないかと思われるけど、そんなことはなくて、僕にもお金の不安がある。エイベックスのビジネスがうまくいかなくなったらどうしよう、家族ともども路頭に迷うことになったらどうしようと、いつも最悪のことばかりを考えてしまう。そういう不安が大きくなってくると、少しでも資産を増やそうと思って、株やFXに投資をすることもあった。

でも、これもトータルでは損をしている。株やFXをやると、経済のことに関心を持ち、勉強になるという面は確かにある。しかし、仕事に集中できなくなってしまう一面もある。会議をしていても、「今、売れば利益が確定できる」などと余計なことを考えてしまう。でも結局は目の前の仕事を優先してしまうので損をしている。エイベックスに投資をして得たお金を、人の会社に投資をして失っている。まったく愚かな話で、だから、もう株やFXはやめた。

株式投資というのは、人の会社に投資をすること。創業時に自分がエイベックスに投資したこととは、まったく違う。最初の出資金の40万円は、今となっては小さなお金だけど、当時の僕には大きなお金で、失ったら相当に痛い金額だった。自分でリスクを負って、お金を出して、真剣に働いた。お金と時間と気持ちのすべてを注ぎこんで、ギリギリの勝負をしてきた。だから大きなリターンとなって戻ってきた。

一方で、株を買って、人の会社に投資をするというのは、リスクも限定的で、経営も人任せ。だから、リターンがなくても当然なのかもしれない。

✦

投資とカジノを一緒にしてはいけないかもしれないけど、共通しているところがある。カジノもよく「失っても痛くない金額を決め、その範囲で遊べばいい」と言う人がいるけど、それだったら面白くもなんともない。ギリギリの金額まで張らないと面白くない。だから、僕はもうカジノのある街にはできるだけ近寄らないようにしている。

ギリギリの金額を賭けるほどカジノが好きな人は、きっと朝から晩までシャワーも浴びず、ご飯も食べずに取り憑かれたようにギャンブルをやっているんだろう。失ったら厳しいというギリギリの金額の勝負をしているから、真剣味が違う。

バカラでは、カードを絞るということをやる。カードをめくる時、すぐにめくらず、端から絞り上げるよう少しずつ開ける。トランプのマークが少しずつ見えてきて、足が2本出てくる、つまりマークが2つ並んで見えてきたら、4から10までのどれか、足が1本だったら2か3というように、だんだんどのカードであるかがわかっていく。

ギリギリの勝負をしていると、この絞りがどんどん熱くなっていく。全身にものすごい力を入れてカードを絞るし、途中で念じたり、息を吹きかけたり、奇声をあげたりする。そんなことをしたって、配られてしまったカードが変わるわけがないんだけど、そうやって自分に有利なカードを念じるのがバカラの醍醐味になっているんだと思う。

✦

自分の会社への投資というのは、ギリギリの額の投資をしているから、自然に「カードを絞る」ような真剣さが生まれる。

エイベックスが、今のエイベックスになれたのは、間違いなくあの時の決断だった。当時、エイベックスは輸入盤CDを仕入れて、レンタルレコード店に卸すというビジネスをしていた。海外の輸出業者に発注をすると、普通は納品まで1週間はかかる。それを特別通関扱いを使ったり、配送業者に何度も相談したりして、金曜日に注文すれば、月曜日に納品できる仕組みを作り上げていた。それでも、空港のある成田と、当時のエイベックスがあった町田では輸送に時間がかかりすぎる。

そこで、米国の輸出業者に、町田に在庫を持たせてほしいと交渉した。在庫があれば、当日納品も可能になる。すると、先方は在庫を日本に持たせるのだから、その保証金として7000万円を預からせてほしいと言ってきた。僕がその半分の3500万円を出したけど、当時の僕にとって、3500万円はギリギリを超えてしまっている金額。どうにもならない。結局、親に頼んで、自宅を担保に入れて、銀行から借りてもらった。僕はそのお金を親から借りて、なんとか工面した。もし、これで失敗してしまったら、僕だけじゃない、親も家をとられて、親子ともども路頭に迷うという大勝負になった。でも、これがあったから、エイベックスは日本で一番納品が速いインポーターになって、そこからビジネスが回り始めていく。エイベックスがエイベックスになれたのは、あの時の決断があったからだと今でも思うし、当時もここが勝負どころだと思った。

ギリギリの投資をしているから真剣になれる。あるアーティストを売りだすという時でも、ありとあらゆることをやったうえで、まだ、他にできることはないのかと必死になって探す。もうこれ以上ないというところまでやる。効果があるとかないとかは、やってみてから考える。失敗をしても、失敗をするまでの過程の中で見えてきたものによって、左に行ったり、右に行ったりして、最後には成功に結びつける。そういう、カードを絞るように、僕の情熱と時間を注ぎこんできたから、エイベックスは大きなリターンを返してくれたのだと思う。

2018.2 ペットは相棒か

子供の頃、家にはいつも犬がいた。最初に記憶があるのはサニーという名前のシェパード。幼稚園の頃だと思うけど、ある日、両親が朝からものすごく慌ただしくしていた。サニーの様子もいつもと違う。サニーのお産だった。真っ赤な赤ちゃん犬が5匹生まれて、最初はびっくりしたけど、それがしだいに丸々とした子犬に育っていく。とてもかわいかった。

ある日、知らないおじさんが子犬を見にやってきた。その晩、5匹いた子犬が4匹に減っている。しばらくすると、また別の知らないおじさんが子犬を見にやってくる。その晩、子犬がまた1匹減る。子供の僕は、せっかく生まれた子犬がいなくなってとても寂しい思いをした。でもシェパード6頭をいっぺんに飼うのはさすがに無理なので、子犬を知り合いに分けていたようだ。父親は犬好きで、サニーが亡くなってからも、ビーグルやパグ、柴犬を次々と飼っていた。子供時代、僕にとっては、家に犬がいるのがごく当たり前のことだった。

◆

仕事を始め、ひとりで暮らすようになった頃は、忙しすぎて、犬と暮らそうなどという余裕は全然なかった。でもある日、ペットショップに寄ってみると、いろいろな熱帯魚が売られているのを見つけた。じっと動かず、岩にしか見えないんだけど、餌を目の前にチラつかせると、突然、大きな口がバカッと開いて、餌を食べる魚がいた。ほかにも見たことがない不思議な生き物がたくさんいる。そこから熱帯魚にハマりだした。ディスカスという魚から始めて、どんどん種類が増えていき、水槽の数も増えていった。

淡水魚から海水魚まで手を広げていく。淡水魚の水槽には水草を入れる。海水には水草というのがあまりなくて、サンゴを入れる。色も華やかだし、ブラックライトをあてると光るので、ものすごく派手で艶やかな水槽になる。でも、僕にはなんだか落ち着かない。緑が基調の水草の多い淡水魚の水槽のほうが好みだった。多分、魚を飼うというよりも、水槽を見て楽しんでいるのであって、絵画や美術品を鑑賞するのに近い感覚なのだと思う。

✦

そこからさらに爬虫類にも興味が広がって、イグアナやウォータードラゴンを飼った。イグアナは草食だけど、ウォータードラゴンは肉食性の強い雑食。金魚やコオロギを食べる。ただ飼うだけじゃなくて、大きな水槽の中に生態系みたいなものを作る。水を浅く張って、水辺を再現する。ウォータードラゴンは陸地にいる。水の中には小さなアロワナを入れる。さらに、亀を入れると、亀は陸と水を行ったり来たりする。

ここに餌のコオロギを入れると、ウォータードラゴンがかぶりつく。水に落ちるとアロワナが食いつく。亀も口にくわえようとするけど、動きが鈍いのでアロワナに横取りされてしまう。そこで、亀は餌を捕まえると、陸に上がって隠れて食べようとする。でも、今度はウォータードラゴンに横取りされてしまう。亀はいつまでたっても餌を食べられない。生きている金魚やコオロギが食べられてしまう容赦ない弱肉強食の世界、そんな生態系を見ているのが面白かった。

友人が子供を連れて遊びに来た時、このような生態系を見せるのはあまりよろしくないんじゃないかと心配したけど、その子は見るなり大興奮だった。後で、友人に「大丈夫だった?」とたずねると、その子はまた連れていってほしいとせがんでいるという。

✦

さらにエスカレートして、サメも飼い始めた。映画『ジョーズ』に出てくるホオジロザメの小型版みたいなホワイトチップシャークとブラックチップシャーク。サメの中には、いつも泳いでいないと死んでしまう種類もいるため、広い水槽が必要になる。既製の水槽では小さすぎるので、特注で作るしかない。そこに数トンの水を入れるので、この設備を整えるのがかなり大変だ。

餌は、生きている小アジを入れる。10匹ぐらい入れると、アジも食べられたくないから群れになって泳いで身を守る。それをサメが襲って食べる。小アジの群れが泳いでいて、サメが泳いでいる。この様子が、かっこいい。

いつも生きているアジを与えるわけにもいかないので、普段は冷凍のイカを与えたりする。すると、サメは生きているアジを追わなくなる。サメも、楽を覚えてしまう。アジも襲われることがなくなるのだから、緊張感を失って、群れを作らずに、バラバラに泳ぐようになる。水槽として、全然かっこよくないことになってしまう。

サメの獰猛さ、非情な弱肉強食の世界。それを眺めているのは面白かった。確かに残酷だけど、人間ほど残酷じゃない。彼らが残酷なのは、あくまでも食べることについてだけ。人間みたいに、悪知恵を働かせたり、陰で何かを企んだり、人を脅したり、貶めたりはしない。あるのは食欲だけで、人間のように何種類もの欲を持っているわけじゃない。

✦

最近、また犬と暮らし始めていて、周りの人から、「こういう時はどうやってしつけたらいいですか？」と質問されることがある。当たり前だけど僕はトレーナーでもないし、詳しくもないから聞かれてもわからない。だけど、ひとつだけ思うことは、犬って、こういう風にすればかわいいでしょ？　というのが、多分わかっているんじゃないかということ。やっぱり人懐っこくて、寄ってくるし、くっついてくる。今は忙しいから寄ってくるな、くっついてくるなと言ってもくっついてくる。犬がそんな格好をするかなという蠱惑的なポーズをして、誘ってくる。それがかわいい。きっと人間は、まんまと騙されているんじゃないかと思う。少なくとも、僕は騙されている。

2018.3　才能はすぐ近くにある

全部、夢だったのではないかと思うことがある。僕が生きているこの人生は、長い夢にすぎず、突然叩き起こされると、僕はベッドの中にいて、ごく平凡な本当の1日が始まる。最近そんな空想をすることがある。

普通の人生では味わえないような楽しいことを経験してきた。普通の人生ではありえないつらい目にもあってきた。その振り幅が大きすぎて、とても現実の人生だとは思えない。

✦

僕が夢の中にいるのだとしたら、今は、決してよい夢とは言えない。以前であれば、CDを売って話題を作って、ツアーをやって、グッズを販売するという「サイクル」が確立していた。でも今、CDが売れなくなった。CDが売れないと、ツアーをやってもお客さんはどうしても集まりにくい。ツアーにお客さんが集まらないと、グッズの売り上げは伸びない。「サイクル」の根幹が崩れてしまった。このままだと、音楽業界はジリ貧になっていく。

昔は、タイアップをとって、CMスポットを打って、歌番組に出て、ラジオで曲を流して、という「ヒットの方程式」と呼ばれるものがあった。でも今はそれだけでは通用しない。

どうすればそういう方程式ができるのか。今、日本だけでなく、世界中が新たな方程式を探している。

だけどある日、ある社員が面白いことを言った。「最近の音楽業界って、すぐにあきらめてしまうんですよね」と。彼は、浜崎あゆみ、小室哲哉さん、倖田來未が時代の色を塗り替えていった頃を知っている。「過去の売れる方程式に則っていろいろやってみるんですけど、結果がでないと、すぐにあきらめてしまう」と。そこが問題なのだと言う。

✦

僕たちがエイベックスをつくった時、ダンスミュージックについては詳しかったけど、音楽業界については何も知らない素人集団だった。音楽の売り方なんか誰もわからない。方程式も何もなくて、とにかくありとあらゆることをやってみる。

だって、それしかなかったから。気合いと根性と覚悟。僕たちにはそれしかなかった。毎日「やり残した穴はないか、まだできることはないのか」そればかり考えていた。

ありとあらゆることを、がむしゃらにやって、それでたまたまヒットが出た。ヒットには、それぞれに要因がある。それを後から分析して、集計してみると「こういうやり方がヒットの要因になっていたことが、たまたま多かった」ということがわかってくる。これを勝手に後づけで「ヒットの方程式」と呼んでいたのは僕らだった。

だから、そのとおりやれば必ずヒットがでるという方程式なんかそもそも存在しなかった。唯一の方法は「全部やる」。気合いと根性と覚悟で「あきらめない」。それしかなかった。

✦

エイベックスの急成長を褒められた時、僕はいつも「まぐれです。偶然です」と答えてきた。それは謙遜ではなく、僕自身本当にそう思っていた。だって、最初の上大岡の店は、13坪の狭い店だったのに、そこからどれだけたくさんの才能が生まれたか。これは偶然でしかありえないと思っていた。

一緒に店をやった林真司と小林敏雄は、後にエイベックスの役員となって重要な仕事をする。アルバイトとして働いていた星野靖彦は、後にジュリアナ東京を象徴する曲になった『Can't Undo This!!』や浜崎あゆみのヒット曲を書く。同じくアルバイトだった五十嵐充は、後にEvely Little Thingのメンバーとして大成功する。

挙げ句の果てに、熱心にレコードを借りに来ていたお客の高校生が、後のEXILEのHIRO。LDHの役員たちは、ほとんどが僕の高校の後輩で、HIROの同級生。

あんな小さな店に、これだけの才能がたまたま集まっていたなんて、現実にはあるわけがない。偶然にもほどがある。

大学3年生の時、横浜のレンタルレコード店でアルバイトをしたことから、僕のビジネス人生が始まる。オーナーは、音楽のことは詳しくなかったし、店もうまくいっていなかった。そこへ僕がバイトとして入ってきた。

当時の僕は、ちょっと音楽に詳しい大学生でしかない。でも、オーナーは僕の話をものすごく真剣に聞く。僕の目をじっと見つめて、僕の話に目を輝かせていく。そして「君の思ったとおりに店をやっていい」とすべてを任せてくれた。

僕たちは店の売り上げを上げるために、思いつく方法をすべて実行した。ヘトヘトになって夜中、風呂の中で「なんで、他人の店のためにこんなに一生懸命になっているんだろう」と不思議な気持ちになった。でもそれは、オーナーが何もない大学生にチャンスを与えてくれたからだと今になって思う。

それから30年、僕は人が授けてくれたヒントを心に刻みこみ、もらったチャンスをひとつも無駄にすることなく積み重ねてきた。そこはまぐれでも偶然でもない。

✦

何かの才能を持っている人は、僕たちが思っているよりもたくさんいる。でも才能を発揮するチャンスに恵まれず、才能を無駄にして、「自分には何もない」とあきらめてしまっている人が多すぎる。

13坪の小さな店から、なぜこのようなたくさんの才能がでてきたのか。それは、僕がオーナーにしてもらったように、彼らの話を真剣に聞いて、彼らにチャンスを用意したからだと思う。

僕たちの仕事は、才能を見つけて、話をよく聞いて、チャンスを与え、ヒントを授け、その人の才能を開花させること。そのためには、やれることは全部やる。あきらめない。気合いと根性と覚悟。

才能は、どこかではなく、自分の近くにある。それを見逃すな。与えられたチャンスは、ひとつも無駄にするな。結果がでなくても、結果がでるまであきらめるな。その簡単でもあり、難しいことを気合いと根性と覚悟でやり抜いた者だけが、夢の続きを見ることができる。

2018.4　ひとつの時代の終わり

小室哲哉さんが引退を表明した。ひとつの時代が終わった。

'17年末から、「限界なんだ」という言葉を小室さんから聞いていた。その意味が僕にはよくわかった。小室さんに曲をお願いすると、いつも素晴らしい楽曲を仕上げてくれる。でも、小室さんは満足していなかった。新曲も「小室サウンド」と呼ばれてしまう。以前の自分以上のものが生みだせなくなっていると感じる。あまりにも自分に厳しすぎた。本物の天才なんだと思う。そういう気持ちになっているところに、あの報道があって、小室さんは引退を決めた。

僕は小室さんが昔から引き際を大切に考えてきたことを知っている。仕事のペースを落とし、時々曲を発表し「そういう人もいたな」と思いだされる。そんな音楽家ではありたくないという美意識を知っている。

そして、小室さんは今回、ご自身で結論を出した。それは、誰も何も言うことができない領域のこと。僕たちとしては、もっとすっきりとした形で引退させてあげたいという想いはあったけど、最後は小室さんの意思を尊重すべきだと思った。

✦

小室さんの深い考えを知れば知るほど、僕は自分が恥ずかしくなる。僕なんか小室さんのレベルに全然近づけてもいない。

当然、僕だっていつかは引退ということを考える。でもそのためにはまだ考えることがある。自分で創業した経営者は引退ということがなかなかできない。

創業者が引退をするには、自分がいなくなっても会社が自動的に回っていく仕組みを築き、後継者を定め、その人に託してからでないといけない。ところが、会社の仕組みを築くという仕事に終わりはない。時代の変化とともにあるべき仕組みも変わっていく。後継者も、簡単には見つからない。

きっと創業者は、自分が死ぬか、会社がつぶれるかするまで本当の意味での引退はできないんだと思う。僕は何もないところからエイベックスを作ってきた。エイベックスという会社がどういう会社なのか、会う人全員に説明をしなければいけなかった。でも今の社員は違う。最初からエイベックスという看板があり、話を聞いてもらえる環境がある。この差は大きい。

エイベックスが町田にあった頃、僕は小室さんのユニット、TM NETWORKの曲をユーロビートにアレンジしたアルバムを作ろうと考えた。雲の上の存在だった小室さんと、なんとか接点を作り、OKをもらった。最初の仮タイトルは『TMN DISCO STYLE』。でも、TMNの名前は商標登録されているので、許可なくそんな名前のCDは発売できない。そこで僕らは、商標権を持つ企業に行って、能天気を装い交渉した。「だって、小室さんがいいって言ったんだもん」。その一点で押し切った。粘りに粘って、TMN SONGにすればOKとなって、最終的に『TETSUYA KOMURO PRESENTS TMN SONG MEETS DISCOSTYLE』になった。権利を侵害しないギリギリ。この成功から、小室さんは僕らに数々の曲を提供してくれるようになった。

そんな強引なことができたのも、僕らが小さな会社にすぎなかったから。先方も、僕らなんかどうせすぐ消えると思っていたから、許可を出してしまった。

小さなスタートアップは、宣伝費は少ししか持っていないけど、それをひとりのアーティストにかけることができて、一極集中でやってくる。でも今の僕らは、そうはいかない。僕たちだって、『JULIANA'S TOKYO』のCDをリリースする時は全員で『JULIANA'S TOKYO』だけ、TRFの時は全員でTRFを売ることだけに集中し、成長してきた。何をしてくるかわからない、勝負所を見つけると一点突破してくる。かつてのエイベックスはそうだった。今のエイベックスは、かつての僕らに戦いを挑まれたら、負けてしまうかもしれない。

今の社員の中には、会社が大きくなってから入社してきている人もいる。そういう人がベンチャー感覚を持っていないのは仕方がないこと。でも人の意識を変えていくことはできる。

最近、ある人から「スーツを着ろ」と叱られた。僕はいつもカジュアルな格好でいる。スーツを着たくないから、企業に就職せず起業する道を選んだようなところもある。何を着るかは重要なことではないと思っている。でもその人は「それじゃダメだ」と叱ってくれる。米国の企業はカジュアルな格好で仕事をするようになっているのに、まだ日本はスーツなんだとは思った。でも、その人があまりに真剣に叱ってくれるので、僕のことを考えてくれているんだと思って、素直に社外の人に会う時はスーツを着るようにした。

　そうしたら、カジュアルな格好をして仕事をしている人を見て「この人、大丈夫かな?」と思うようになってしまった。つい最近まで自分がそうだったのに。「銀行や大企業の人は、僕をそういう風に見ていたんだな」と初めてわかった。

　今でも、僕は服で人の価値が左右されることはないと思っている。でも服ひとつで、人の意識は簡単に変わってしまうのも事実。

✦

　会社の中をかき回してみようと思っている。今、avex EYEというコワーキングスペースを設置している。僕らが認めたスタートアップにパスを渡し、自由に使ってもらうスペース。そこで社員と共同作業をし、化学反応が起きることを狙っている。こんな風にオフィスすべてをコワーキングスペースにできないかと考えている。理想は、半分エイベックスの社員、半分はスタートアップやフリーランス。

　社員は、日頃から彼らの隣で仕事をすることになる。そこで、彼らの「無茶ができる強さ」「圧倒的なスピード感」から刺激を受けてほしい。

　そうすると、エイベックスは10年後、何の会社になっているかわからない。今まで、「この会社はどうなっちゃうんだろう」と不安だったけど、今は「この会社どうなっていくんだろう」とワクワクもしている。

　小室さんが引退し、ひとつの時代が終わる。残された僕たちは、次の時代をどうつくるのか、きっと試されている。

2018.5 「集中」から「分散」へ

　世界は、「集中」から「分散」へ大きく転換しようとしている。それは、僕らエイベックスにも無関係ではない。例えば、芸能プロダクションは、アーティストやタレントを育成し、テレビ番組に出演させるというビジネスをしている。人気者になれば、何百万人というファンに対し芸能活動をし、収益をあげる。

　しかし今では、さまざまなライヴ配信サービスを通して、ネットで動画を公開し、数百人のファンから投げ銭をもらって生活を成り立たせる人たちが登場してきた。

　今まで芸能プロダクションに「集中」していた芸能人が、個人でネット活動をする「分散」への転換を始めつつある。

　だから今、集中型芸能プロダクションのビジネスに限界が見え始めている。

　例外はあるだろうが、タレントがドラマや映画に出演したとしても、世間の人が思うほど利益が出るわけではない。プロダクションはどこで利益を出しているのか。それはテレビＣＭ。

　でも、テレビＣＭが広告の中心であるという時代が続くのか。すでに、ウェブやアプリ内での広告が影響力を持つようになっている。どこの事務所にも属さない、分散型インフルエンサーの中から登場したカリスマが、ひと言言うだけでその商品を何百万人が買う。

　そんな現象が起き始めれば、タレントよりもインフルエンサーのほうがＣＭに起用する価値は高くなる。

　集中型芸能プロダクションはどうなるか。大昔の劇団員やバンドマンのように、儲からないことはわかっているけど、好きだからやりたいという人の集まりになる。ビジネスとして成立しなくなる可能性だってある。

　レコード会社と芸能プロダクションは、エイベックスの主力事業ドメインの一部。今、ＣＤが売れなくなり、レコード会社は厳しい。芸能プロダクションもこうして分散型になり苦しくなる。

　エイベックスはどうなってしまうのか。かつてない大ピンチ。でも、時代が動く時には、ピンチをチャンスに変える方法が必ずある。僕たちは、それを考えていかなければいけない。

✦

　エイベックスを起業した時、ある人から「会社は30年が寿命だ」と教えられた。その人は、さらに「だから、10年が寿命だと思って仕事に向かわなければいけない」と忠告してくれた。

　エイベックスは'18年で創業30周年を迎える。社内で「30周年のアニバーサリーをやりたい」という声があった。

僕は「そんなのやめろ」と言った。会社の寿命が終わり、0歳からやり直さなければいけないのに、何をお祝いするんだと。

平成も31年で終わる。安室奈美恵も小室哲哉さんも引退を発表した。じゃあエイベックスや僕はどうするのか。

もちろん、経営者は無責任に会社を辞めることはできないし、僕自身は、創業者は自分が死ぬか、会社がなくなるまで辞められないと思っている。

でも、最近思うのは、CEOがいて、経営陣がいて、執行役員がいて、社員がいるという、集中型の会社組織は限界にきているんじゃないかということ。少なくとも、僕にはすごく古臭く見える。

僕は前から、社員に対して「どこの会社に行っても仕事ができる人になれ」と言い続けてきた。会社にぶら下がるのではなく、自分で仕事を作りだせる人になってほしい。

全員が個人事業主、という集まりがエイベックス。縦割りの部課があるのではなく、全社横断型のプロジェクトがあり、そこに人が集まってきて仕事をし、プロジェクトが終わったら解散する。

個別の利益ではなく、プロジェクトとして全体最適の利益を追求する。そんな分散型が僕の理想のイメージ。エイベックスをその方向に変えていくための第一歩が、フリーアドレス制の実施だった。

✦

僕は、やりたいことを仕事にしてきた。音楽が好きだからエイベックスを起業した。そこにお金もついてくるという幸運にも恵まれた。

でも上場し、上場会社という組織ができてしまうと、維持するために毎年利益を出さなければならない。

やりたいことを仕事にしてきたはずなのに、いつの間にか利益を出すため、会社を守るために仕事をしなければならなくなっていた。本来やりたかったことだけではなくなってきてしまっている。

僕はこれまで、やりたいことはすべてやってみる人生を送ってきた。

別荘が欲しい。いくつも持ったけど、結局たいして行かなかった。でかい家に住みたい。住んでみたけど、広すぎて不便なだけだった。フェラーリに乗りたい。買ったけど、結局ただ邪魔になるだけだった。

お金がかかることだけではないけど、そうやって、やりたいことはすべてやりつくしてきた。

でも今、またやりたいことがある。それはエイベックスを分散型組織に変えて、推進力をあげること。集中型組織では身動きがとれない。

エイベックスを起業した頃は、楽曲の発注がきて、3時間で作って納品するということを毎日やっていた。スピードについていけなければ仕事にならなかった。今の集中型組織はその100倍遅い。「納品に3週間ください」みたいなことを平気で言う。

僕が依頼した仕事にしても進むのが遅く、答えが来るまでの間に僕の考えはどんどん進んでいってしまう。

分散型組織のCEOというのは、いったいどういう存在であるべきなのだろう。

僕がやりたいのは、少人数を率いて常に最先端の発想をどんどん生みだすこと。そしてそれを会社に還元していくことで、エイベックス全体に刺激を与えられるチーム。

それが新しいビジネスを創りだしていく。そんなことができれば、もっとエイベックスに貢献することができると思う。

逆にそういうチームがないと、僕を含めてみんな古臭い「集中型」の発想から抜けられなくなってしまうんじゃないだろうか。

✦

レガシーなビジネス、レガシーな組織はもう限界にきている。エイベックスの30年は「集中」を構築することだった。

会社の寿命と言われる30年が終わり、これからは0歳からやり直して、「分散」型に変えていかなければならない。

そして、僕はもう一度やりたいことをすべてやりつくす。

全部、夢だったのではないかと思う。

普通の人生では味わえないような楽しいことを経験してきた。普通の人生ではあり得ないようなつらい目にもあってきた。その振り幅が大きすぎてとても現実の人生だとは思えない。

誰かに肩を揺すぶられて、ハッと目覚めてみたら、今までの人生はすべてが夢で、僕は平凡な人生を生きている平凡な人だったということが起きるのではないかと妄想することがある。

8年7ヵ月にわたる僕の自問自答を読んでいただいた方にはわかると思うが、僕は短い周期でメンタルが上がったり下がったりしている。先月まで仕事に燃えていたかと思えば急に弱気になったりする。臆病と大胆の間で激しく揺れ動く。不安が大きくなればメンタルは落ち込むし、何か熱中できるものが見つかった時にはメンタルが上がる。

「自分の人生は幸せなのだろうか?」と自問自答してみることがある。しかし、「幸せとは言えない」という答えがすぐに出てしまう。

幸せな人生というのは、仕事のことだけでなく、家庭や友人など私的なことまで含めて判断しなければならない。僕は、その時その時で熱中するものに全精力を注ぎ込んでしまうので、バランスは破綻している。少なくとも家庭人としては失格。子煩悩そうな、子どもを溺愛しているお父さんを見かけると、自分はとてもああいう感覚にはなれないと、自分を責めてしまう。

自分が持っていないものを持っている人を見かけると、すべてが羨ましく見えてしまう。自分より大きな会社を経営している人を見れば羨ましいと思う。成長産業の中で活き活きと仕事をしている人を見ると羨ましいと思う。理想を掲げて、それに一直線にひた走っている若い起業家を見ると羨ましいと思う。幸せに生きている人を見ると羨ましいと思う。

コンプレックスの塊なのだと言われればそうなのだと思う。僕は、そのコンプレックスと格闘しながらそれをバネにして、階段を一段ずつ上がってきて、気がついたら上場企業の経営者になっていた。ここを目指していたわけでもなんでもない。

だから、人から褒められると本当に困るし、心が揺れる。僕はそんな器じゃない。たまたま運がよすぎただけ。本当はこんな場所にいるような人間じゃない。そんなことを反射的に思ってしまう。

この不安の中で、僕が生きていける唯一の方法は、何かに熱中すること。熱中している時だけ、すべての不安から逃れることができ、僕は僕らしくいることができる。熱中できるものが見つからない時は、不安に押しつぶされて、どうにかなってしまいそうになる。

それでも、曲がりなりにも上場企業をつくることができ、本まで出していただけるようになったのは、すべてダンスミュージックのおかげだと思う。19歳の時に、ダンスミュージックと出会って、熱中した。29歳の時にジュリアナ東京のＣＤがヒットして、ＴＲＦがデビューした。39歳の時に社長に就任した。49歳の時に、エイベックスの大改革に着手して、エイベックスを生まれ変わらせようとしている。

ダンスミュージックとともに生きてきて、音楽産業がものすごい勢いで変わっていく中で、ダンスミュージックは、10年ごとに、ユーロビート、テクノ、トランス、ＥＤＭと形を変えては、僕の前に現れて、生きるヒント、ビジネスのヒントを授けてくれる。ダンスミュージックには不思議な縁を感じている。僕が、ここまでやってこられたのは、すべてダンスミュージックのおかげだと思っている。

これから先10年。どうなっているかまったくわからない。今までの10年もその瞬間その瞬間に熱中していたように、これから先の10年も今その瞬間を生きるしかない。自分より大きなものに嫉妬して叩きつぶす。苦しいけどその時だけは不安が消える。現状に満足したことなど一度もない。また階段を一段一段と上って行くだけだ。

２０１８年　６月28日　松浦勝人

本書は「GOETHE」(二〇〇九年一〇月号～二〇一八年五月号)
連載のエッセイ「素人目線　松浦勝人の生き様」の中から選び、
改題したものです。
役職、肩書は当時のままです。

写真　有高唯之／アライテツヤ
ブックデザイン　鈴木成一デザイン室
ライター　牧野武文
編集　米澤多恵／安井桃子／箕輪厚介／山口奈緒子

松浦勝人 まつうら・まさと

一九六四年神奈川県生まれ。

エイベックス株式会社代表取締役会長CEO。

一九八三年日本大学経済学部に入学し、一九八五年貸レコード店「友&愛」にアルバイトとして入る。一九八六年に（株）ミニマックスを設立。代表取締役になり、「友&愛」上大岡店の経営を行う。一九八八年エイベックス・ディー・ディー（株）を東京都町田市に設立し、レコード輸入卸販売業を始める。一九九〇年に自社音楽レーベル「avex trax」を設立し、「JULIANA'S TOKYO」CDシリーズなど様々なダンスコンピレーションアルバムを発売。一九九三年に邦楽第一弾アーティスト、TRFがデビュー。Every Little Thing、浜崎あゆみ、倖田來未、EXILEほか数々のアーティストを手掛け、二〇〇四年エイベックス・グループ・ホールディングス（株）代表取締役社長就任。総合エンタテインメント企業として音楽・映像に関連した様々な事業を展開。二〇一八年エイベックス（株）代表取締役会長CEOに就任し、新規事業やイノベーション領域に注力する。

破《ハ》壊《カイ》者《モノ》

二〇一八年七月十五日　第一刷発行

著者　松浦勝人
発行者　見城徹
発行所　株式会社　幻冬舎
〒一五一-〇〇五一　東京都渋谷区千駄ヶ谷四-九-七
電話　〇三（五四一一）六二一一（編集）
〇三（五四一一）六二二二（営業）
振替　〇〇一二〇-八-七六七六四三

GENTOSHA

印刷・製本所　中央精版印刷株式会社

検印廃止

Printed in Japan　ISBN978-4-344-03324-5　C0095
幻冬舎ホームページアドレス http://www.gentosha.co.jp/
この本に関するご意見・ご感想をメールでお寄せいただく場合は、comment@gentosha.co.jpまで。